KJB

Kathryn Littlewood ist Schriftstellerin, Schauspielerin und Comedian, lebt in New York, USA, arbeitet oft in Los Angeles – und hat eine ebenso große Schwäche für pain au chocolat wie für Kinderbücher. Sie ist eine leidenschaftliche Köchin, aber eine fürchterliche Bäckerin, und gibt zu, dass ihr noch nie ein Kuchen geglückt ist. Essen tut sie ihn dennoch für ihr Leben gern!

Eva Schöffmann-Davidov, Jahrgang 1973, ist eine der renommiertesten Kinder- und Jugendbuchillustratorinnen Deutschlands. Nach ihrem Studium an der Fachhochschule für Gestaltung in Augsburg machte sie sich in der Kinder- und Jugendliteratur schnell einen Namen und gewann im Lauf ihrer Karriere zahlreiche Preise für ihre Gestaltungen. Als Fachhochschuldozentin gab sie ihr Wissen auch an junge Künstler weiter. Heute illustriert sie Kinderbuchserien und Jugendbücher unter anderem von Bestsellerautoren wie Kerstin Gier oder Tanya Stewner. Die Illustratorin lebt mit ihrer Familie in Augsburg.

Alle Bände über ›Die Glücksbäckerei‹:
Band 1: Das magische Rezeptbuch
Band 2: Die magische Prüfung
Band 3: Die magische Verschwörung
Band 4: Die magische Verwandlung
Band 5: Die magische Rettung
Band 6: Die magische Zeit
Band 7: Das magische Fest
Band 8: Die magische Schule

Weitere Bände sind in Vorbereitung!

Weitere Informationen zum Kinder- und Jugendbuchprogramm der S. Fischer Verlage finden sich auf *www.fischerverlage.de*

Kathryn Littlewood

Die Glücksbäckerei
Die magische Schule

Aus dem Amerikanischen
von Eva Riekert

Mit Vignetten
von Eva Schöffmann-Davidov

KJB

Zu diesem Buch ist bei Hörbuch Hamburg ein Hörbuch, gelesen von Sascha Icks, erschienen, das im Buchhandel erhältlich ist.

MIX
Papier aus verantwortungsvollen Quellen
FSC® C083411

Erschienen bei FISCHER KJB

Das amerikanische Original trägt den Titel ›The Magic School. A Bliss Novel‹

Dieses Werk wurde vermittelt durch die Literarische Agentur
Thomas Schlück GmbH, Hannover
Umschlaggestaltung: Eva Schöffmann-Davidov
unter Mitarbeit von MT Vreden, Vreden
Umschlagillustration: Eva Schöffmann-Davidov
Lektorat: Kerstin Kipker
Satz: Dörlemann Satz, Lemförde
Druck und Bindung: CPI books GmbH, Leck
Printed in Germany
ISBN 978-3-7373-4165-3

Für Bastian und Rike,
Roses Stiefeltern

Inhalt

Prolog
Total verrückt

Die Sonne verschwand langsam am Horizont nach einem vollkommen durchschnittlichen und belanglosen kalten und grauen Februarnachmittag in Calamity Falls.

Trotzdem konnte Rosmarin Glyck kaum an sich halten.

Oben in ihrem Zimmer über der Bäckerei der Familie Glyck wippte sie aufgeregt auf ihrem Schreibtischstuhl herum, kritzelte mit einem lila Gelschreiber in ihr Notizbuch und versuchte mit aller Macht, *nicht* an den Postboten zu denken.

Auf dem Bildschirm des Computers beschrieb Roses neue beste Freundin Nevika Baridi eine ungewöhnlich leckere Nachspeise. »… Und auf die Schokoladencreme kommen genau zweiundvierzig französische Macarons, hochkant, und zwar in folgendem Muster – hör doch bitte zu wippen auf, du machst mich ganz verrückt.«

»Ich kann nicht anders«, sagte Rose. »Heute ist der letzte Tag für die Benachrichtigungen!«

»Konzentrier dich!«, sagte Nevika.

»Na gut.« Rose zeichnete das von Nevika beschriebene Muster auf. Sie und Nevika liebten es, neue Rezepte zu erfinden, und dank des Internets spielten alberne Kleinigkeiten wie die geographische Entfernung keine Rolle. »Vielleicht sollten wir noch mit Himbeeren ein paar rote Punkte setzen?«, überlegte Rose.

Als keine Reaktion von Nevika kam, blickte Rose auf. War die Verbindung abgebrochen? Aber Nevika war noch da, sie hatte die Augen aufgerissen. »Hast du das gehört?«

Jetzt hörte es auch Rose. Bei Nevika klingelte es, und zwar bereits ungeduldiger.

»*Die Tür!* Ich geh schnell!«, rief Nevika und war im nächsten Moment vom Bildschirm verschwunden.

Fast im selben Moment wurde das Haus der Glycks ebenfalls von einem melodiösen *Ding-Dong* erfüllt.

Rose sprang so schnell auf, dass sie mit den Knien von unten gegen die Schreibtischplatte polterte. Sie schoss durch die Tür, nahm immer zwei Stufen auf einmal nach unten und rannte auf ihren gelbgestreiften Socken durch den Bäckerladen.

Ihr älterer Bruder Tymo, der an der Ladenkasse saß, blickte von seinem Handy auf. »*Donde esta el fuego?*«

Doch Rose war schon vorbei und eilte in die Backstube, wo sie auf ihre Mutter Polly stieß, die ein Päckchen beäugte, während sich die Hintertür zur Backstube gerade wieder schloss.

Gebannt sah Rose, wie ihre Mutter das Päckchen auf den Küchenblock mitten in der Küche legte. Polly strich sich die Locken zurück und betrachtete neugierig den Adressaufkleber.

»An Miss Rosmarin Glyck«, las sie laut vor. Sie warf Rose einen Blick zu. »Es kommt ein bisschen zu spät für Weihnachten und ist zu früh für ein Geburtstagsgeschenk.«

»Ähm …«, stammelte Rose.

Polly entdeckte das auffallende Siegel und zog die Luft ein: ein silbriger Stempel – ein hölzerner Kochlöffel, gekreuzt mit einem Schneebesen, über einer blassblauen Wappen-Lilie. Rose konnte von dort, wo sie stand, den Absender nicht lesen, aber das musste sie auch nicht; sie kannte ihn genau.

»Akademie für gehobene Gastronomie und Backkunst«,

las Polly mit einer Hand auf dem Herzen vor. »Ach, davon habe ich in deinem Alter geträumt, aber ich habe es nie geschafft. Warum schreiben sie …« Sie riss die Augen auf und starrte Rose an. »Rosmarin Glyck, hast du dich etwa beworben?«

Rose und Nevika waren bereits offiziell anerkannte Meisterbäckerinnen, Rose mit dreizehn und Nevika mit vierzehn Jahren. Soweit sie wussten, waren sie die einzigen zwei Meisterbäckerinnen im Teenageralter, die es hier in den USA gab – aber das bedeutete nicht, dass sie nicht noch viel zu lernen hatten. Die Akademie für gehobene Gastronomie und Backkunst bot einen Intensivkurs mit abschließender Prüfung für solche Meisterbäcker an, die sich auf den nächsten Schritt vorbereiten und Großmeister werden wollten. Nach erfolgreichem Abschluss der Prüfung stellte die Akademie einem oder mehreren Teilnehmern eine Fortbildung bei einem Großmeister der Backkunst irgendwo auf der Welt in Aussicht.

So ein Stipendium für einen Ausbildungsplatz war wie ein Sechser im Lotto.

Rose holte tief Luft. »Es tut mir leid, Mom, ich weiß, ich hätte es dir sagen sollen, aber ich möchte diese Prüfung unbedingt ablegen, und wir – ich und Nevika – haben befürchtet, dass ihr – du und Dad und Mr und Mrs Baridi – es verbieten würdet, deswegen haben wir lieber nicht gefragt, weil es ja ohnehin völlig unklar ist, ob wir überhaupt eine Chance haben, zu dieser Prüfung zugelassen zu werden. Daher –«

Polly schob Rose das Päckchen zu und sagte: »Ich glaube kaum, dass sie bei einer Absage ein Päckchen schicken würden. Worauf wartest du, mach's schon auf!«

Zitternd nahm Rose ein Messer aus einem Schubfach, zerschnitt den Bindfaden, der um das Päckchen gewickelt war, und streifte das Packpapier ab. Sie öffnete den Karton. Darin lag ein rechteckiges Blatt Filo-Teig, wie ein leckeres Stück Papier. Vorsichtig nahm Rose das Blatt heraus und versuchte zu entziffern, was in Schokoladenschreibschrift auf den hauchdünnen Teigschichten draufstand. Polly blickte ihr über die Schulter, und sie lasen:

Liebe Rosmarin Glyck, geschätzte Meisterbäckerin,
es ist uns von der Akademie für gehobene Gastronomie und Backkunst eine große Freude, dich offiziell zu dem Intensivkurs hier in unserer Schule in Basel in der Schweiz einzuladen.

Rose blieb fast das Herz stehen. »Ich bin angenommen«, flüsterte sie.
Polly stupste sie gegen die Schulter. »Selbstverständlich!«

Um unsere Einladung anzunehmen, solltest du mit Schokolade unterzeichnen (nimm am besten deine feinste Spritztülle), die vier Ecken des Briefes nach innen falten, die Oberfläche mit geklärter Butter bestreichen, ihn backen, bis er braun und knusprig ist, und das fertige Backwerk danach verspeisen.
Das kündet uns dein baldiges Eintreffen an – wobei wir selbstverständlich alle Ausgaben für die Anreise nach Europa und die Unterbringung im Internat übernehmen.
Bewirke Wunder und backe gut!
Hochachtungsvoll
Prof. Margaux Macaron
Direktorin
AGGBK

Rose biss sich auf die Lippe und fragte: »Darf ich –«
Polly lachte. »Ja, du darfst fahren. Ich treffe die Vorkehrungen.« Sie hob den Finger. »Aber jetzt erst mal

schnell unterzeichnen!« Sie schaltete einen der Backöfen ein.
»Danke!« Rose flitzte in die Kühlkammer, in der gefüllte Spritzbeutel mit allen möglichen Kuchenglasuren bereitlagen. (Um Roses Vater Albert zu zitieren: »Zweierlei Dinge dürfen uns nie ausgehen: Lächeln und Glasuren.«) Rose wählte einen Beutel mit der Aufschrift SCHOKOLADE und spritzte damit sorgfältig ihre Unterschrift auf die dafür vorgesehene Linie. Dann klappte sie die Ecken zu einer perfekten Raute nach innen, bestrich das Teigstück von der Größe eines Briefkuverts mit zerlassener Butter, legte es auf ein Blech und schob es in den Ofen.
Die Küche wurde sofort vom Duft nach Butter und Schokolade erfüllt.
Doch noch ein anderes Aroma stieg auf, etwas Prickelndes, das Roses Nase kribbeln ließ.
»Riecht nach … Magie«, flüsterte Polly.
Zwölf gespannte Minuten vergingen, dann zog Rose das Gebäckstück heraus und wartete weitere zehn Minuten, bis es abgekühlt genug war, um verspeist zu werden. Rose verschlang es in drei großen Bissen.
»Und jetzt?«, fragte sie und leckte sich die Krümel von den Fingern.
»Wir warten«, sagte Polly.

Rose spürte, wie sich etwas in ihrem Bauch rührte und drehte. Die Härchen auf ihren Armen stellten sich auf, und etwas kitzelte sie hinten im Schlund.

»Oh –«, sagte sie, wurde jedoch durch einen riesigen, donnernden Rülpser am Weitersprechen gehindert. Er blähte ihre Wangen auf und hielt sekundenlang an und endete in einer solch heftigen Gasexplosion, dass es fast schmerzte.

»*Rosmarin Glyck!*«, sagte Polly und wedelte sich vor dem Gesicht herum. »Benimm dich!«

Nach vollendetem Rülpser schlüpfte etwas Hartes aus Roses Mund, kraxelte über ihre Lippen und purzelte auf den Küchenblock.

»Igitt!«, rief sie und wischte sich den Mund. »Das lebt ja!«

Eine Schildkröte aus Blätterteig, die in etwa so groß war wie eine der Badeenten ihrer vierjährigen Schwester, reckte den Kopf und sagte: »Hallo!« Die Augen waren Schokoladenkleckse, und ihr Schokoladenmund war zu einem Cartoon-Grinsen aufgespritzt. Der Panzer war goldbraun geriffelt und die Sechsecke braun umrandet. Ihr kleiner Stummelschwanz wedelte wie der eines Hundes.

»IchmeldedeineAnkunft!«, quiekte die Schildkröte. Beim Reden verzogen sich die gemalten Lippen der

Schildkröte zu A's und U's wie in einem Cartoon, und die Worte purzelten so schnell heraus, dass Rose sie kaum verstehen konnte.

Dann kroch das kleine Wesen ganz, *ganz* langsam über den Küchenblock in Richtung Küchenfenster.

»Bist du –« Rose hustete wieder und spuckte ein paar Krümel aus. »Bist du mir gerade aus dem Mund gekrochen?!«

Die Schildkröte blickte über ihren blättrigen Panzer zurück. »Wasdennsonst, woherwohlsonst –«

»Entschuldige, aber du redest *so* schnell«, sagte Polly. »Geht es auch etwas langsamer?«

Die Schildkröte blinzelte mit den Knopfaugen, die von kleinen Kreisen zu zwei Querstrichen wurden, dann wieder zu Kreisen. »Ich … mache … nichts … langsam«, brachte sie mühsam hervor. »Aber ich werde es versuchen. Aber jetzt muss ich zur Akademie – und zwar blitzartig!«

Mit langsam kreisenden Beinchen, als würde sie durch Matsch stapfen, kam sie an den Rand des Küchenblocks, dann hielt sie an.

»Ich helfe dir mal weiter«, sagte Polly. Vorsichtig hob sie die goldbraune Schildkröte hoch und trug sie auf die Fensterbank.

Während Polly das Fenster öffnete, brummte die Schildkröte: »Ich hatte es doch fast schon geschafft, aber danke trotzdem, Schätzchen.« Dann reckte sie ihren braunen Kopf und zwinkerte Rose zu. »Also bis zum Kurs!« Und damit ließ sie sich aus dem Fenster in den kühlen Abend nach draußen fallen.

Rose starrte ihr perplex nach. »Das war vielleicht seltsam!«

»Allerdings!«, gab Polly zu. »Soweit ich gehört habe, ist die Akademie auf sehr, *sehr* Seltsames spezialisiert.«

»Wird mir das wohl gefallen?«, fragte Rose.

»Hängt davon ab, wie seltsam *du* bist«, sagte Polly und zauste Rose durchs Haar.

Oben in ihrem Zimmer glitt Rose wieder auf ihren Schreibtischstuhl. Nevika erwartete sie bereits mit einem breiten Grinsen.

»Ich bin angenommen!«, sagten beide Mädchen gleichzeitig, um im nächsten Augenblick in lautes Kreischen auszubrechen.

Als Rose sich wieder beruhigt hatte, entdeckte sie etwas in Nevikas Haar und deutete darauf. »Was ist das?«

Nevika neigte den Kopf etwas. Ein kleiner Fuchs lag zusammengerollt in ihren dunklen Locken. »Eine Füchsin. Sie heißt Kit«, sagte Nevika. »Sie sammelt Kraft für die lange Reise nach Europa.«

»Meins war eine Schildkröte!«, sagte Rose. »Sie hat sich schon auf den Weg gemacht, aber ich nehme an, sie braucht einen Vorsprung.« Rose beugte sich zum Bildschirm und flüsterte: »Deine Zähne sind voller Schokolade. Ist dir Kit, äh, aus dem Mund geschlüpft?«

Nevika verzog das Gesicht zu einer Grimasse und streckte die Zunge heraus. »Das ist mein Stichwort, ich sollte mich wohl mal langsam fertigmachen!«

»Ich auch«, sagte Rose, dann musste sie wieder grinsen. »Wir sehen uns in der *Schweiz!*«, rief sie und rannte ins Badezimmer, um die Zähne zu putzen.

Kapitel 1
Trau, schau, wem!

Die nächste Woche verging wie der Wind, und am folgenden Mittwochmorgen befanden sich Rose und Nevika auf einem Boot, das den Rhein hinabfuhr.

Sie waren in ihre wärmsten Kleider gepackt – Nevika in ihren schicken Webpelz und ihre hellblaue Kappe –, und sie hielten sich fest bei den Händen, die in Handschuhen steckten. Roses Wangen wurden im beißenden Februarwind ganz rot, und jeder aufgeregte Atemzug, den sie ausstieß, bildete ein weißes Wölkchen.

Nach dem langen Flug war Rose so groggy, dass sie kaum wusste, wie sie auf das Boot gekommen waren, aber die kalte Luft machte sie munter. Sie betrachtete die Uferböschungen des ruhigen Stroms.

»Das ist ja so hübsch«, flüsterte Nevika. »Wie die Spielzeugstädtchen in einer Schneekugel.«

Rose stimmte ihr gerade zu, doch schon wurden die alten Bauten an den Ufern spärlicher und von hohen Tannen abgelöst. Ihr Bootsführer lenkte den Kahn in einen verborgenen Kanal, der sich in gerader Linie durch die Tannen zog.

»Das muss es sein!« Rose holte tief Luft und fing einen leichten Duft nach Pasteten und Zimt auf.

Der Kanal endete vor einer breiten Wiese.

»Ihr seid angekommen«, sagte der Bootsführer. Er half den Mädchen hinaus auf den perfekt gemähten, saftig grünen Rasen. Dann tat er, als zöge er eine Kappe vor ihnen und wendete das Boot, noch bevor sie ihm zum Abschied zuwinken konnten.

Rose und Nevika befanden sich am Rand eines weitläufigen Vorplatzes. Mittendrin stand ein riesiger Baum – zwei Stockwerke hoch und ebenso breit –, der, wie es wirkte, aus Dutzenden von kleineren Stämmen bestand, die verschlungen waren, geflochten wie ein Strang von Lakritzschlangen. Dunkelblaue Schoten, die im Morgenlicht wie langgezogene Regentropfen schimmerten, baumelten an silbrigen Fäden von den Ästen. Seitlich hinter dem Baum blinkte ein großes Glashaus und hinter diesem die Akademie.

Das Gebäude war ein großes Holzhaus, ein sogenanntes Chalet, ausladend und mintgrün, und ähnelte mit seinen drei Stockwerken einer großen, rechteckigen Schichttorte. Das überhängende, flache Dach sah aus wie aus Schokolade. Fast wie aus einem Bilderbuch, dachte Rose und konnte es kaum erwarten, das Chalet zu betreten. Die Akademie für gehobene Gastronomie und Backkunst. Sie waren endlich angekommen.

»Wow.« Nevika breitete die Arme aus. »Es riecht nach … frischem Brot … und Zuckerplätzchen … und Obstkuchen!« Sie grinste Rose an. »Du weißt, was das heißt.«

»Dass die Leute in der Schweiz auf Backwaren stehen?«, sagte Rose.

»Nein, dass die Backöfen schon an sind. Komm!«, sagte Nevika und stürmte los. »Wir können nicht zulassen, dass sie ohne uns anfangen!«

Rose rannte ihrer Freundin nach. Sie umrundeten den großen Baum mitten im Hof und stürzten durch den Eingang des Gebäudes und durch eine weiße Doppeltür unter dem Emblem der Akademie, das ihnen ja bereits vertraut war.

Die dunklen Holzböden und Wände im Inneren der Eingangshalle – auch der abgewetzte rote Teppich unter ihren Füßen –, alles wirkte uralt, als ob es schon Hunderte von Jahren existierte, viel länger, als es ein amerikanisches Städtchen wie Calamity Falls überhaupt auf der Landkarte gab. Vor den Mädchen erhoben sich zwei geschwungene Holztreppen in die zweite Etage. Und auf einem runden Mahagonitisch am Fuß der Treppen standen zwei silberne Speisehauben und zwei cremefarbene Kärtchen, auf denen in goldener Schrift ihre Namen prangten.

Rose öffnete ihre und las vor: »Willkommen, Rosmarin Glyck. Unter der silbernen Speisehaube –«

Nevika beendete den Satz: »– findest du eine vertraute Freundin. Sie führt dich zu dem Zimmer, das du während der Examenszeit mit deiner Mitbewohnerin teilen wirst.« Nevika ließ die Schultern hängen.

Rose wusste, warum, als sie ihren Brief zu Ende gelesen hatte. »Marie-Claire Dufour?« Sie sah Nevika an und sagte: »Ach je, ich dachte, sie würden uns zusammen in ein Zimmer stecken …«

»Ich auch«, sagte Nevika. »Ich bin mit einer Lucy Banerjee im Zimmer.«

»Na ja, wir sind ja auch hier, um neue Freundschaften zu schließen, nicht?«, sagte Rose, wie um sich selbst zu trösten, auch wenn sie hörbar enttäuscht war.

»Kann schon sein«, sagte Nevika. »Und es sind ja auch nur vier Tage.« Sie deutete auf die Teller mit den Hauben. »Sollen wir?«

Beide streckten die Hände nach dem Griff auf den Hauben aus.
»Auf drei«, sagte Rose und zählte.
Schwungvoll hoben sie die Hauben hoch. Darunter befanden sich tatsächlich vertraute Freunde: Nevikas winzige Füchsin aus Blätterteig und Roses Schildkröte im Taschenformat.
»Kit!«, rief Nevika und kniete sich hin, um auf einer Höhe mit dem Füchslein zu sein.
Die winzige goldene Füchsin gähnte und streckte die Vorderpfoten aus. »Nevika!«, flüsterte sie mit einer Stimme, die Rose an ihre kleine Schwester Nella erinnerte. »Wie schön, dass du es geschafft hast.« Sie blinzelte schläfrig.
»WurdeauchendlichZeit!«, ratterte Roses kleine Schildkröte los. Sie räusperte sich, dann wiederholte sie: »Ich meine, *auch endlich Zeit.*« Ihr kleiner daumenförmiger Kopf wackelte hin und her. »Ich bin so an *schnellschnellschnell* gewöhnt, dass es hart wird, für dich langsamer zu sprechen.«
Rose kniete sich hin. »Gibt es dich nicht erst seit Freitag?«
»Kleinigkeiten, Kleinigkeiten!«, blaffte die Schildkröte. »Ich heiße übrigens Zippo. Folge mir und ich bring dich auf deine Bude. *Falls* du mithalten kannst, heißt das!«

Damit machte die Kuchenschildkröte langsam kehrt. Rose, Nevika und Kit warteten. Es kam ihnen wie eine ganze Minute vor, bis sich die Schildkröte endlich zur Treppe umgedreht hatte.

»Wir wär's, wenn ich dich tragen würde?«, fragte Rose. »Ich bin sicher, dass deine Beine nach der langen Überseereise müde sind.«

Die Schildkröte seufzte. »Hast wohl Angst, dass ich dir davonlaufe, was?«

Mit ihren Kuchentieren in den Händen stiegen Rose und Nevika die Treppe in den ersten Stock hinauf. Die Stufen knarrten unter ihren Schritten, was jedoch schon bald übertönt wurde vom Lärm einiger Jungen, die oben irgendwo lachten.

»Nach rechts, dann erste Tür links!«, verkündete Zippo, als sie den ersten Stock erreichten. Der Treppenabsatz war ein Übergang zwischen zwei Korridoren, die in entgegengesetzte Richtungen gingen.

»Und du bist links, erste Tür rechts«, sagte Kit zu Nevika.

»Ich komme rüber zu dir, sobald ich Marie-Claire begrüßt habe«, versprach Rose und wandte sich nach rechts.

Die Tür zu Roses Zimmer stand einen Spalt offen, und Rose trat vorsichtig ein. Vor ihr lag ein großes Zimmer mit zwei Betten zu beiden Seiten eines hohen Fensters, das den Blick auf die Wälder hinter dem Chalet freigab. In der Mitte des Zimmers saß Marie-Claire mit übergeschlagenen Beinen an einem weißen Kaffeetisch. Sie trank eine dampfende Tasse Tee und beäugte Rose mit einer hochgezogenen blonden Braue aus ihren blauen Augen. »Du bist – äh – ganz anders, als ich mir dich vorgestellt habe.«

Das Mädchen war zart und puppenhaft und so klein, dass die Spitzen ihrer violetten Schuhe kaum den Teppich unter ihr erreichten. Sie trug ein pinkfarbenes Kleid mit weitem Rock, und ein winziger weißer Hut saß auf ihrem blondierten Haar.

»Ich bin Rose, Rosmarin Glyck. Wir teilen uns wohl das Zimmer.«

Marie-Claire blickte herunter auf Roses ausgestreckte Hand. »Mit Vergnügen, nehme ich an«, sagte sie mit leicht französischem Akzent, der Rose an Jacques erinnerte, ihren Mäusefreund daheim. »Und zwar für dich.«

Rose ließ verlegen den Arm sinken. Sie sah sich im Zimmer um und entdeckte ihren buttergelben Koffer mit Zutaten auf dem linken Bett. Auf dem Kopfkissen stand ein geflochtener Korb, geschmückt mit Seidenpapier und verschnürt mit Seidenbändern.

Das andere Bett war bereits mit Marie-Claires Sachen bedeckt – einem schicken Chenille-Überwurf, einigen Kleidern und mit Büchern, die sich auf dem Nachttisch stapelten. Ein ähnlicher Geschenkkorb stand halb geöffnet auf der Bettdecke.

»Ich kenne dich von der Gala des Gataux Grands«, sagte Marie-Claire mit einem Naserümpfen. »Nachdem du jetzt aber den Status einer *Meisterbäckerin* hast, habe ich jemanden erwartet, der etwas – äh – eindrucksvoller aussieht.«

»Oh-kay, na gut«, sagte Rose. Sie schluckte und hielt Zippo hoch. Die Schildkröte hob ein Stummelbein zum Gruß. »Das ist Zippo, mein Vertrauter. Was für ein Tier hast du bekommen?«

Marie-Claire deutete auf eine weitere Speisehaube mitten auf dem Kaffeetisch. »Ich musste ihn wegschließen, damit er einen Moment zur Ruhe kommt.«

Das Mädchen hob die Haube hoch. Dort saß ein aufgeschrecktes Teig-Eichhörnchen, kaum größer als eine Actionfigur, auf dessen Rücken ein tiefbrauner Streifen das goldbraune Fell zierte. Es blinzelte verstört in die plötzliche Helligkeit.

»Aahhh!«, seufzte das Eichhörnchen, erhob sich auf die Hinterbeine und breitete die Vorderpfoten weit aus. »*Mes chéries*! Willkommen in der Schweiz – wo die Berge richtige Berge sind, die Schokolade dekadent köstlich schmeckt … und wo man sich nicht in die Politik anderer Länder einmischt. Ich bin –«

»Ein Nager«, sagte Marie-Claire säuerlich.

Das Eichhörnchen schüttelte den Kopf. »Ah, nicht ganz akkurat, aber dicht dran, *chérie*! Du würdest dich doch auch nicht als *homo sapiens* bezeichnen, oder?« Es sah Marie-Claire mit schiefem Blick an. »Und *moi* … ich bin Reynard. Meine Freunde nennen mich Raffer statt Nager, aber …« Reynard zwinkerte. »Versteht ihr? Weil ich Nüsse raffe. Ich bin der verrückte Raffer.«

»Mein Bruder Basil würde dir gefallen«, sagte Rose. »Der findet sich nämlich auch komisch.«

»Verstehst du jetzt, warum ich ihn weggesperrt hatte?«, sagte Marie-Claire und musterte ihre perlmuttfarbenen Fingernägel. »Mir ist jetzt langweilig. Du kannst wieder gehen.«

»Aber das ist doch auch mein Zimmer«, entgegnete Rose mit einem Lachen. »Übrigens«, fuhr sie fort, »ist dir Reynard auch aus dem Mund gefallen?«

Das Eichhörnchen lachte herzlich. »Wo sollte ich denn sonst hergekommen sein? Du stellst vielleicht dumme Fragen!«

»Reynard ist nicht herausgefallen«, sagte Marie-Claire, ohne Rose anzusehen. »Er ist geflogen.«

»Geflogen?«, wiederholte Rose.

»Gesegelt!«, verkündete Reynard. »Ich bin nicht einfach ein Eichhörnchen, *ma chère*. Ich bin ein *Gleit*hörnchen!«

Wie zum Beweis breitete Reynard die Beinchen aus, so dass sich zu beiden Seiten seines Körpers zwei goldene Hautfalten ausbreiteten. Er sprang von Kaffeetisch, und die Hautmembrane füllten sich mit Luft. Anmutig glitt er dahin und landete auf Marie-Claires Kopfkissen.

»*Et voilà!*«, rief Reynard mit einer Verbeugung.

Rose setzte Zippo ab und klatschte höflich.

»Angeber«, murmelte Zippo.

Mit einem entrüsteten Aufschrei sprang Marie-Claire auf und stapfte auf Reynard zu. »Du verschmierst mein Kopfkissen ja mit Schokolade!«, rief sie. Und in der Tat hatten die braunen Schokoladenkrallen des Eichhörnchens braune Spuren auf dem Satin hinterlassen.

Ehe Reynard antworten konnte, riss Marie-Claire eine Tasche vom Fußende des Bettes, schnappte ihn und stopfte ihn hinein. Mit einem *Klick* ließ sie die Tasche zuschnappen. »Ekliges Viech.«

Unbeeindruckt begann Reynard zu singen. Seine kräftige Stimme klang laut und kräftig aus der Tasche. »*Non, je ne regrette rien!*«

Marie-Claire schüttelte die Tasche und zischte: »Du

wirst wissen, was bereuen heißt, ehe ich mit dir fertig bin!«

»Na gut, nett, dich kennengelernt zu haben«, sagte Rose, packte Zippo und ging zur Tür. »Ich werde mal nachsehen, wie meine Freundin Nevika zurechtkommt.«

»Vielleicht ist sie doch ganz nett«, sagte Zippo und zappelte mit seinen Stummelbeinchen sinnlos in der Luft umher, während Rose die Tür schloss.

»Aber hallo!«, sagte Rose. Weiter hinten im Korridor konnte sie wieder die unsichtbaren Jungen lachen hören. Wenigstens die schienen sich zu vertragen. »Hier geht's doch zu Nevika, oder?«

»Das hat das schläfrige Füchslein gesagt!«, bestätigte Zippo. Rose kam an der Tür an, als Nevika gerade aus ihrem Zimmer trat.

»Und, wie ist Marie-Claire?«, fragte Nevika.

Ehe Rose antworten konnte, erschien ein dunkelhaariges, offenbar indischstämmiges Mädchen. Sie hatte ihre braunen Augen neugierig aufgerissen und machte jetzt einen kleinen Satz. »Oje – wo bleiben meine Manieren!« Sie schüttelte Rose die Hand. »Lucy Banerjee. So schön, noch eine Meisterbäckerin kennenzulernen!« Sie sprach ein perfektes britisches Englisch.

»Absolut!«, sagte Rose lächelnd und erwiderte Lucys Händedruck. »Ich bin Rose Glyck.«

Lucy wackelte neckisch mit dem Finger. »Du bist so bescheiden, Rosmarin Glyck. Jeder weiß, wer du bist! Du warst letztes Jahr das Clubgespräch im Wompshire Hills.« Erschrocken schlug sie die Hand vor den Mund. »Vergiss, dass ich den Namen des Clubs erwähnt habe. Das ist äußerst privat.«

»Schon gelöscht«, sagte Nevika mit verschränkten Armen. Sie sah den Korridor entlang, aber sonst war keiner in Sicht. »Also, was sollen wir jetzt –«

Ehe sie die Frage vollenden konnte, wurde der zappelige Zippo in Roses Hand still. Seine Schokoladenaugen wurden zu großen, runden, ausdruckslosen O's. Eine seltsame Stimme drang aus seinem verzerrten Mäulchen – eine Stimme, die ebenfalls aus dem Zimmer von Nevika und Lucy drang.

»AUFGEPASST, JUNGBÄCKER«, sagte Zippo. »BITTE TRETET IN ZWEI MINUTEN IM VORHOF ZUR EINWEISUNG UND ZUR AUFWÄRMPRÜFUNG AN.«

Zippos Augen wurden wieder normal und sein Mund verzog sich. »Uff, was hab ich da gesagt?«, klagte er. »Ich hasse es, wenn sie das machen!«

Lucy klatschte in die Hände. »Gehen wir! Ich kann es kaum erwarten, alle kennenzulernen!«

Aus dem Zimmer piepste eine quäkende Stimme: »Mich nicht vergessen!«

Und die Stimme von Nevikas Füchsin setzte hinzu: »Wir sollen ständig bei euch bleiben.«
»Natürlich!«, sagte Lucy und stürmte zusammen mit Nevika ins Zimmer. Kurz darauf kamen sie wieder heraus, Nevika mit Kit und Lucy mit einem süßen kleinen Igel. Eine Matrosenmütze mit blauem Zuckerguss, ebenfalls aus Kuchenteig, saß schief auf seinem stacheligen Kopf.
»Rupert«, stellt ihn Lucy vor. »Geht's los?«
»Bist du so weit?«, sagte Nevika zu Rose und konnte ihr Grinsen nicht unterdrücken.
»Aber so was von!«, erwiderte Rose.
»Ich bin *immer* so –«, sagte Lucy und stolperte auf der obersten Stufe.
Nevika streckte schnell den Arm aus und hielt das Mädchen am Kragen, ehe es die Treppe hinunterfallen konnte. »Schön langsam, Tiger.«
»Danke, Nevika«, sagte Lucy mit einem nervösen Kichern. »Ich und Tiger! Ha! Nicht zu fassen!«

Auf dem Rasen vor dem Chalet hatte sich bereits eine kleine Menge versammelt. Auf einer Seite des riesigen Baumes war inzwischen ein weißes Zelt aufgebaut worden. Die Zeltklappen waren geschlossen.
Vor dem Zelt standen vier Jungen beieinander, jeder mit

seinem gebackenen Vertrauten in Händen: die anderen Schüler. Als die Mädchen herauskamen, drehten sich die Jungen nach ihnen um und musterten sie neugierig.
Der Älteste schien fast im Alter von Tymo zu sein. Er hatte breite Schultern, eine dunkle Haut und lächelte, nicht nur mit dem Mund, sondern auch mit blitzenden Augen. Neben ihm stand ein stämmiger, blasser Junge mit pechschwarzen Haaren. Und hinter ihm lehnten lässig ein etwas kleinerer Junge mit dunkler Haut und einem spöttischen Grinsen sowie ein ziemlich zierlicher, schlanker blonder Junge, der mit der Schuhspitze im Gras scharrte und den Blick schüchtern abgewendet hatte.
Rose stellte sich mit einem leisen »Hallo« neben den blonden Jungen – Nevika und Lucy folgten ihr.
Mit einem lauten »Hallo! Hallo!« traten zwei Lehrer in frischen weißen Kochjacken aus dem Zelt und verbeugten sich. Der eine, ein rundlicher Mann mit rosigem Gesicht und schütteren weißblonden Haaren, band schnaufend die Zeltklappen zurück. Der andere war dünn, hatte dunklere Haut und dunkle Haare sowie eine spitze Nase und sah die versammelten Schüler von oben herab an.
In dem Zelt befanden sich ein Arbeitstisch mit Holzplatte und ein riesiger Backofen auf Rädern, der vor

Hitze rot glühte. Und vor dem Ofen stand eine große, silberhaarige Frau in schwarzem Talar mit ausgestreckten Armen. Eine runde blaugrüne Sonnenbrille verdeckte ihre Augen.

»Willkommen alle miteinander!«, sagte die ältere Dame und lächelte breit. »Ihr acht Schüler seid die vielversprechendsten Meister –«

»Äh, Margaux, eine fehlt noch«, sagte der rundliche, rotwangige Ausbilder.

»Habt ihr jemanden zurückgelassen?«, fragte der dünne Lehrer.

Erst jetzt stellte Rose fest, dass ihre Mitbewohnerin fehlte. »Marie-Claire!«, flüsterte sie Nevika zu.

Wie auf ein Stichwort waren hinter ihnen Schritte zu hören. Alle drehten sich um und sahen das rosa gekleidete Mädchen über den Rasen gleiten. Sie hielt Reynard mit spitzen Fingern von sich und passte auf, dass seine Schokoladenverzierung nicht an ihre Hände kam.

»Ich bin da«, sagte Marie-Claire. »Wir können beginnen.«

»Mit vornehmer Verspätung!«, sagte der rundliche Mann.

»Wie ich bereits sagte«, nahm die weißhaarige Frau ihre Ansprache wieder auf. »Ich bin Professorin Margaux Macaron und bin, wie auch das restliche Kollegium, überglücklich über die diesjährige Auswahl an Bäckerinnen und Bäckern, die an unserer Prüfung teilnehmen. Es gibt Jahre, in denen wir nur zwei oder drei Kandidaten für würdig befinden, an diesem Wettbewerb teilzunehmen; ihr acht seid die größte Gruppe seit zwei Jahrzehnten, die wir jemals aufgenommen haben. Selbst wenn ihr kein Stipendium gewinnt und somit keinen Ausbildungsplatz bei einem Großmeister bekommt, solltet ihr sehr stolz auf euch sein, weil ihr es bis hierher geschafft habt.« Sie klatschte lebhaft, und die beiden Lehrmeister fielen ein.

»Das hier ist Hans« – Professorin Macaron deutete auf den rundlichen, blonden Mann –, »der die Vorräte unter sich hat.«

Hans wedelte kurz mit dem Handgelenk.

»Und das hier ist Thierry, der Küchenmeister.«

Der schlanke, dunkelhäutige Mann verneigte sich feierlich, die Hände immer noch auf dem Rücken.

Als im Zelt ein Timer klingelte, drehte Professorin Macaron sich zu dem Backofen um und zog ein Blech heraus. Der buttrige Duft nach frischen Scones – englischen Teebrötchen – schwebte durch die warme Luft. Professorin Macaron stellte das Blech mit den Scones auf den Arbeitstisch und holte einen gläsernen Messbecher hervor, der mit einem schimmernden, glitzernden

Sirup gefüllt war. Sie goss den Sirup über die Scones, wobei sie etwas vor sich hin murmelte.

Rose bemerkte, dass der Sirup bereits verdampft war, ehe er auf die Scones fiel – *Magie*, stellte sie fest.

»Die Akademie für gehobene Gastronomie und Backkunst hat eine lange und ereignisreiche Tradition darin, angehenden Meisterbäckerinnen und Meisterbäckern Ausbildungsplätze zu vermitteln und zu finanzieren, die ihnen zum Aufblühen verhelfen«, sagte die Professorin. »Einige der berühmtesten Zauberbäcker der Welt haben unsere Hallen durchlaufen.«

Sie wählte drei der Scones aus und setzte sie auf Porzellanteller. »Aber für Geschichten haben wir später noch Zeit. Zunächst haben wir uns als Aufwärmprüfung eine nicht ganz ernst gemeinte Herausforderung ausgedacht, die uns zeigen wird, was ihr alles könnt … und die euch hilft, euch miteinander bekannt zu machen.«

Die Professorin reichte Thierry einen der Teller und Hans den anderen. Den letzten nahm sie selbst. »Im Erdgeschoss unseres Anwesens«, fuhr sie fort, »findet ihr unsere Küche und die Vorratskammern.« Sie knabberte an ihrem Scone, die beiden anderen Lehrer ebenso. »Die Herausforderung für euch ist, ein Gebäck herzustellen. Dazu verwendet ihr unsere vorhandenen Zutaten und Zauberzutaten nach eurer Vorstellung. Die einzige Bedingung ist, dass diese Zauberkuchen euch in die Lage versetzen müssen, Dinge zu sehen, die man sonst nicht sehen kann.«

Der stämmige, dunkeläugige Junge runzelte verwirrt die Stirn. »Aber warum? Was suchen wir?«

Margaux Macaron lächelte breit. Die drei Lehrmeister verspeisten den Rest ihrer Scones, und während die Schüler sie noch neugierig beobachteten, setzte sie hinzu: »Uns natürlich, wen sonst?«

Und von einem Augenblick auf den nächsten waren die drei Lehrer verschwunden.

Kapitel 2
Der böse Blick

»Wohin sind sie –?«, fing der blonde Junge neben Rose an.
»Sollte das vielleicht –?«, sagte Lucy gleichzeitig.
Doch Rose wusste sofort, was sie tun sollten.
Genauso schien der schwarzhaarige Junge mit dem kantigen Kinn Bescheid zu wissen. Wortlos machte er auf dem Absatz kehrt und eilte zielstrebig zum Schulgebäude zurück. Marie-Claire schlurfte mit geschürzten Lippen hinterher, gefolgt von dem gutmütigen kleineren Jungen.
»Wartet!«, schrie Lucy und stolperte fast über die eigenen Füße, so schnell rannte sie hinterher.
Der schlanke Junge neben Rose trat unruhig von einem

Fuß auf den anderen. »Ähm, ich weiß nicht so recht, was da vor sich geht.« Wie die meisten anderen Schüler sprach er mit ausländischem Akzent – dänischem vielleicht?

»Das ist unsere erste Prüfung«, erläuterte ihm Nevika. »Wir machen also genau das, was uns befohlen wurde: die Lehrer suchen. Komm schon, Rose, wir wollen nicht die Letzten sein.«

Nevika rannte auf den Eingang der Schule zu, und Rose folgte ihr. Der blonde Junge, vermutlich ungefähr in ihrem Alter, hielt sich an ihrer Seite.

»Ich heiße Rose«, sagte sie und schüttelte ihm die Hand, während sie die Stufen hinaufstiegen. »Rose Glyck.«

»Hrrmm«, machte ihre kleine Schildkröte.

»Ach, und das ist Zippo«, sagte Rose und hielt das kleine Wesen hoch.

Der Junge entspannte sich etwas. »Ich heiße Emil Bagersen.« Er neigte den Kopf nach rechts. Ein kleiner goldbrauner Oktopus saß wie eine frisch gebackene Schulterklappe auf seiner Schulter und ließ seine acht Tentakel an seinem Arm herabhängen. Er gluckste wie ein Baby, und aus seinem o-förmigen Mund stieg eine kleine Schokoladenblase auf. »Es ist eine *Sie*. Ich weiß nicht genau, wie sie heißt. Sie ist wohl noch zu klein, um sprechen zu können. Ich nenne sie Stella.«

»Nett, dich kennenzulernen«, sagte Rose. »Und dich auch, Stella!«

Rose schüttelte einen der Tentakel zwischen Daumen und Zeigefinger. Er war buttrig und warm, wie das schmale Ende eines Croissants. Der Oktopus gurrte.

Rose entdeckte Nevika in dem Gang, der nach links führte. Sie hatte gerade einen bogenförmigen Durchgang erreicht, und der gutaussehende ältere Junge hielt eine Tür auf und lächelte.

»Ich weiß, wie man eine Tür aufmacht.« Nevika verschränkte die Arme. »Ist schließlich nicht so schwierig.«

Der Junge zuckte mit den Schultern.

Nevika blickte mit zuckenden Lippen zu Rose zurück und schlüpfte an dem Jungen vorbei in die dahinter liegende Küche.

»Ich heiße übrigens Rose, und das da war Nevika«, sagte Rose, als sie in die Küche trat. »Mach dir nichts draus, sie braucht immer etwas Zeit, ehe sie sich für jemanden erwärmt.«

»Meine Schwestern und Tanten hätten das Gleiche gesagt«, meinte der Junge, und Rose konnte von ihrer letztjährigen Reise nach San Caruso sofort den singenden italienischen Akzent erkennen. »Trotzdem halte ich immer Türen auf, denn wenn ich es nicht mache, sagen sie noch schlimmere Sachen!« Er lachte, und seine perfekt weißen Zähne blitzten auf. Dann fuhr er fort: »Ich heiße übrigens Milo.«

Sie stellten ihre Kuchentiere vor – Milo hatte einen kleinen Affen, einen Kaiserschnurrbart-Tamarin namens Confucius –, doch ehe sie weiterreden konnten, hörten sie aus dem Raum den Lärm von herunterkrachenden Töpfen.

»Oh, Entschuldigung! Ich bin ja so tollpatschig!«

Die Küche hinter dem Bogendurchgang war so lang und breit wie eine Turnhalle. Durch die Mitte zogen sich zwei lange Tischreihen mit hölzernen Arbeitsflächen. Davor stand Lucy, zu ihren Füßen ein Haufen von Backblechen und Messingtöpfen. Sie kniete sich hin und stellte sie nacheinander wieder auf ihren Platz.

Am nächsten Tisch lehnte der kleinere Junge, der sich vor Lachen den Bauch hielt.

Nevika seufzte und trat zu Lucy, um ihr zu helfen. Milo folgte ihr rasch. Mit strafendem Blick sah er den kleineren Jungen an, der sofort zu lachen aufhörte und auch mithalf, zusammen mit Rose und Emil. Zu sechst hatten sie die Unordnung schnell wieder beseitigt.

Lucy wischte sich die Hände an ihrer grauen Bluse ab. »Danke. Ich wusste nicht, was hier auf mich zukommt, denn wir liegen ja alle im Wettstreit um diese Fortbildung und so, aber ihr wart alle wirklich nett!«

»Nett ist untertrieben«, murmelte Marie-Claire. »Ich bin eigentlich nur wegen dem Ausbildungsplatz hier.«

»Man kann im Wettstreit liegen und *trotzdem* nett zueinander sein«, sagte der kleinere Junge, und Rose konnte ihm nur zustimmen.

»Das glaubst du wirklich? Wir werden ja sehen«, sagte Marie-Claire und stolzierte davon.

Der Junge sah ihr nach und verdrehte die Augen. »Ich heiße Gustavo«, sagte er zu Rose. Dann nickte er zu seinem Küchenplatz, auf dem ein kleines Faultier aus Teig lag, das die Arme über die Tischkante baumeln ließ. »Das ist Gorda. Sie ist ziemlich cool.«

Während sie sich unterhielten, bemerkte Rose, dass Marie-Claire und der Junge mit dem schwarzen Haar an Lucy vorbei ans Ende des Raumes gegangen waren und durch die Türen, die, wie sie annahm, zu den Vorratskammern führten, raus- und reinflitzten. An den Wänden zwischen den Vorratskammern waren schwarze Wandbacköfen, die Hitze ausstrahlten.

Auch Nevika hatte es bemerkt, und sie machte ein entschlossenes Gesicht. »Komm, Rose, Lucy hat recht, hier geht's um einen Wettstreit. Wir wollen nicht die Letzten werden.«

Sie suchte sich einen freien Arbeitsplatz und zog Rose mit sich.

»Ich bin schließlich hergekommen, um Großmeisterin zu werden«, erklärte sie. »Und du auch. Wir müssen ganz vorne sein und einen guten Eindruck auf die Lehrmeister machen.« Sie deutete auf Marie-Claire, die bereits etwas in einer Schüssel verrührte. Das vermutete Rose zumindest. Es schien nämlich nichts in der Schüssel zu sein, auch wenn Marie-Claire so tat, als rührte sie angestrengt.

Rose ergriff die Hand ihrer Freundin und drückte sie. »Wir sind Meisterbäckerinnen. Wenn wir den *Hund* beeindrucken konnten, dann schaffen wir das auch mit einer Handvoll Lehrer.«

»Den Hund?«

Nevika und Rose zuckten zusammen und sahen, dass Lucy hinter ihnen stand. Zerstreut kraulte sie ihren kleinen Igel zwischen den Ohren und bekam Trauerränder aus Schokolade unter die Nägel.

»Schleich dich gefälligst nicht so an!«, sagte Nevika.

»Entschuldigung!«, sagte Lucy. »Ich konnte nicht umhin, das mitanzuhören. Ihr seid also tatsächlich Meisterbäckerinnen?«

»Ja«, sagte Nevika. »Und wir haben hart dafür gearbeitet.«

Lucy nickte lebhaft. »Das glaube ich gern! Ich bin auch Meisterbäckerin, wenn auch erst seit kurzem. Ich wusste nicht, dass es so viele von uns gibt!« Sie kam näher. »Die Mentorin meiner Mutter ist die berühmte Backfürstin Lillian Davies-Hughes, daher hat sie mich schon so früh hier reingebracht.«

»Backfürstin …?«, fragte Rose.

»Wer ist das?«, fragte Nevika etwas unverblümter.

»Ihr kennt Backfürstin Davies-Hughes nicht?«, fragte Lucy. »Sie ist *die* oberste Backfürstin von ganz England. Sie ist eine Legende und macht alle Geburtstagstorten für die Queen. Ihre und unsere Familie gehören zum englischen Backadel seit unzähligen Generationen.« Lucy runzelte die Stirn. »Ich muss großen Erwartungen gerecht werden.«

Rose schmunzelte. Lucy war echt süß in ihrer treuherzigen Art, wenn auch zweifellos etwas seltsam.

»Tja«, sagte Nevika, »wir sollten jetzt wirklich anfangen.«

»Oh, natürlich! Tschüs erst mal!« Kichernd eilte Lucy an ihren Arbeitstisch zurück.

»Viel Glück«, sagte Rose zu Nevika.

»Dir auch«, erwiderte Nevika.

Das Geplapper in der Küche war erstorben, als Rose an den letzten freien Arbeitstisch trat. Löffel, die in Schüsseln klapperten, Töpfe, die auf Tische gestellt wurden, Teig, der von Hand geschlagen wurde, war alles, was sie noch hören konnte. Ihr Magen flatterte – es war aufregend (und ein bisschen beängstigend), unter so vielen talentierten Bäckern und Bäckerinnen zu sein.

Rose setzte Zippo an die Ecke der hölzernen Arbeitsfläche. Die kleine Schildkröte fragte: »Wie sieht denn nun dein Plan aus, Schätzchen?«

»Ich bin mir noch nicht sicher.« Rose biss sich auf die Lippe. »Ich muss etwas backen, das Unsichtbares sichtbar macht.«

Wenn sie zu Hause gewesen wäre, hätte sich Rose jetzt in das magische Backbuch ihrer Familie vertieft, um die vielen Hundert Zauberrezepte darin zu Rate zu ziehen. Aber eine Regel der Akademie lautete, dass man keine Rezeptbücher mitbringen durfte – die Herausforderung bestand darin zu beweisen, dass man eigenständig Rezepte erfinden konnte, was zum Bereich eines offiziellen Großmeisters der Backkunst gehörte.

Rose würde sich also auf ihr Gedächtnis verlassen müssen.

»Das Unsichtbare sichtbar machen«, murmelte sie wieder vor sich hin und versuchte, sich zu konzentrieren. Schlagartig kam ihr eine Idee, und sie machte einen kleinen Satz.

»Was ist los?«, fragte Zippo. »Du hast dich gerade fast so schnell bewegt wie ich!«

Rose stützte die Ellbogen auf die Arbeitsfläche. »Ich habe am falschen Ende angefangen«, flüsterte sie. »Um etwas zu sehen, das nicht da ist, muss ich erst mal herausfinden, wie es überhaupt verschwunden ist.«

Damit kannte sich Rose allerdings aus!

Es war noch keine drei Wochen her, da hatte sie an einem faulen Sonntagnachmittag Spüldienst in der Backstube der Glücksbäckerei gehabt. Als sie verträumt über dem Spülbecken aus dem Fenster starrte, war auf der anderen Seite der Fensterscheibe plötzlich ein Paar glühender gelber Augen aufgetaucht.

Erschrocken hatte Rose fast einen seifigen Teller aus den Händen fallen lassen. Aber es war nur eine hübsche getigerte Katze gewesen, die auf die Fensterbank gesprungen war.

Einen Moment später war eine weitere Katze anmutig heraufgesprungen, schwarz wie die Nacht und mit grünen Augen. Beide Katzen hatten an der Fensterscheibe gescharrt.

Rose hatte plötzlich ein Räuspern vernommen, und als sie sich umgedreht hatte, lag da ihr großer, dicker grauer Kater Gus wie eine pelzige Pfütze auf dem Küchenblock.

»Freunde von dir?«, hatte Rose gefragt.
Gus hatte sich lässig eine Pfote geleckt und sich damit die Schnurrhaare glattgewischt. »Stimmt tatsächlich. Ich habe ihnen und den anderen gesagt, ich würde dich zu ihnen schicken, sobald du Zeit hättest, aber Kitty und Kitty waren noch nie die geduldigsten aus ihrem Wurf.«
»Kitty und ... Kitty?«, fragte Rose und ließ den Teller ins Seifenwasser sinken. »Sie haben denselben Namen?«
Gus blinzelte träge. »Ja, und draußen warten noch Kitty, Kitty, Kiiietty, kleine Kitty, Schmusekitty, Kitty, Kitty ...« Er ratterte noch fünfzehn weitere Namen herunter, alles Kittys oder etwas Ähnliches. »Alle vierundzwanzig benötigen dringend die Dienste einer Meisterbäckerin.«
Er führte Rose hinaus in den Garten, wo sich die Katzen versammelt hatten. Einige hingen an der Schaukel, eine ganze Menge saß mit geziert baumelnden Schwänzen auf dem Gartentisch, und noch weitere kauerten auf den Stufen zur Hintertür. Einige lagen auf dem Dachvorsprung über der Tür, während eine besonders mutige weiße Katze auf einen Baum in der Nähe geklettert war und es sich auf den kahlen Winterästen gemütlich gemacht hatte.

»Hallo!«, sagte Rose und winkte allen zu. »Wie kann ich euch helfen?«
Ein Chor verzweifelter Miaus und Jaulrufe und Schnurrlaute war die Antwort.
»Ich mache den Übersetzer«, sagte Gus. »Sie sind gekommen, um den Schmuseattacken einer Miss Margaery Pinkney zu entfleuchen. Sie möchten unbedingt so schnell wir möglich unsichtbar werden.«
»Aber die Gute liebt euch wahrscheinlich, und dann könnte sie euch ja nicht mehr sehen«, wandte Rose ein.
»Das ist doch Sinn und Zweck der Übung«, sagte Gus, während die Katzen zustimmend schnurrten und miauten. »Sie sagen, dass die Dame eigentlich nur ihre ersten drei Katzen wirklich liebt, denen sie auch richtige Namen gegeben hat. Für die anderen war ihr der Aufwand zu groß. Für sie sind sie alle nur … Kitty.«
Ein kleines Tigerkätzchen miaute kläglich.
»Wir haben versucht wegzulaufen«, übersetzte Gus. »Aber sie findet uns. Sie findet uns *immer.*«
»Und der *Geruch* in ihrem Haus!«, jammerte eine Katze. »Es *stiiiinkt*!«
»Ich verstehe, warum ihr wegwollt«, sagte Rose und überlegte bereits, welches Rezept sie anwenden könnte. Doch die weiße Katze auf dem Baum ließ sie nachden-

ken. Ihr fielen ihre gefiederten Freunde ein. Die meisten Vögel waren den Winter über nach Süden gezogen, aber was würde geschehen, wenn sie zurückkamen? Ein Schwarm unsichtbarer Katzen wäre eine Katastrophe für sie.

Sie willigte in die Bitte der Katzen unter einer Bedingung ein – sie mussten kleine, unsichtbare Glöckchen tragen, damit sie sich nicht heimlich an jemanden – nämlich die Vögel – anschleichen konnten. Die Katzen willigten ein.

Damals hatte Rose den restlichen Nachmittag damit verbracht, einen Unsichtbar-Apfelkuchen zu backen. Nach jenem Tag sah niemand die Katzen wieder, nur dass Miss Pinkney und andere in der Stadt bisweilen geisterhaftes Miauen und das Bimmeln unsichtbarer Glöckchen hörten.

Nachdem Rose dies der kleinen Schildkröte erzählt hatte, sagte diese: »Aber die Ausbilder *sind* doch bereits unsichtbar. Hast du die Herausforderung wirklich richtig verstanden?«

Rose schnaubte abfällig. »Völlig richtig verstanden. Mein Freund Devin würde das Umkehrtechnik nennen. Ich *weiß*, wie man Dinge unsichtbar macht. Jetzt muss ich nur rückwärts arbeiten, um auf die Lösung zu kommen.«

Sie hob Zippo hoch und sagte: »Zuerst mal benötige ich eine Spezialzutat.«
So schnell sie konnte, rannte Rose durch die Korridore und die Treppe hinauf. Sie stürzte in das Zimmer, das sie mit Marie-Claire teilte, und sah erleichtert, dass ihr buttergelber Vorratskoffer unberührt am Fußende ihres Bettes stand. Sie schob den immer noch ungeöffneten Begrüßungskorb beiseite, setzte sich auf die Matratze, zog den Koffer heran und öffnete die Verschlüsse. Der Koffer enthielt kleine Fächer und Fläschchen mit Hunderten von außergewöhnlichen Zutaten – aber sie benötigte jetzt nur eine ganz spezielle.
Das unterste Fach war mit einer Zahlenkombination gesichert. Während Zippo neugierig zusah, tippe Rose den Code ein und zog das Schubfach heraus. Kalter Nebel breitete sich aus und sank zu Boden.
Mit einer kleinen Zange aus einer Seitentasche zog Rose vorsichtig etwas heraus: einen Klumpen zerknüllter Alufolie, die fest mit Stacheldraht umwickelt war.
»Was ist *das?*«, quiekte Zippo mit bebender Stimme. »Ist es gefährlich?«
»Ich glaube nicht«, sagte Rose, dann schluckte sie nervös. »Ich habe die Zutat noch nie verwendet. Aber sie ist die einzige, von der ich weiß, dass sie den Zauber des

Unsichtbar-Apfelkuchens rückgängig machen kann.« Mit einer Hand hielt sie vorsichtig die Zange fest, mit der anderen schloss sie den Koffer wieder. Dann hob sie Zippo hoch und rannte wieder nach unten.

Leuchtende Blitze von grünem und rotem Licht fuhren durch den geöffneten Bogengang der Küche, als sich Rose näherte, und sie hörte ihre Mitschüler und Mitschülerinnen erstaunt *Oh!* und *Ah!* ausrufen, als seien sie bei einem Feuerwerk.

Doch als sie die Küche erreichte, war die Lichtschau vorüber. Ein paar Kinder entfernten sich von dem Arbeitsplatz, an dem Milo mit triumphierendem Grinsen stand. Sein kleines Äffchen hüpfte in aufgeregten Kreisen um eine Rührschüssel, in der die Reste des magischen Zaubergebräus funkelten.

Alles war so spannend – Rose konnte es kaum erwarten, zu entdecken, was die anderen erfanden –, aber sie hatte jetzt keine Zeit, die Arbeiten der Mitschüler zu beobachten. Sie brachte ihre Geheimzutat und Zippo zu ihrem Arbeitsplatz und rannte los, um weitere Vorräte zu holen.

In einer Vorratskammer türmten sich vom Boden bis zur Decke Jutesäcke mit allen möglichen Mehlsorten neben Fässern, die überquollen vor glitzerndem Zucker, sowie Gestellen, die Eier aller Arten und Größen enthielten. Mit Metallschippen füllte Rose Schüsseln mit dem, was sie benötigte, und kehrte an ihren Arbeitstisch zurück. In einem weiteren Vorratsraum entdeckte sie Obst und Gemüse. Ein betörender Duft drang Rose entgegen, als sie die Tür öffnete. Es gab Südfrüchte – Ananas, Orangen, Mangos – und die größte Auswahl an bunten Beeren, die sie je gesehen hatte. Mit knurrendem Magen – wie lange war eigentlich das Essen im Flugzeug schon her? – traf Rose ihre Wahl: Sie nahm Fuji-Äpfel.

Jetzt hatte sie alles beisammen und machte sich an die Arbeit.

Der erste Schritt war, einen ganz normalen Apfelkuchen zu backen. Sie schälte die Äpfel, schnitt sie in dünne Schnitze und gab sie in einen Teig aus Mehl, Zucker, Milch, Eiern und flüssiger Butter. Sie schüttete die Mischung in eine Backform und verteilte schuppenförmig gehobelte Mandeln darauf. Zufrieden mit ihrer Arbeit, schob sie den Kuchen in den Ofen.

»Nichts für ungut«, sagte Zippo, »aber das hat ja nicht besonders magisch ausgesehen.«

»Ich bin auch noch nicht fertig«, erwiderte Rose. In dem Rezept für Miss Pinkneys Katzen bestand der letzte Schritt darin, einen Karamellguss mit Flüchtigen Feigenstücken zu machen. Die Feigen waren schwierig zu ernten, denn man konnte sie nur aus dem Augenwinkel erahnen. Wenn man sich danach umwandte, um sie zu pflücken, waren sie bereits verschwunden. Aber Roses Vater Albert war ein Experte darin, mühselig zu erntende Zauberzutaten zu sammeln, daher war der Keller unter der Backstube der Glycks reichlich damit ausgestattet.

Die Flüchtigen Feigen machten ja unsichtbar, Rose wollte diesmal jedoch jemanden *sichtbar* machen. Also würde sie die einzige Zutat benötigen, bei der die Flüchtigen Feigen *nichts* bewirkten: das, was Rose immer noch mit der Zange festhielt, eingepackt in Folie und fest mit dem dünnen Stacheldraht umwickelt.

»Was ist *das* denn?« Lucy trat neben sie, als Rose gerade feste Arbeitshandschuhe überzog.

Auf Lucys Schulter zog sich ihr Kuchen-Igel die Matrosenmütze über die Augen. »Es riecht *unheimlich*«, winselte er.

Grinsend wickelte Rose den Stacheldraht ab und löste die Folie. Hervor kam eine braune Nuss von der Größe eines Golfballs.

Erst beim zweiten Blick entdeckte man die Umrisse eines Augapfels mit Pupille und den Falten darüber und darunter, der die Nuss aussehen ließ wie ein finster dreinblickendes Auge.

»Das«, sagte Rose und nahm eine kleine Reibe zur Hand, »ist ein Auge mit dem Bösen Blick.« Dabei fing sie an, dünne Späne vom Teil der Kugel hinter dem eingravierten Auge abzuhobeln.
Mit gerunzelter Stirn sah Lucy zu, wie die braunen Späne in Roses Rührschüssel fielen. »Meinst du nicht eher, ein Molchauge?«
»Nein«, sagte Rose. »Das ist wieder was anderes. *Das hier* ist eine Zutat, die Hexen benutzten, um besser wahrsagen zu können. So geht die Geschichte zumindest.«
Nachdem Rose ungefähr einen Teelöffel Späne abgehobelt hatte, bildete sich ein seltsamer milchiger Film in den Falten über und unter dem Auge. Wie Augenlider blinzelte der milchige Film etwas, dann kniffen sich die Falten zusammen.
Lucy machte einen Satz zur Seite, und Rupert hielt seine Matrosenmütze noch fester. »Hat das gerade –«
Schnell wickelte Rose das Auge wieder in Folie und sicherte es mit dem Stacheldraht. »Das willst du lieber nicht wissen.«
Lucy trat nervös zurück. »Das, äh, überlass ich dir dann wohl mal besser.«
Das Auge mit dem Bösen Blick wurde aus gutem Grund so fest eingesperrt, wie Rose wusste. Aber ein paar

Scheibchen davon konnten ja wohl nichts anrichten, oder? Sie würde daraus jetzt einen schönen Karamellguss machen. Rose stellte einen Topf auf den Gasherd an ihrem Arbeitsplatz und zündete die Flamme unter dem Topf. Sie mischte Butter und Zucker zusammen und ließ die Masse goldbraun schmelzen. Schnell schlug sie Sahne hinein, bis sich eine dicke, buttrige Karamellcreme bildete.

»Also los«, flüsterte sie. Sie kippte die Rührschüssel in das Karamell und die abgehobelten Späne fielen wie braune Schneeflocken aus Schokolade in die Creme.

Zunächst passierte gar nichts.

Doch dann fing die Mischung zu blubbern an, schäumte in dem Topf hoch und pulsierte wie ein Lebewesen. Die Blasen rülpsten und platzten und spritzten geschmolzene Karamellmasse in die Luft.

Mit einem kleinen Schrei sprang Rose zurück und stellte das Gas ab.

Doch das Brodeln hörte nicht auf. Die Mischung stieg immer höher und wurde von goldbraun zu pechschwarz und schimmerte wie Ölschlick. In den blubbernden Wellen bildeten sich Formen von Menschen, die Rose erkannte – ihre Familie, die Freunde aus aller Welt, denen sie schon mal geholfen hatte –, aber auch von Menschen, die sie noch nie gesehen hatte. Zwei unbekannte

Gestalten kauerten in einem kleinen Dachverschlag um eine flackernde Kerze, im Hintergrund lauerte eine andere Gestalt. Kleine Elfen mit Libellenflügeln tanzten um bunte Blüten. Eine Geisterhand kratzte an einer Wand und ritzte Worte ein, die Rose nicht richtig lesen konnte.

Der Lärm der anderen Mitstreiterinnen und Mitstreiter verhallte. Der köstliche Duft ihrer Backwaren verflog, es wurde eisig kalt, und Rose meinte, die muffige Luft einer selten geöffneten Kammer zu atmen. Schließlich sah Rose nur noch wirbelnde Formen und schlierige Farben, die sich zuletzt zu einer Form vereinten: zu einem böse funkelnden roten Auge, das sie anstarrte.

»Rose! Hey, Rose!«

Rose blinzelte heftig und sah, wie Zippo sie aus seinem schokoladigen Gesicht besorgt anstarrte. »Ist alles in Ordnung, Kleine?«

Die Küche war wieder die ganz normale Küche. Als sie erneut in den Topf blickte, sah sie nur noch die ganz einfache Karamellcreme mit nussbraunen Spänen.

Rose schluckte. »Ja! Es geht mir gut. Alles bestens.«

Sie stieß einen hölzernen Rührlöffel in die Masse, die ganz normal wirkte.

Sie verscheuchte ihre Besorgnis über die seltsamen Visionen, zog ihren gebackenen Apfelkuchen aus dem

Ofen und goss die Creme über die gebräunten Mandeln. Sie schnitt sich eine Scheibe ab, legte sie auf einen Teller und nahm eine Gabel zur Hand.

»Du willst das wirklich kosten?«, fragte Zippo. Er kroch bis an den Tellerrand und stupste den Kuchen mit einem seiner Vorderbeine.

»Aber klar doch«, sagte Rose. »Das ist schließlich die Aufgabe.«

Rose sah sich im Raum um. Lucy flitzte immer noch zwischen den verschiedenen Arbeitstischen umher, während Marie-Claire Emil unverwandt anstarrte und dabei ausnehmend gelangweilt aussah. Nevika arbeitete eifrig und stach ausgerollten Teig zu eckigen Formen aus.

Rose war also als Erste fertig. Ehe sie es sich doch noch anders überlegen konnte, nahm sie eine Gabel voll und schob sie in den Mund.

Der Apfelkuchen schmeckte, wie er schmecken musste – leicht und buttrig mit dem typischen Apfelkuchenbiss und einem süßen, nussigen Nachgeschmack nach Karamell. Erleichtert stellte sie fest, dass das Auge den Geschmack nicht beeinträchtigt hatte, und aß den Rest auf.

Dabei zogen Schleier goldenen Lichts an ihrem Auge vorbei, einer nach dem anderen, und nach jedem Schleier konnte sie *mehr* sehen. Farben wurden intensiver und es waren sogar einige dabei, die sie noch nie gesehen hatte. Die ganze Welt sah irgendwie *schärfer* umrissen aus; es war, als ob sie ihr Leben bisher auf einem alten Schwarzweiß-Bildschirm gesehen hatte und auf einmal zu einem HD-Bild gewechselt war. Sie blickte auf ihre Handrücken und konnte jede Pore, jedes winzige Härchen sehen, jedes Mehlkörnchen, das vom Backen auf der Haut lag. Sie konnte die winzigen Risse in Zippos Panzer erkennen und jedes Staubkörnchen, das durch die Luft schwebte.

Aber würde sie auch ihre Lehrmeister sehen können, die sich in Luft aufgelöst hatten?

Rose nahm Zippo auf den Arm und verließ die Küche. Als sie außer Hörweite war, fragte sie ihn: »Hast du eine Ahnung, wo sich die Lehrer aufhalten könnten?«

»Keine einzige!«, sagte Zippo.

»Du und die anderen Tiere –«

»Die Vertrauten«, sagte Zippo.

»Richtig, die Vertrauten«, sagte Rose. »Ihr sollt uns also begleiten und uns helfen, aber ihr wisst auch nicht viel mehr als wir?«

Zippo deutete ein Schulterzucken an. »So ist es wohl! Vielleicht bin ich zur moralischen Unterstützung da?«

Rose begann draußen mit der Suche und stellte fest, dass das Zelt abgebaut worden war. Der große Vorhof um den riesigen Baum war total leer.
Wieder im Gebäude, durchsuchte sie alle Zimmer und Bäder im ersten Stock. Dort fand sie zwar heraus, dass Gustavos Zimmer unglaublich unordentlich war, aber auch hier sah sie niemanden.
Eine Treppe am Ende des Korridors führte in den zweiten Stock. Einige der Türen dort waren abgeschlossen, aber Rose war ziemlich sicher, dass sich die Lehrer nicht in einem verschlossenen Zimmer verstecken würden. Eine Doppeltür führte in eine imposante Bibliothek. Wieder traf sie niemanden an.
Rose fragte sich allmählich, ob ihr Kuchen vielleicht doch nicht wirkte.
Dann öffnete sie die letzte Tür und betrat eine Art Lehrerzimmer.
Und an einem Tisch, so sichtbar wie zuvor, saßen Professorin Macaron, Hans und Thierry und tranken gemütlich Tee.
Rose konnte ein triumphierendes Grinsen nicht verbergen. Sie schlenderte an den Tisch, zog einen Stuhl heran und sagte: »Darf ich mir auch eine Tasse nehmen?«
Die drei Lehrer sahen sich überrascht an, dann stell-

te Professorin Macaron ihre Tasse ab und klatschte leise.
»Gut gemacht, Rosmarin Glyck! Ich hätte mir eigentlich denken können, dass du es als Erste schaffst!«
Hans faltete die Hände auf seinem rundlichen Bauch. »Ich hatte auf Cixan gewettet«, sagte er mit seinem deutschen Akzent.
Rose nahm an, dass Cixan der Junge war, mit dem sie noch nicht Bekanntschaft geschlossen hatte.
Professorin Macaron stand auf und deutete auf die Tür. »Wir hätten dich ja wirklich gerne bei uns, Rose, aber deine Anwesenheit würde uns verraten, und das Spiel läuft ja noch! Also geh bitte wieder nach unten.« Sie zwinkerte hinter ihrer grünblauen Sonnenbrille. »Und kein Wort, ehe der Wettkampf vorbei ist.«
Rose legte den Finger auf die Lippen. Mit einem zustimmenden Nicken verließ sie die drei Lehrmeister und schlüpfte auf den Korridor hinaus.
»Mit wem hast du geredet?«, fragte Zippo von ihrer Schulter. »Hast du sie gefunden?«
Rose wollte schon antworten – doch etwas am Ende des Korridors ließ sie abrupt stehen bleiben. Zwei aschgraue, durchscheinende Gestalten wischten die Wände mit nicht vorhandenen Lappen ab.
Gespenster.

Rose sagte zu den beiden, was ihr als Erstes in den Sinn kam. »Entschuldigung? Was putzt ihr da?«
Die Gespenster fuhren zusammen. Sie ließen ihre Lappen fallen und schrien auf: »Sie kann uns sehen!«

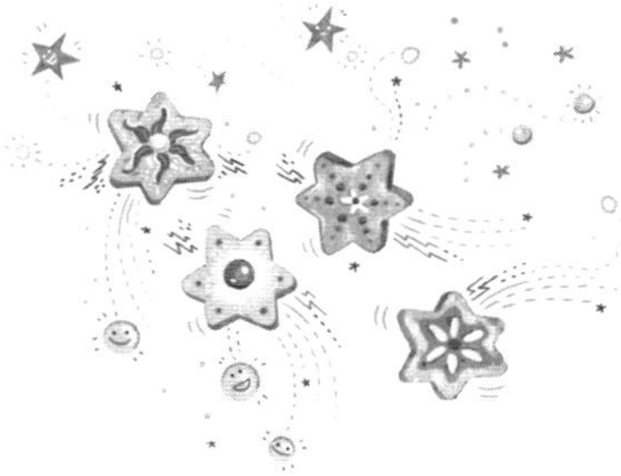

Kapitel 3
Die Schrift an der Wand

Die beiden Gespenster klammerten sich aneinander und schwebten mit hüpfenden Bewegungen durch die Luft.

»Ich glaub's ja nicht«, sagte der männliche Geist.

»Wie lange ist das jetzt schon her?«, fragte die Geisterfrau.

»Jahrzehnte!«

»Und die hier ist noch so jung!«

Die beiden halb durchsichtigen Gestalten waren gekleidet, als seien sie aus einem alten Film entsprungen. Der Mann wirkte elegant: mit grauem Anzug, gebundener Krawatte, einem gefalteten Taschentuch in der Brusttasche und einem Filzhut auf dem Kopf. Die Frau trug

ein kurzärmeliges, enganliegendes schwarzes Kleid. Beide sprachen mit einem fremdartigen Akzent.
Aber was Rose am meisten erstaunte, war, dass die beiden so jung aussahen. Vielleicht nur ein paar Jahre älter als Tymo.
»Was sollen wir jetzt machen?«, stöhnte die Frau.
Der Mann rieb sich das Kinn. »Wir sollten wohl *Guten Tag* sagen?«
Rose hob die Hand zum Gruß. »Wie nett, Sie kennenzulernen!«
Zippo rutschte auf ihrer Schulter herum. »Mit wem redest du?«
»Kannst du die zwei Gespenster nicht sehen?«, raunte sie Zippo zu. Entschuldigend wandte sie sich an den jungen Mann: »Tut mir leid, ich weiß nicht, ob ich Sie so bezeichnen darf.«
»Äh, *Gespenst* geht schon in Ordnung«, piepste die Frau. Aus der Nähe konnte Rose ihr Gesicht genauer sehen – eine niedliche Stupsnase und große, runde Augen, auch wenn ihre Züge ansonsten blass und grau waren.
»Und es hat den Vorteil, dass es der Sachlage ziemlich nahekommt«, sagte der Mann. Er hatte ein längliches Gesicht mit buschigen Augenbrauen, die so schräg standen, dass er ständig verwirrt aussah.
Abgesehen von dem sanften Schein, der sie umgab, und

der Tatsache, dass sie durchsichtig waren, fand Rose sie lange nicht so beängstigend, wie sie es von Gespenstern erwartet hätte.

Zippo zwinkerte ein paarmal. »Ich sehe rein gar nichts. Aber natürlich bin ich ja auch nur aus Kuchenteig.«

Die Gespenster schwebten auf Rose zu, ohne dass ihre Geisterfüße den dunklen Holzboden berührten.

»Wir haben vergessen, wie man sich benimmt.« Der Mann zog den Hut und drückte ihn an die Brust. »Es ist schon so lange her, dass uns eine Meisterbäckerin über den Weg gelaufen ist.«

»Ich heiße Nina«, sagte die Frau und neigte den Kopf. »Das ist mein Liebster, Julian.«

Rose war nicht sicher, wie sie diese Leute grüßen sollte, deshalb knickste sie verlegen. »Mein Name ist Rose. Ähm, wenn es schon Jahrzehnte her ist, seit euch jemand gesehen hat, warum kann ich euch jetzt sehen?«

Die Gespenster zuckten mit den Schultern. »Wissen wir auch nicht so recht!«, sagte Nina. »Das ist euer Einführungstag, nicht wahr? Was hast du gebacken?«

»Einen Apfelkuchen«, erwiderte Rose. »Ziemlich einfach, aber die Glasur enthielt ein paar Flocken des Auges mit dem Bösen Blick, und –«

Der Mann hob einen Finger. »Ein rarer, sehr mächtiger Zauberstoff! An dem liegt es!«

»Und tatsächlich eine Zutat, die dir erlaubt, nicht ganz – äh – lebendige Wesen zu sehen«, sagte Nina.

»Nur den einen Teil einer Unterhaltung mitzubekommen ist wirklich unerfreulich«, grummelte Zippo. Rose streichelte ihm den Kopf und murmelte etwas Beruhigendes.

Julian räusperte sich. »Du hast wohl mit deinen Zauberaugen nicht zufällig noch etwas anderes entdeckt, oder?«

»Nur die unsichtbaren Lehrkräfte«, sagte Rose. »Warum? Hätte ich sonst noch etwas sehen sollen?«

»Nein!«, rief Nina schrill.

»Überhaupt nichts!«, setzte Julian nicht ganz glaubwürdig hinzu.

Ehe Rose fragen konnte, was die beiden verbargen, hörte sie hinter sich Schritte. Als sie sich umsah, entdeckte sie drei Gestalten, die am Ende des Korridors die Treppe heraufkamen.

Einer war Cixan, der kräftige Junge mit den schwarzen Haaren. Jetzt allerdings trug er ein neues Accessoire – eine große, unhandliche Brille aus Plätzchenteig mit Zuckerguss. Mit unbewegtem Gesicht ging er den Korridor entlang, öffnete eine Tür nach der anderen und sah in die leeren Zimmer.

Hinter ihm kam Emil. Der blonde Junge hatte einen

Sack in der Hand, aus dem er Hände voll Mehl holte. Er pustete das Mehl von der Hand, und es wehte als schimmernde Wolke davon und ließ sich unappetitlich auf dem Boden nieder. Enttäuscht über das, was er offensichtlich nicht sah, ging er vorbei, immer hinter Cixan her.

Zuletzt kam Nevika. Als sie über die letzte Stufe in den zweiten Stock trat, hob sie die Hand, die mehrere kleine Gebäckstücke hielt. Ohne recht hinzusehen, warf sie die Stücke den Gang entlang.

Fünf der Kekse wirbelten durch die Luft, dann flogen sie direkt wieder in Nevikas Hand zurück. Doch einer sauste weiter und direkt auf Rose zu.

Etwas Warmes und Buttriges klatschte Rose ins Gesicht.

Zippo stieß ein Quieken aus.

Das, was Nevika da geworfen hatte, klebte Rose wie ein Seestern im Gesicht. Als sie es abschälte, kam ihre Freundin auch schon beschämt auf sie zu.

»Entschuldige!« Nevika nahm das Ding, das sich als ein Wurfstern aus Teig herausstellte. Sie blickte finster auf das sternförmige Gebäckstück und sagte zu ihm: »*Die* kenne ich doch schon!«

»Was ist das?«, fragte Rose und wischte sich mit dem Ärmel übers Gesicht.

»Ein *Da-bist-du-ja*-Wurfstern«, erklärte Nevika. »Altes

Familienrezept. Es soll eigentlich eine versteckte Person finden, nicht jemanden, der gut zu sehen ist.« Sie schüttelte den knusprigen Keks neben ihrem Ohr. »Vielleicht habe ich die Zutaten falsch bemessen.«

Cixan tauchte hinter Nevika auf. Sein Blick aus der Plätzchenteigbrille war verwirrt. »Das Rezept solltest du mir mal geben«, sagte er. »Ich könnte es verbessern.«

Auf seiner Schulter saß eine kleine Teig-Eidechse, die den Schwanz um seinen Hals geschlungen hatte. »Gib ihm dein Rezept«, echote sie mit leiser Stimme.

Nevika verdrehte die Augen. »Ich komm schon zurecht, danke.«

»Hmm«, sagte der Junge abschätzig, dann öffnete er die Tür, die der zum Lehrerzimmer genau gegenüberlag. Es war nicht leicht für Rose, dem Drang zu widerstehen, Nevika in die richtige Richtung zu schicken.

Während Cixan in dem anderen Raum verschwand, schlurfte Emil heran. Die kleine Oktopusdame auf seiner Schulter nieste possierlich. Ihr goldener Körper war ganz bestäubt mit der rätselhaften Mixtur, die Emil durch den Korridor gepustet hatte.

»Ich glaube, ich habe die falsche Taktik gewählt«, sagte Emil düster. »Meine Mutter hat immer gemahnt, sich nicht gleich auf die erstbeste Idee zu stürzen, aber ich glaube, diesmal wäre die erste Idee womöglich die beste gewesen.« Er rang die mehligen Hände und wandte sich Rose und Nevika zu. »Ich habe versucht, Cixan um Rat zu fragen, aber ich glaube, er mag mich nicht besonders. Er hat verlangt, ihn stets nur mit Mr Liu anzureden; dann hat er mich keines Blickes mehr gewürdigt. Und wir müssen noch drei weitere Tage in einem Zimmer verbringen.«

Hinter Nevika und Emil kam Cixan aus dem leeren Zimmer getrampelt und machte ein wütendes Gesicht.

»Er wird bestimmt bald umgänglicher«, sagte Nevika.

»Da bin ich mir nicht so sicher«, flüsterte die kleine Füchsin, die in ihrem Haar saß.

Plötzlich fiel es Rose auf – nicht einer der anderen Schüler hatte etwas zu den beiden Gespenstern gesagt. Die schwebten noch immer leicht wie Ballons in der Luft hinter ihr.

Rose deutete mit dem Daumen über die Schulter und fragte Nevika: »Du siehst also nicht …?«

»Keiner außer dir kann uns sehen«, flüsterte Nina.

»Was soll ich sehen?«, fragt Nevika gleichzeitig und spähte neugierig an Rose vorbei.

In dem Moment öffnete Cixan die Tür zum Lehrerzimmer. Mit einem Triumphschrei stürzte er in den Raum.

»Warte! Warte!«, rief Emil. Er pustete eine Handvoll Mehlstaub in den Raum und rannte Cixan und seiner Eidechse hinterher.
Nevika stöhnte auf. »Verflixt, ich hätte die Lehrer *vor* den zwei blöden Jungen finden sollen.« Sie schnaubte verärgert und warf ein paar sternförmige Plätzchen durch die geöffnete Tür ins Lehrerzimmer. Die Plätzchen flogen in einer Kurve durchs Zimmer.
»Autsch!«, drang die Stimme von Professorin Macaron aus dem Raum. »Wer von euch ist verantwortlich für diese lästigen –« Ein Knuspern war bis in den Korridor zu vernehmen, als die Professorin in eines der Plätzchen biss. »– und *göttlich leckeren* Sternplätzchen?«
Kaum war Nevika hinter den anderen drei Schülern im Lehrerzimmer verschwunden, tauchten Nina und Julian zu beiden Seiten von Rose auf.
»Hab ich doch gesagt«, flüsterte Nina ihr ins Ohr. »Nur du kannst uns sehen.«
»Und vielleicht …«, flüsterte Julian in ihr anderes Ohr, »diesmal vielleicht …«
Er beendete seinen Satz nicht.
Rose sah, wie die beiden durch die Wand, die sie gesäubert hatten, verschwanden, und blieb mit einem neuen Rätsel zurück, das es zu lösen galt.

Es dauerte noch ein paar Stunden, bis die übrigen Schüler die Lehrmeister gefunden hatten, dann war die Aufwärmprüfung abgeschlossen. Die acht Schüler, Professorin Macaron, Hans und Thierry versammelten sich in dem opulenten Saal im Erdgeschoss zu einem verspäteten Mittagessen – und zur Verkündung der Bewertung.

Bei Sandwiches und dampfend heißer Suppe vergaben die Ausbilder Anstecknadeln an die Schüler: einen Platinschneebesen an Rose und Cixan, goldene Kochlöffel an Nevika und Milo, silberne Esslöffel an Marie-Claire und Gustavo und zu guter Letzt einen winzig kleinen Bronzeteelöffel an Lucy und Emil.

Nach dem Essen zogen sich alle Mädchen gemeinsam ins Zimmer von Rose und Marie-Claire zurück. Am Nachmittag war ein Rundgang durch das gesamte Anwesen angesetzt, dann ein Abendessen, aber jetzt hatten sie erst mal Zeit zur eigenen Verfügung, um auszupacken und sich einzuleben.

»Ein Teelöffel!«, jammerte Lucy, als sie das Zimmer betraten. »Und auch noch aus Bronze!« Sie ließ sich auf Roses Bett fallen und hätte fast den Willkommenskorb zerdrückt, den Rose unausgepackt dort hatte stehen lassen. »Ist zwar wohl eine angemessene Beurteilung, aber trotzdem – *grrr!*«

Rose saß neben ihr auf dem Bett und verdeckte ihre Platinnadel so gut wie möglich. Im Zimmer war es ziemlich beengt mit dem Kaffeetisch zwischen den Betten und Roses unausgepackten Taschen.

»Das war doch nur ein allererster Test«, sagte Rose und versuchte, aufmunternd zu klingen.

»Genau, und ich bin am *schlechtesten*. Mum wäre so unglücklich! Sie ist immer so besorgt, dass ich der Familie Schande bereite.« Der Igel Rupert kletterte Lucy auf die Brust und breitete die Arme aus, um sie zu umarmen.

Marie-Claire schwang sich auf ihr Bett und schubste Reynard beiseite. »Sind alle Engländerinnen solche Heulsusen?«, fragte sie. »Ich bin mit meiner Silbernadel zufrieden, wenn ich bedenke, dass ich nur einen Zuckerguss gemacht habe, um Emils Fußspuren zu finden.«

Nevika ließ sich in einen der Sessel am Kaffeetisch fallen und berührte ihre goldene Nadel. Rose merkte, dass ihre Freundin über die erste Bewertung auch nicht gerade erfreut war.

»Wenn du mich fragst«, sagte Nevika, »dann war das ziemlich unfair von dir.«

Marie-Claire spitzte die Lippen. »Das fanden die Lehrmeister nicht. Hans hat extra betont, dass er meinen genialen Erfindergeist zu schätzen wusste – warum sollte man sich anstrengen, wenn man eine Idee hat, wie man andere für sich arbeiten lassen kann?«

»Meiner Meinung nach nennt man das Schummeln«, regte sich Nevika auf.

»Nein«, erwiderte Marie-Claire, »das nennt man listig sein. Abgesehen davon –« Sie polierte ihre Silbernadel mit der Ecke einer gestickten Serviette. »Wer unten anfängt, kann in ihrer Achtung nur aufsteigen.« Sie sah Rose demonstrativ an und sagte: »*Einige* von uns können jetzt nur noch absteigen.«

»So kann man es auch sehen«, murmelte Nevika.

»Was hast *du* denn eigentlich gebacken?«, wollte Rose von Lucy wissen.

»Genau, du hast ja echt lange gebraucht, um die Lehrer zu finden!«, sagte Zippo von Roses Schulter. »In dieser Zeit hätte ich glatt nach Amerika laufen und rechtzeitig zum Tee zurück sein können, so lange, wie du dir Zeit genommen hast.«

Lucy richtete sich auf. »Ich musste noch mal von vorne anfangen, das war der Grund. Ich habe ein *Alles-Finder-Soufflé* gemacht, mit dem Vanille-Extrakt, den wir bekommen haben, aber es ist zusammengefallen. Mir ist seit der Grundschule kein Soufflé mehr zusammengefallen!« Sie ließ sich wieder zurücksinken und

stöhnte. »So ein schiefgegangenes Backwerk könnte ich niemals essen. Beim letzten Mal, als ich ein misslungenes Rezept gegessen habe, ist mir ein Schnurrbart gewachsen!«
»Ah«, sagte Marie-Claire. »Und jetzt hast du ihn wohl gebleicht. Das erklärt, was hier los ist.« Sie strich sich mit dem Finger über die eigenen Lippen.
Unsicher legte Lucy die Hand auf den Mund. »Nein, der Schnurrbart ist inzwischen weg.«
»Was du nicht sagst.«
Verwirrt fragte Rose: »Du hast gesagt, dass man uns Vanille zur Verfügung gestellt hat?«
»Ja, in einem von denen da«, sagte Lucy und deutete auf Roses Geschenkkorb, der noch in Seidenpapier gewickelt und mit einem schimmernden Band umwickelt war.
»Ich habe keine Vanille bekommen«, sagte Nevika. »Bei mir war Backpulver drin und ein paar Kekse.«
»Bei mir ein Sieb«, setzte Marie-Claire hinzu, »und ein paar Plätzchen.«
Rose zog den Korb zu sich her und löste das Band ab, um hineinzusehen. »Hier ist auch keine Vanille drin. Ich habe braunen Zucker und – oh!« Sie zog einen der Butterkekse heraus und biss hinein.
Lucy staunte. »Na so was! Ich hab definitiv keine But-

terkekse bekommen. Nur ein Fläschchen mit einem Extrakt, das … eklig war!«

Kit richtete sich aus Nevikas Haar auf. »Du solltest nicht so streng mit dir ins Gericht gehen«, sagte die kleine Füchsin leise. »Du hast die Lehrer doch schließlich auch gefunden, wie die anderen.«

»Genau, genau!«, quiekte der Igel Rupert und umarmte Lucy fester.

Lucy kraulte ihn hinter dem Ohr. »Erst, nachdem ich Cixans Kuchenbrille abgeguckt hatte. Kein Wunder, dass ich so einen mickrigen kleinen Teelöffel bekommen habe.«

»*Oui, oui,* wie ungerecht«, sagte Marie-Claire herablassend. Sie erhob sich von ihrem Bett und begann, die rosafarbenen Kleider auf ihrem Bett zu sortieren. »Wieso seid ihr überhaupt alle in meinem Zimmer?«

»Äh, es ist auch mein Zimmer«, sagte Rose.

Marie-Claire bückte sich und stöberte in dem Drahtkorb neben ihrem Bett, dann warf sie Rose zwei zerknüllte Empfangskärtchen zu. »Nur weil ich die Zuordnungen vertauscht habe.«

Rose strich eines der Kärtchen glatt. Es sah so aus wie das Kärtchen, das sie am Morgen in der Empfangshalle gefunden hatte. Nur, dass statt Marie-Claires Namen der von Nevika darauf stand.

»Du hast unsere Zimmer vertauscht?«, fragte sie ungläubig.

»*Oui*«, sagte Marie-Claire und schüttelte ein fuchsienfarbenes Kleid aus. »Was ich sehr bedaure. Allerdings nicht, weil ich nicht mit dieser da zusammen bin –« Sie sah Lucy finster an.

»Wir könnten doch zurücktauschen«, schlug Nevika vor.

»Nein!«, riefen Lucy und Marie-Claire gleichzeitig.

Nevika verschränkte die Arme. »Dann eben nicht.«

Marie-Claire wedelte den anderen drei Mädchen mit einem Taschentuch zu. »Verschwindet bitte!«

Reynard, der auf Marie-Claires Bett saß, presste seine kleinen Hände zusammen. »*Ma chérie*, du bist nicht besonders höflich!«

»Hier geht es um einen Wettbewerb, Reynard!«, rief Marie-Claire. »Ich bin doch nicht hier, um Freundschaften zu schließen!« Damit hob sie Reynard vom Bett und warf ihn in ihre Tasche.

Nevika stand auf. »Ich glaube, ich wäre sowieso lieber woanders.«

Rose folgte Nevika durch den Korridor, und Lucy hüpfte hinterher. »Das Mädchen ist ja wie ein fauler Apfel, der in Kaugummi gewickelt ist«, sagte sie.

»Stimmt genau«, bestätigte Nevika. »Bestimmt hat sie

auch eine nette Seite ... die ich allerdings leider noch nicht entdeckt habe.«

Rose folgte Nevika und Lucy in deren gemeinsames Zimmer. Es sah genauso aus wie das von ihr und Marie-Claire. An den Wänden zwei Betten mit kleinen Nachttischen, auf denen vergoldete Lämpchen standen. Aus einem hohen Fenster blickte man auf das Gelände hinter dem Chalet, und der Holzboden war mit einem abgewetzten gemusterten Läufer bedeckt. Zwischen den Betten stand ebenfalls ein Kaffeetisch.

Und darauf stand eine Backform mit einer grauen, unappetitlichen Masse.

»Was ist *das*?«, fragte Zippo.

Rupert, der zitternd auf Lucys Schulter saß, zog sich seine Matrosenmütze über die Augen.

»*Das* ist mein *Alles-Finder-Soufflé*«, jammerte Lucy. »Ich hab's hier drin versteckt, bis ich es heimlich irgendwo vergraben kann.«

Rose stocherte in dem Matschebrei. Er wabbelte wie Gelatine und hatte eine rissige, dicke Haut. »Sieht doch ... äh... gar nicht so ... schlimm aus?«

Nevika schmiss sich auf ihr Bett. »Von hier aus schon.«

Lucy steckte ihr Gesicht in ihr Kopfkissen. »Ich habe nicht mal einen Teelöffel aus Bronze verdient! Man sollte mir den Titel einer Meisterbäckerin entziehen!

Man sollte mich ins Meer werfen, wo ich nur mit Hilfe von Plankton und Hoffnung überleben müsste!«

Lucy benahm sich zwar etwas übertrieben theatralisch, aber Rose ertrug es dennoch nicht, das Mädchen so verzweifelt zu sehen. Wenn nun ihr eigenes Rezept danebengegangen wäre? Wenn sie von so weit herbeigeflogen wäre und gleich am Anfang am schlechtesten abgeschnitten hätte? Dann wäre sie wohl auch am liebsten aus dem Chalet geflohen, um sich im Rhein zu ertränken.

»Es kommt nicht nur aufs Aussehen an!«, sagte sie. Während Nevika, Lucy und alle drei Vertrauten entsetzt zusahen, zupfte sie mit den Fingern einen Klecks des zusammengefallenen Soufflés heraus und steckte ihn in den Mund.

Er war so glitschig, als wenn man auf eine Schnecke biss, aber zu Roses Verwunderung schmeckte das Zeug gar nicht mal so schlecht. Ein bisschen nach Ei mit einem Hauch Vanille.

»Es ist gut!«, sagte sie mit vollem Mund und spuckte beim Reden kleine Spritzer des Breis aus. »Wirklich!«

»Wirklich?«, fragte Nevika mit hochgezogenen Augenbrauen.

»Wirklich?«, wiederholte Lucy mit hoffnungsvoll aufgerissenen Augen.

»Wirklich!«, versicherte Rose und unterdrückte ein Würgen, als sie sich versehentlich verschluckte.
»Ach so, das meinst du ironisch«, sagte Lucy. »Durch deinen amerikanischen Akzent nimmt man die Ironie nicht richtig wahr.«
Aber nicht das Soufflé hatte Roses Reaktion hervorgerufen. Kaum waren die ersten Bissen in ihrem Bauch gelandet, begann die Luft um sie zu schillern und zu glitzern wie heiße Sommerluft über einem erhitzten Pflaster. Und während die Luft waberte, begann sich das Zimmer zu verändern.
Das hübsche, unaufdringliche blaue Rautenmuster der Tapete war verschwunden. Die Wände waren auf einmal gelblich, als sei Tee daran heruntergelaufen.
Und während Rose noch mit großen Augen hinstarrte, bildeten sich auf allen Flächen Linien, und eine unsichtbare Hand bedeckte die Wände mit Schreibschrift.
»Rose?«, fragte Nevika besorgt.
Doch Rose antwortete nicht. Sie beugte sich vor und starrte an die Wand neben dem hohen Fenster und beobachtete, wie dort Worte wie eine dichte Dornenhecke zu sprießen begannen.
Die Worte bildeten nicht nur Sätze, sondern *Formeln* – Maße und Gewichte. Ein Gramm hiervon, eine Prise davon, ein Milliliter frischester Kuhmilch …

Rezepte.
Und nicht ein oder zwei Rezepte, sondern *Hunderte,* die sich über ihr und unter ihr bildeten wie antike Hieroglyphen, die in den Schmutz von Jahrtausenden geritzt waren. Rose drehte sich der Kopf, als habe man sie dutzendmal im Kreis herumgewirbelt.
»Es ist überall.« Wie verzaubert fuhr Rose die schwarzen Buchstaben nach, die sich über die Tapete zogen. »An den Wänden, an der Decke, auf dem Fensterrahmen – überall!«
»Was ist überall?«, fragte Nevika und setzte sich gespannt auf.
»Hat ihr mein vermasseltes Rezept den Verstand geraubt?«, fragte Lucy mit bebender Stimme. »So sieht es doch aus, oder? Das ist ja noch viel schlimmer als mein Schnurrbart!«
Aus dem Augenwinkel nahm Rose zwei dunstige, durchsichtige Köpfe wahr, die durch die Zimmertür schwebten – Nina und Julian.
»Oje«, sagte Julian. »*Das* hätte nicht passieren dürfen.«
»Es ist zu spät, Liebling«, sagte Nina seufzend.
Und dann waren die Köpfe verschwunden.
Rose hatte die Besorgnis in den Geisterstimmen kaum bemerkt – ihre Aufmerksamkeit war ganz von der

schwungvollen Schreibschrift an den Wänden gefangengenommen.

Beunruhigt sprang Nevika vom Bett auf und rüttelte Rose an den Schultern. »Rose, was ist denn los? Was siehst du?«

»Dein *Alles-Finder-Soufflé* funktioniert, Lucy – ich kann sehen, was bisher unsichtbar war. Schriftzeichen überall, klar und deutlich!«

Rose riss die Zimmertür auf, doch die Gespenster waren nirgends zu sehen. Aber der Korridor war auch mit Schriftzeichen bedeckt.

Jedes Rezept hatte einen eigenen rechteckigen Platz, eines grenzte an das nächste, den ganzen Gang entlang wie eine Patchwork-Decke. Rose entdeckte vertraute Begriffe aus dem magischen Backbuch: eine *Eichel* Salz, *fünf Fäuste* Mehl und Backzeiten, die die Länge von *vier Liedern* hatten. Und die Beschreibungen waren immer kleine Geschichten …

Aufgeregt stob sie wieder in das Zimmer. »Zauberrezepte! Tausende davon, überall an den Wänden! Diese gesamte *Schule* ist ein Rezeptbuch!«

Kapitel 4
Nina und Julian und …?

»Du meinst, mit riesigen, *unsichtbaren* Seiten?« Lucy wedelte wild mit den Händen umher. »Berühre ich gerade welche?«

»Nein«, sagte Rose. »Nicht wörtlich ein Buch; ich meine, dass an den Wänden und auf dem Fußboden Rezepte stehen.« Die Schrift hatte nun aufgehört, sich zu bewegen. Rose fuhr mit dem Finger den Namen eines Rezeptes an der Wand nach. Eigentlich erwartete sie, dass es unter ihrer Berührung verschwinden würde, aber es blieb stehen. *Knochenheiler-Scones.* »Was immer an deinem Rezept schiefgegangen ist, es hat nicht den Zauber zerstört!«

»Dann bin ich also doch keine Versagerin! Wunderbar!«, sagte Lucy mit einem erleichterten Seufzer. »Da werden meine Eltern aber erfreut sein. Oder besser, *erleichtert.*« Sie schob ihren Igel zur Seite und nahm sich etwas von dem Soufflé. »Rutsch rüber, Rupert, ich muss das selbst überprüfen.«

»Lass mich auch was probieren«, sagte Nevika.

Beide Mädchen schluckten eine Portion der unappetitlichen Pampe.

»Wow«, sagte Nevika und schluckte. »Das ist tatsächlich … erstaunlich.«

Obwohl Rose wusste, dass Nevika das nicht als Kompliment gemeint hatte, lächelte Lucy. »Danke.« Sie blinzelte ein paarmal, dann fuhr ihre Hand zum Mund. »O meine Güte! *Seht nur!*«

Nevika ließ den Blick durchs Zimmer schweifen. »So – viele – Wörter.«

»Und alle so schlecht geschrieben«, stellte Lucy fest.

Nevika sah sich die Zeile mit geschwungener Schrift auf der Fensterbank an. »*Sandige Salm-Pastete*«, las sie vor.

Auf dem Kopfkissen kniend, beugte sich Lucy nahe an die Wand hinter ihrem Bett und versuchte zu entziffern. »*Köstlicher Marzi…* Nein, *März-in-der-Pfanne-Kuchen.* Welch ein Zungenbrecher! Das tut ja fast weh beim Aussprechen.«

Weh tun. Zu spät erinnerte sich Rose, was Nina gesagt hatte, als die Gespenster aus dem Zimmer geschwebt waren: *Das hätte nicht passieren dürfen.*

»Aufhören«, sagte Rose. Sie riss Lucy von der Wand weg. »Hört zu lesen auf!«

Dann zog sie auch Nevika zurück. »Nichts davon lesen!«

Lucy schlug Roses Hand fort. »Was ist denn in dich gefahren?«

»Damit stimmt etwas nicht«, sagte Rose. »Überlegt doch mal – warum habe ich diese Schrift nicht gesehen, nachdem ich von meinem eigenen Rezept gegessen hatte? Warum sonst keiner?«

Lucy zuckte mit den Schultern. »Vielleicht, weil ich eine bessere Bäckerin bin als ihr alle?« Sie sah in die ernsten Gesichter von Rose und Nevika. »Nein, ihr habt recht. Das kann nicht der Grund sein.«

»Warum soll es denn überhaupt etwas bedeuten?«, wollte Nevika von Rose wissen. »Sieh dir das hier mal an – *Quittenbrot gestern und morgen.* Davon habe ich noch nie gehört!«

»Ich weiß«, sagte Rose, »aber darum geht es vielleicht gerade. Man hat uns verboten, eigene Rezeptbücher mitzubringen, stimmt's? Wir sind hier, um unter Beweis zu stellen, dass wir ohne Rezepte backen können.

Warum sollte uns die erste Prüfung der Lehrmeister plötzlich Hunderte von Rezepten im ganzen Haus zeigen?«

»Vielleicht ist das Teil der Prüfung?«, sagte Nevika.

»Das wäre ja keine richtige Prüfung, wenn sie uns mit Zutaten versorgen, die uns die Geheimschrift sehen lassen.« Ein Willkommenskorb, noch halb in knittriges Seidenpapier gewickelt, stand geöffnet am Fußende von Lucys Bett. »War die Vanille wirklich aus dem Korb?«, fragte Rose.

Lucy nickte. »Fast alles ist noch übrig. Ich habe nur einen Tropfen verwendet.« Sie zog ein kleines Fläschchen aus der Tasche. »Spare in der Zeit, dann hast du in der Not, wie meine Mutter immer sagt.«

Das Fläschchen sah genauso aus wie diejenigen, die sie in der geheimen Speisekammer zu Hause auch hätte finden können: ein schmales Gefäß aus bläulichem Glas mit einem Korkpfropfen und einer dunklen Flüssigkeit. Ein verblasstes Etikett mit teilweise verschmierter Schrift war draufgeklebt.

»Siehst du?«, sagte Lucy. »Vanille-Extrakt. Hat nicht so was Tolles bewirkt wie Milos Feuerzauber, als ich es in meine Mischung geschüttet habe, aber die Backfürstin Davies-Hughes hat immer gesagt, die beste Magie sei oft die, die man kaum bemerkt.«

»Ich glaube, da steht gar nicht Vanille-Extrakt«, sagte Nevika.
Rose sah sich das Etikett genau an und las: »*Vanille-Ex-Reakt*. Das heißt gar nicht Extrakt. Da steht *Ex-Reakt*, was immer das bedeuten mag.«
Kichernd sagte Lucy: »Oh! Da hätte ich wohl die Brille aufsetzen sollen.«
»Du trägst eine Brille?«, fragte Nevika.
»Nur, wenn es sein muss«, sagte Lucy. »Ich seh furchtbar damit aus, wie eine verwirrte Schleiereule – *huu-huu* – deshalb trage ich sie nur im Notfall.« Sie lachte. »Ich nehme an, das klingt ein bisschen eitel.«
»Ein bisschen vielleicht«, stimmte ihr Nevika zu. Rose schob das Fläschchen mit dem *Vanille-Ex-Reakt* in die Tasche. »Vielleicht sollten wir jemandem von der ganzen Sache erzählen, nur zur Sicherheit.«
»Vielleicht ist es ganz unwichtig«, sagte Nevika. »Vielleicht haben die Lehrer uns das Fläschchen absichtlich untergeschoben, und den Grund dafür rauszukriegen ist Teil unserer Prüfung.«
»Vielleicht …« Rose biss sich unsicher auf die Lippe.
Ein Stöhnen kam vom Kaffeetisch und die drei Mädchen drehten sich um. Zippo und Kit lagen auf dem Rücken und rieben sich die goldbraunen Kuchenbäuche. Auf Lucys Bett wälzte sich Rupert ebenfalls herum.

»Ah, Mist!«, sagte Zippo. »Es ist mal wieder passiert.«
Die Augen der drei kleinen Vertrauten waren runde Kreise. Ihre Münder öffneten sich weit, und eine laute Stimme drang daraus hervor, so wie am Vormittag.
»AUFGEPASST, JUNGE BACKLEHRLINGE«, ertönte die Stimme, die, wie der deutsche Akzent verriet, zu dem großen blonden Lehrmeister Hans gehörte. »GLEICH GEHT DIE NACHMITTAGSTOUR LOS. FINDET EUCH BITTE IN FÜNF MINUTEN IN DER EMPFANGSHALLE EIN.«
»Wir müssen es ihnen ja nicht jetzt sofort sagen, oder, Rose?«, schlug Nevika vor. »Lass uns doch den Rest des Tages darüber nachdenken.«
Lucy drückte die Hände wie zu einem Gebet zusammen. »Ja, das sollten wir. Überlegt doch mal, womöglich würden die Rezepte uns einen Vorsprung vor der rotzigen Marie-Claire geben!«
So viele Rezepte zur Verfügung zu haben kam Rose zwar wie ein ungerechter Vorteil vor, aber … »Also gut«, willigte sie ein. »Aber bis wir uns endgültig entschieden haben, guckt niemand heimlich hin!«
Lucy schnaubte verächtlich. »Keine Angst – ohne meine Brille verschwimmt die ganze Schrift für mich!« Sie drehte sich, um Rupert zu holen, stolperte über ihren Koffer und fiel mit einem Aufschrei auf ihr Bett.

Nevika half ihr auf. »Du solltest dir die Sache mit der Brille noch mal überlegen.«
»Aber warum denn?«, fragte Lucy.

Der Rundgang wurde von Thierry geleitet, der die acht Schüler erst einmal durch den Speisesaal im Erdgeschoss mit dem riesigen aus Stein gemauerten Kamin führte. Sie warfen einen Blick in eine angeschlossene Küche, in der eine Anzahl freundlicher, rundlicher Köche eifrig damit beschäftigt war, das Mittagessen vorzubereiten. Sie winkten ihnen zu oder umarmten sie herzlich, was Rose sehr an Polly erinnerte.
Dann ging es nach oben in die Schulbibliothek und durch den angrenzenden Raum, ein kleines, helles Dienstzimmer für Erste Hilfe. In der Bibliothek waren ein paar stille mausgraue Angestellte, die sich in die Ecken verzogen, als die Gruppe sich näherte. Die Krankenschwester hingegen war eine burschikose, freundliche junge Frau in einer adretten weißen Schwesterntracht.
Draußen zeigte man ihnen kurz das Gewächshaus und die labyrinthartigen Wege, die durch den Wald hinter dem Chalet führten, aber es war viel zu kalt, um lange draußen zu bleiben.
Und obwohl Rose versuchte, sich alles zu merken und

mit den anderen Schülern zu plaudern und einen guten Eindruck zu machen, war sie viel zu abgelenkt, um sich auf alles zu konzentrieren.

Egal, wohin Thierry sie führte, überall sah sie weitere Schriftzüge.

Die Rezepte waren in jede nur mögliche Oberfläche geritzt, sowohl in dem Chalet als auch draußen. Auf normalen, glatten Oberflächen wie den Wänden oder den Böden erstaunte es Rose nicht besonders. Aber sie entdeckte es auch auf Blumenvasen und auf den Medizinflaschen der Schwestern und sogar eingeritzt in die krustigen Brotlaibe im Speisesaal.

Und je mehr Rose entdeckte, desto besorgter wurde sie. Die Schrift wirkte fast wie besessen – als ob jemand vor vielen, vielen Jahren die Rezepte fieberhaft aufgezeichnet hatte.

Als sie schließlich zu Tisch gingen, hatte sich die Schrift in Roses Gedächtnis eingebrannt. Sobald sie die Augen schloss, wirbelten Linien der hastigen Schreibschrift hell leuchtend vor ihren Augen umher. Sie sah die Schrift sogar auf Stellen, wo gar nichts stand – auf Tellern und Bestecken auf dem Esstisch, auf den großen Terrinen, in denen Hühnereintopf aufgetischt wurde, auf den dünnen Kerzen in den Messinghaltern.

»Ich glaube, ich werde allmählich verrückt«, wisperte

Nevika. »Können wir diese Schrift nicht wieder ausblenden?«
»Würde ich mir auch wünschen«, murmelte Rose. »Wir müssen einfach versuchen, sie zu übersehen.«
Aber bei allem, was Rose sah, hörte sie ständig etwas noch viel Besorgniserregenderes. Nämlich Nina, die sagte: *Das hätte nicht passieren dürfen.*

Als es Abend wurde und sich alle für die Nacht in ihre Zimmer zurückzogen, wurde Rose von Beklommenheit ergriffen.
Sie wartete, bis Marie-Claire in der Dusche verschwunden war, dann zog sie das Handy heraus, das ihre Eltern ihr mitgegeben hatten, und scrollte sich zu einer vertrauten Nummer. Schon nach dem ersten Klingeln erschien das Gesicht ihrer Mutter auf dem Display. Helles Licht strömte hinter Polly durch das Küchenfenster – in Calamity Falls war es sechs Stunden früher.
»Rose, mein Schätzchen!«, sagte Polly herzlich. »Wie war euer Flug? Wie war der erste Tag? Bist du auch warm eingepackt? Erzähl mir alles!«
Rose ließ sich auf ihr Bett sinken und stieß einen erleichterten Seufzer aus. Wenn sie ihre Mutter sah, entspannte sie sich immer gleich.

»Es hat … *Spaß* gemacht«, sagte Rose. »Also, mehr oder weniger, aber es war auch … seltsam.«

»Seltsam?«, wiederholte Polly mit gerunzelter Stirn. »Wie meinst du das?«

»Na ja, zum einen stehen lauter Rezepte an den Wänden. Aber ich greife vor, denn die habe ich ja erst *nach* der Aufwärmprüfung gesehen, die ich übrigens als Beste bestanden habe.«

Polly hob eine Hand. »Halt mal, junge Dame, fang ganz von vorne an. Und diesmal langsam.«

Also erzählte ihr Rose den Tag in allen Einzelheiten, von der Ankunft mit Nevika, von der Aufwärmprüfung, die sie als Beste absolviert hatte, wie sie Lucys Soufflé gekostet hatte und auf einmal die Rezepte an den Wänden entdeckte, bis hin zum Rundgang durch die Schule.

Die Gespenster erwähnte sie mit keiner Silbe. Sie war sich nicht sicher, ob diese Nachricht bei ihrer Mutter gut ankommen würde, und wollte nicht, dass sie sich Sorgen machte.

Als Rose fertig war, schwieg Polly, dann sagte sie: »Komm noch mal zurück zu den Rezepten, die ihr, du und die anderen Mädchen, plötzlich sehen könnt.«

Rose berichtete schnell von dem Fläschchen *Ex-Reakt* aus Lucys Korb.

»*Ex-Reakt,* hm? Ein etwas verzwicktes Wortspiel.« Sie seufzte auf. »Ehrlich und ganz unter uns gesagt, Rosie, manchmal wünschte ich mir, wir Zauberbäcker könnten mit diesen putzigen Rezeptnamen aufhören.«

»Du klingst wie Großvater Balthasar«, sagte Rose.

Auf Pollys Stirn bildeten sich Sorgenfalten. »Irgendwas ist da ein bisschen verdächtig, Rosie. Du musst es deinen Lehrmeistern sofort mitteilen.«

»Ich glaube, sie schlafen schon alle«, sagte Rose.

»Dann gleich morgen früh!«, sagte Polly mit strenger Miene. »Es mag vielleicht auf den ersten Blick toll *aussehen,* einen Schatz an Rezepten entdeckt zu haben, aber wenn man in der Akademie glaubt, dass ihr – du oder Nevika oder diese Lucy – *schummelt,* dann haben sie jederzeit das Recht, euch auszuschließen.«

»Schummeln?«, sagte Rose abfällig. »Würde ich doch niemals! Ich rede mal lieber mit Nevika.« Rose sprang auf. »Tschüss, Mama. Ich hab dich lieb.«

Rose überlegte, Zippo mitzunehmen, aber der kleine Schildkrötenmann schlummerte tief auf dem Nachttisch. Außerdem argwöhnte sie plötzlich, dass der Lautsprecher, durch den die Lehrmeister ihre Botschaften verkündeten, vielleicht in beide Richtungen funktionierte, so dass die Lehrer mithören konnten.

Also schlüpfte sie in ihre Hausschuhe und schlich in

den Korridor. Als sie aus der Tür trat, stieß sie fast mit Nevika zusammen.
»Oh!«, sagte Nevika. »Gut, dass du auch noch wach bist.«
»Ich wollte dich holen«, sagte Rose. »Ich habe gerade mit Mom gesprochen.«
Nevika runzelte die Stirn. »Du hast ihr von den Rezepten an den Wänden berichtet, stimmt's?«
Klatschende Schritte hallten durch den Korridor, und als sich Rose und Nevika umdrehten, sahen sie, wie Marie-Claire auf sie zukam. Sie war in einen malvenfarbenen Bademantel gehüllt und hatte ein gleichfarbiges Handtuch um den Kopf gewickelt.
»Lass uns irgendwo hingehen, wo wir für uns sind«, flüsterte Rose und nahm Nevikas Hand.

Rose und Nevika machten sich zur Bibliothek im zweiten Stock auf, doch als sie die oberste Stufe der Treppe erreicht hatten, entdeckte Rose etwas Bleiches und Durchsichtiges, das in einer Nische verschwand, die ihr bisher noch nicht aufgefallen war.
Die Gespenster.
Rose zog Nevika mit sich hinter den beiden her.
»Wohin gehen wir?«, flüsterte Nevika.
Rose legte einen Finger auf die Lippen und bedeutete

ihr zu schweigen. Sie wollte die Erscheinungen nicht verscheuchen. Die Mädchen schlichen hinter den Gespenstern her, vorbei an verblichenen Tapeten mit verstaubten alten Ölporträts von allen möglichen Direktorinnen. Die Geistergestalten bewegten sich rasch durch die Gänge, als würden sie sich bestens auskennen, was sie ja wohl auch taten, wie Rose annahm.

Dann sah Rose, dass sie auf eine Sackgasse zusteuerten: eine alte Holztür, die so aussah, als sei sie seit Jahrhunderten nicht geöffnet worden. Die durchsichtigen Umrisse der Gespenster leuchteten kurz auf – dann schlüpften sie durch die geschlossene Tür und waren verschwunden.

»Was geht hier eigentlich vor?«, fragte Nevika. »Du rennst rum wie eine Verrückte!«

»Ich bin nicht verrückt«, sagte Rose. »Ich bin nur zwei Gespenstern gefolgt.«

Nevika schnaubte verächtlich. »Klingt nicht gerade nach einer Person, die alle Sinne bei sich hat.«

»Ich meine es ernst«, sagte Rose, die froh war, dass sie ihr Geheimnis endlich loswerden konnte. »Ich habe heute schon mal mit ihnen gesprochen. Keiner außer mir kann sie sehen.«

»Ach ja?«, sagte Nevika und machte große Augen. »Wie unheimlich!«

Rose drehte an dem antiken Messingtürknopf. Die Tür quietschte in den alten ungeölten Angeln und öffnete sich. Dahinter lag eine Treppe, die aufwärtsführte. Irgendwo im oberen Bereich flackerte Kerzenlicht.

»Dürfen wir überhaupt hier rein?«, fragte Nevika.

Rose war sich auch nicht ganz sicher – aber sie hatte das Gefühl, von den Gespenstern hergelockt worden zu sein, weil sie ihr etwas zeigen wollten. Also schloss sie leise die Tür hinter sich und stieg hinauf. Nevika folgte ihr dicht. Die Treppenstufen knarrten unter ihren Hausschuhen.

Oben angekommen, fanden sie einen lauschigen Raum mit einem einzigen Fenster, das den Blick auf die Außenanlagen freigab. Die Decke hatte eine Schräge – sie waren direkt unter dem Dach. In der Mitte des Raumes stand ein Tisch mit einem Glaszylinder, in dem eine Kerze ganz ohne Rauch flackerte – ein magischer Schein. Mehrere verwitterte Sessel mit blumigen, ausgeblichenen Bezügen standen um den Tisch.

»Warum wollen uns die Gespenster wohl diesen Raum zeigen?« Rose ließ sich in einen der Sessel fallen, aus dem eine Staubwolke aufstieg. »Du hast Kit wohl nicht dabei, oder?«

»Sie war zu schläfrig, um mitzukommen«, sagte Nevika und ließ sich gegenüber nieder.

»Zippo auch«, sagte Rose. »Wenn ich ihn nur mitgebracht hätte. Vielleicht wüsste er etwas über diese Kammer. Eine verwirrende Schule! Mom hat gesagt, wir sollten die Lehrmeister über die Rezepte informieren. Sonst würden sie noch denken, dass wir schummeln wollen.«

»Wir würden doch nicht schummeln!«, wandte Nevika entrüstet ein. »*Wir* erledigen ehrliche Backarbeit!« Sie deutete auf die Schriftzüge, die selbst in diesem versteckten Raum alle Flächen bedeckten. »Diese Rezepte sind da, um uns zu *inspirieren*.«

»Aber hör mal«, sagte Rose, »wir kommen doch gut ohne Zauberbackbücher aus.«

»Ich habe heute nur eine goldene Nadel bekommen.« Nevika sah beklommen auf ihren Schoß.

»Du bist Zweite!«, sagte Rose.

»Die Zweite ist die erste Verliererin.«

Rose lachte. »So ein Unsinn. Und deine Mutter ist doch bereits eine Großmeisterin, du kommst also auch ohne Ausbildungsplatz bei einem Großmeister durch.«

»Meinst du?«, fragte Nevika. »Meine Mama und ich, wir haben uns nach dem, was uns das Komplott der Konditoren angetan hat, so lange von allem ferngehalten. Solche Beziehungen wie Lucy zu einer Backfürstin von-So-und-So haben wir nicht.«

»Wenn man noch nicht mal klar sehen kann, spielt es keine Rolle, wen man kennt«, sagte Rose.

»Aber hallo! Brille aufsetzen!«, sagte Nevika.

Rose lachte. Dann biss sie sich auf die Lippe und gestand: »Von den Gespenstern habe ich meiner Mutter nicht erzählt.«

»Rose«, setzte Nevika an, »bist du sicher –«

»Ich weiß, was ich gesehen habe«, sagte Rose. »Aber ich weiß nicht, wohin sie gegangen sind. Oder was sie wollen. Sie haben gesagt, das Auge mit dem Bösen Blick, das ich in meinen Kuchen geschabt habe, sei verantwortlich dafür, dass ich sie sehen kann.« Sie nickte zu dem Glaszylinder hin. »Ich glaube, das Licht haben sie für uns hiergelassen.«

»Zuerst ein Haufen versteckter Schriftzüge, jetzt noch Gespenster.« Nevika schüttelte den Kopf. »Lass mich raten: Heißen sie vielleicht Nina und Julian?«

»Genau! Woher wusstest du das?«

»Weil ihre Namen hier oben überall an den Wänden stehen.« Nevika deutete umher und Rose sah sich um.

An der Wand bei der Treppe stand ein großes Stück Text. Zwei Worte fielen Rose sofort auf: *Nina und Julian.*

»Warum ihre Namen wohl in einem Rezept vorkommen?«, fragte sie sich.

Nevika trat an die Wand und fuhr mit der Hand über

die schmutzige Fläche. »Das ist nicht einfach nur ein Rezept, Rose. Es ist eine kleine Geschichte, genau wie in unseren Backbüchern.«

Rose wurde ganz benommen und hohl im Kopf. Sie versuchte aufzustehen, fiel aber sofort wieder in den Sessel zurück.

»Nevika, du sollst doch nicht –«

Aber es war zu spät, um ihre Freundin daran zu hindern. Nevika erstarrte. Wie in Trance begann sie zu lesen. »*Wir waren zu dritt, ein eingeschworenes Trio, ganz dicke Freunde.*« Nevikas Stimme klang anders als sonst, wie ein Echo aus weiter Ferne.

Und während sie redete, erschienen vor Rose Visionen im Raum.

Wie am Vormittag, als sie von dem Apfelkuchen gegessen hatte, tauchten regenbogenfarbene, schillernde Umrisse in den Winkeln des Raumes auf, die vom flackernden Licht der Lampe nicht richtig erhellt waren.

Die bunten Linien fügten sich zusammen zu drei menschlichen Formen. Die Gestalten bewegten sich ruckartig wie in einem alten Trickfilm, dann verschwammen die Farben und formten sich zu Gesichtern. Rose erkannte die beiden Gestalten von Nina und Julian. Ihre Umrisse waren unscharf, ihre Gliedmaßen dünn und schlaksig.

»Nina und Julian und ich waren jung und wollten ein Leben lang zusammenbleiben«, las Nevika weiter. *»Also verbündeten wir uns auf die heidnische Art – mit Blutsbrüderschaft bei Vollmond.«*
Rechts hinter Rose schien dunstiges, blasses Mondlicht durchs Fenster. Eine dritte Gestalt, die Rose bisher nicht bemerkt hatte, *verwandelte* sich; ihre bisher bunten Umrisse verdichteten sich zu einem glitschigen, öligen Schatten.
Die drei Gestalten versammelten sich am Fenster, und das schattige Wesen zog etwas aus dem Gürtel – ein Messer. Alle drei ritzten sich die Handflächen damit ein und ergriffen sich bei den Händen.
»Diese Blutsbrüderschaft sollte für immer sein. Aber für immer ist eine sehr, sehr lange Zeit, und selbst eine Blutsbrüderschaft kann unversehens durch einen Akt des Verrats gebrochen werden –«
Nevika fiel auf die Knie und brach ihr Lesen abrupt ab. Sie begann zu wimmern. Im selben Moment löste sich die unheimliche Vision in Luft auf.
Die Mädchen verharrten wie erstarrt.
»Das … war ja vielleicht gruselig«, sagte Nevika schließlich.
Rose nickte. »In der Geschichte ging es um Nina und Julian. Das sind meine beiden Gespenster.«

»Die Geschichte ist in derselben Handschrift geschrieben wie die Rezepte, die wir gesehen haben«, sagte Nevika. »Die Gespenster und die Schriftzeichen haben also etwas miteinander zu tun.«

Rose schluckte. »Was da wohl passiert ist? Vielleicht sitzen sie hier fest.«

Nevika schauderte und umschlang sich mit den Armen. »Möglich! Aber lass uns das morgen erforschen, im Tageslicht. Jetzt sollten wir erst mal diesen unheimlichen Dachboden verlassen und zu den Leuten zurückkehren, die auch ich sehen kann, oder nicht?«

Das musste sie Rose nicht zweimal fragen.

»Das ist sehr bedauerlich«, sagte Hans. »In der Tat sehr bedauerlich.«

Es war früh am nächsten Morgen, und Rose, Nevika und Lucy befanden sich im Arbeitszimmer von Hans, im ersten Stock. Der Raum musste einmal sehr geräumig gewesen sein, doch jetzt war er vollgestellt mit allen möglichen seltsamen Gegenständen – mit alten Mörsern und Stößeln aus Jade, einer eindrucksvollen, großen Sammlung antiker Ofenhandschuhe und mit zerbröckelnden Statuen mit Kochmützen.

Es war eine Fundgrube an historischem Trödel, aber das Durcheinander bedrängte Rose und nahm ihr die Luft,

als habe man sie in einen überfüllten Kleiderschrank gesperrt.
Ihr Unbehagen wurde nicht gemildert durch die Tatsache, dass Hans' Feststellung von einem undurchdringlichen finsteren Blick begleitet wurde. Die Mädchen hatten ihm gerade alles von dem *Vanille-Ex-Reakt* und den verborgenen Rezepten erzählt.
»Bedauerlich?«, wiederholte Nevika und faltete nervös die Hände.
Hans lehnte sich zurück und legte die Hände über seinem dicken Bauch zusammen. »Euer Verdacht ist korrekt – vor vielen, vielen Jahren wurde die Schule zu einem Rezeptbuch ausgestaltet. Dieses Geheimnis können nur wenige sehen.« Er kniff die Augen zusammen.
»Anscheinend seid ihr alle über die einzige Zutat gestolpert, mit der man unseren Zauber sehen kann.«
»Aber nicht absichtlich!«, wehrte sich Lucy. »Der *Vanille-Ex-Reakt* war in meinem Begrüßungskorb!«
Hans' finsterer Blick verwandelte sich in das freundliche Lächeln, das er am Vortag zur Schau gestellt hatte.
»Ich glaube dir, Liebes. Ich möchte keinesfalls, dass ihr drei wegen eines unbeabsichtigten Missgeschicks Ärger bekommt. Aber!« Er hielt einen dicken Finger hoch.
»Ihr müsst versprechen, während der Prüfungen keines dieser Rezepte zu verwenden. Wir kommen dahinter,

und wenn eine von euch mogelt, bleibt uns keine Wahl: Wir müssen euch von dem Wettbewerb um den Ausbildungsplatz ausschließen. *Euch alle.*«

»Wir versprechen es«, sagte Rose.

»Aber wie sollen wir die Augen vor diesen ganzen Worten verschließen?« Nevika deutete auf eine Wand, auf der ebenfalls die Schreibschrift aufgetaucht war, ehe sie wieder hinter den staubigen Wandleuchtern verschwand.

»Tut einfach so, als würde es sich um gemusterte Tapeten handeln«, sagte Hans. Dann machte er eine scheuchende Handbewegung. »Jetzt macht ihr euch am besten bereit für den Tag. Er wird arbeitsreich!« Und als sie sich zum Gehen wandten, setzte er hinzu: »Ach ja, und ich komme vorbei, um diesen *Vanille-Ex-Reakt* abzuholen, einverstanden?«

»Gerne!«, sagte Lucy. »Ich werde mich heute besonders bemühen, versprochen!« Grinsend hüpfte die hochgewachsene Engländerin aus dem Zimmer. Dabei stolperte sie fast über das gedrechselte Bein eines vergoldeten Barockstuhls.

Nevika stieß Rose an und flüsterte: »Die Gespenster!«

»Da ist noch etwas, das wir Ihnen erzählen sollten«, sagte Rose.

»Was denn?«, fragte Hans mit aufmerksam geneigtem Kopf.
Ehe Rose antworten konnte, erschienen die Gespenster.
Diesmal schwebten sie nicht durch die Wand herein, sondern tauchten einfach plötzlich zu beiden Seiten von Hans auf. Sie legten die Finger auf die Lippen.
»Rosmarin?«, fragte Hans, als Rose nicht weiterredete.
»Ach, Entschuldigung.« Rose schüttelte den Kopf. »Nur, dass wir sehr zu schätzen wissen, dass Sie sich Zeit genommen haben und dass wir uns heute besonders bemühen werden. Bis später!«
Damit verließen auch Rose und Nevika das Zimmer, gefolgt von den dunstigen Gestalten von Nina und Julian. Sie rangen die Hände und sahen Rose flehentlich an.
»Was sollte das denn eben?«, zischte Nevika.
»Ich wollte unser Glück nicht überstrapazieren«, sagte Rose. »Außerdem kann ja nur ich die Gespenster sehen. Ich will dich und Lucy da nicht mit reinziehen.«
»Darüber unterhalten wir uns später noch. Ich bin ziemlich sicher, dass ich letzte Nacht von einem der Geister besessen war. Und das ist gar nicht cool.« Nevika strebte auf die Treppe zu.
Nachdem Nevika verschwunden war, klatschten Nina und Julian dankend in die Hände. Oder so in der Art –

das Zusammenklatschen der Hände gab keinen Laut von sich.
»Gut gemacht«, sagte Nina.
»Keiner konnte jemals widerstehen, eines der verborgenen Rezepte zu verwenden«, pflichtete ihr Julian bei. »Die Versuchung war zu groß.«
»Die Versuchung?«, wiederholte Rose. »Ist an den Rezepten etwas, das ich wissen sollte? Etwas, das Hans uns nicht gesagt hat?«
»Das ist Schnee von gestern«, sagte Julian und führte Nina fort. »Am besten, ihr vergesst es.«
»Warum habt ihr mich in das Dachzimmer geführt?«, fragte Rose. »Da gibt es doch eindeutig etwas, das ihr mir mitteilen wolltet. Vielleicht kann ich –«
»Nein!«, riefen die beiden Gespenster. Und mit einem kleinen Knall waren sie verschwunden.
»– euch helfen«, beendete Rose ihren Satz.
Aber es war keiner mehr da, der es hören konnte.

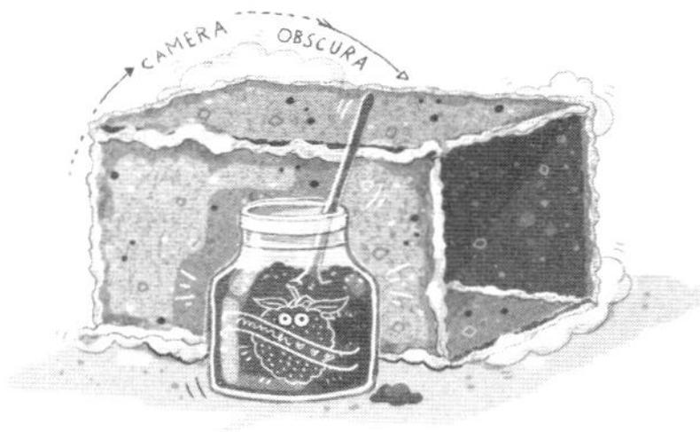

Kapitel 5
Verwandelpudding

»Guten Morgen, Meisterbäckerinnen und Meisterbäcker!«, begrüßte sie Professorin Macaron.

Das Frühstück war vorbei, und die acht Schüler standen, bebend vor Erwartung, hinter ihren Arbeitstischen in der großen Schulküche.

»Guten Morgen!«, antworteten fünfzehn Stimmen – die acht Teenager und all ihre Vertrauten. Oder fast alle. Stella, der kleine Oktopus, konnte nur quieken.

Am oberen Ende der Küche standen die Lehrmeister – Hans und Thierry in ihren weißen Kochjacken und Professorin Macaron, die wieder in einen prächtigen schwarzen Talar gehüllt war. Heute hatten ihre Sonnenbrillengläser die Form von Honigwaben.

»Die gestrigen Prüfungen haben es uns ermöglicht, den Stand eurer Backkenntnisse und eure jeweilige Kreativität zu beurteilen«, sagte Professorin Macaron. »Für heute haben wir uns eine andere Herausforderung ausgedacht. Thierry?«

»Ich bin ein Mann, der bei seinen süßen Kreationen auf Präzision Wert legt«, begann der große, dünne Lehrer. Die Hände hatte er auf dem Rücken gefaltet.

Rose versuchte, sich auf ihn zu konzentrieren, ihre Gedanken waren jedoch von den Anstrengungen abgelenkt, nicht auf die Schrift an den Wänden um sie herum zu achten.

Überall waren Rezepte – in die Holzplatte ihres Arbeitstisches geritzt, auf die Fliesen unter ihren Füßen gekritzelt, auf die Wände, die Decke, ja sogar auf die schwarzen Türen der Backöfen gemalt. Es war total nervig.

»Als Großmeister«, fuhr Thierry fort, während er die Arbeitstische abschritt und auf jeden Platz kleine Glasgefäße mit silbern glitzerndem Pulver stellte, »müsst ihr in der Lage sein, immer wieder völlig gleichartige Gebäckstücke herzustellen … selbst wenn ihr die Zusammensetzung abändert, um alle möglichen Probleme zu beheben. Heute folgt ihr meinen Anweisungen aufs Wort – jedoch mit einer selbsterdachten eigenen Zutat.«

Professorin Macaron verbeugte sich und sagte: »Hans und ich sind heute in der Jury, daher müssen wir euch jetzt verlassen. Auf diese Weise sind wir in der Lage, euer Werk unvoreingenommen zu beurteilen. Viel Glück, meine Bäckerinnen und Bäcker!«

»Gebt euer Bestes!« Hans küsste seine Fingerspitzen. »Auf dass euer Bestes zur Perfektion werde!«

Dann verschwanden Professorin Macaron und Hans urplötzlich in einer Explosion aus bunten Liebesperlen, die zu Boden prasselten und sich dann in Dunst auflösten.

Die versammelten Jungbäcker machten *Oooh* und klatschten. »Ja, ja, ganz allerliebst«, sagte Thierry und nahm wieder seine Meisterposition ein. »Merkt auf, in eurem Leben als Zauberbäcker wird es Zeiten geben, in denen ihr euch als jemand anderen verkleiden müsst. Heute wollen wir ein *Trifle der Transfiguration* herstellen, einen Pudding der Verwandlung.«

»Eher wohl der Verschandelung«, sagte Marie-Claire abfällig. »Meine Schönheit verwandeln? Nein danke.«

Emil biss sich auf die Lippe. »Ich würde es nicht wirklich gut finden, wenn jemand so tun würde, als wäre er ich.«

Cixan machte an seinem Arbeitsplatz *Tz, tz* und strich seiner kleinen Eidechse über den Rücken. »Du denkst

nicht weit genug, Bagersen. Die Fähigkeit, einen anderen nachzuahmen, sich nicht von dieser Person zu unterscheiden … eröffnet doch viele Möglichkeiten.«
Die kleine Eidechse ließ eine gespaltene Zunge zwischen den Schokoladenlippen hervorflitzen. »So viele Möglichkeiten«, lispelte sie.
Bei Cixans Worten zuckte Thierry mit einer Augenbraue. »Das ist kein Grund, so verächtlich zu klingen, Meisterbäcker. Ich gebe euch ein harmloseres Beispiel. Habt ihr schon von der Sudanesischen Scheufliege gehört?«
Eine allgemeines »Nein« kam von den versammelten Teenagern. Nevika sah Rose schulterzuckend an.
Rose beugte sich vor und stützte die Ellbogen auf die Arbeitsfläche – *deswegen* war sie schließlich hierhergekommen, um etwas über neue Zutaten und Techniken zu erfahren. Einen Moment lang vergaß sie die Schriften an der Wand.
»Die Scheufliege ist ein Insekt, das vor vielen Jahrhunderten von einer Frau namens Aya Bashir gezüchtet wurde. Diese Insekten sammeln einen heilenden Nektar aus Blumen, die nur tief in Felsspalten leben, die zu schmal sind, als dass eine menschliche Hand hineingreifen könnte.« Er hob einen Finger. »Indes! Die Scheufliegen geben den Nektar ausschließlich an Aya ab, und

diese Frau starb vor langer Zeit. Wie können wir also diese kostbare Zutat ernten?«
Milo nickte. »Ah. Jemand muss also wie Aya aussehen, um den Nektar zu sammeln.«
»Genau richtig, Mr Canella!« Thierry deutet auf Milo. »Die heutige Aufgabe besteht aus zwei Schritten. Die erste ist, das Bild von jemandem einzufangen, der sich hier auf dem Campus befindet – und die zweite ist, dieses Bild zu nutzen, um selbst zu dieser Person zu werden.«
»Womit einfangen?«, fragte Emil. »Schließlich haben wir keine Fotoapparate.«
Lucy hustete dramatisch und hob eine Hand. »Schon mal von – *hust, hust* – von Handys gehört? *Die haben doch eine Kamerafunktion.*« Ihre Handyhülle war glitzernd bestückt mit durchsichtigen Edelsteinen und funkelte so hell im Licht, dass Rose sich abwenden musste.
»Ich wette, das sind echte Diamanten«, murmelte Nevika.
»Technologie!«, knurrte Thierry. Er marschierte herbei und nahm Lucy das Handy ab. »Das bekommst du nach der heutigen Veranstaltung zurück.«
Lucy schrie wütend auf, doch dann presste sie rasch die Hände auf den Mund.

Thierry lächelte. »Stattdessen stellen wir unsere eigenen Kameras auf traditionelle Weise her – aus Kuchenteig und einer Filmplatte aus Zaubermarmelade!«

»Ist das wahr, Schätzchen? So funktionieren Kameras?«, flüsterte Zippo.

Rose wollte ihm gerade antworten, als Thierry plötzlich neben ihr auftauchte. Sie zuckte zusammen.

»So funktionieren Kameras für einen Großmeister der Backkunst.« Er stupste Zippo auf seinen daumenförmigen Kopf. Bei der Berührung verwandelten sich Zippos Schokoladenaugen von Punkten in Spiralen, die sich wie hypnotisiert drehten.

Thierry schritt an den Arbeitstischen entlang und stupste im Vorbeigehen jedes der Kuchentiere auf die Stirn.

»Als Erstes stellen wir eine *camera obscura* aus einem dünnen Kuchen her, den wir hier gemeinsam im Unterricht backen. Dann fertigt ihr eine Filmemulsion aus Marmelade, und mit diesen Utensilien fangt ihr euer Bild ein! Damit bereitet ihr dann euren Schichtpudding zu – euer *Trifle der Transfiguration*.« Thierry klatschte in die Hände, als er wieder vorne im Raum stand. »Ihr werdet nach der Genauigkeit eurer Verwandlung beurteilt, außerdem nach dem Schwierigkeitsgrad eurer auserwählten Person.«

Und damit hob der Mann eine Hand und ließ einen Schauer von Zuckerperlen herabfallen. Er verschwand, und es blieb eine Dunstwolke zurück, die über die Fliesen fegte.
Die acht Bäckerschüler sahen sich an. »Sehen eure Kuchenfreunde auch alle so benommen aus?«, fragte Nevika und hielt Kit hoch.
Lucy deutete auf Rupert, dessen Matrosenmütze heruntergefallen war. Der kleine Igel war genauso hypnotisiert wie Zippo.
»Rupert ist ganz verblödet«, jammerte sie. »Und wie sollen wir denn bloß aus einem Kuchen einen Fotoapparat machen?«
Thierry tauchte in einem Schauer von Zuckerperlen wieder auf, direkt neben Lucy. Sie schrie auf und ließ ihren Igel beinahe fallen.
»Genau das werde ich euch zeigen!«, verkündete er. Er tippte Rupert wieder auf die Stirn, und die Augen des Vertrauten wurden wieder zu kleinen Kreisen und Strichen, und er war wieder wach. »Außerdem könnt ihr auf die Hilfe eurer Kuchenfreunde zählen.«
»Zuerst muss die Butter weich werden!«, quiekte Rupert und blähte den stacheligen, kleinen Körper auf. »Und vier Eier! Nein, fünf! Dann –«
»Pscht«, machte Thierry und legte Rupert den Finger

auf das Schnäuzchen. »Ich habe eure Vertrauten mit allem Wissen ausgestattet, das ihr für die heutige Aufgabe benötigt.«
Er schnipste mit den Fingern, und die anderen Vertrauten erwachten ebenfalls wieder aus der Hypnose. Alle fingen auf einmal zu reden an, und ein Chor mit Maßangaben erfüllte den Raum. Thierry verschwand wieder in einem Schauer von Liebesperlen und tauchte am vorderen Ende des Raumes erneut auf.
»Können Sie nicht wie ein normaler Mensch herumlaufen?«, fragte Emil. »Bitte! Das irritiert mich!«
Thierry überging Emils Frage. Er hielt ein Kuchenblech mit einem frisch gebackenen, kastenförmigen Biskuitkuchen hoch. »Kommt und seht zu«, sagte er und winkte die Schüler herbei.
Alle drängten sich nach vorne und versammelten sich neugierig, während Thierry zeigte, wie man eine Kuchenkamera machte. Selbst die sonst so uninteressierte Marie-Claire und der verschlossene Cixan konnten ihren Eifer nicht verbergen.
Thierry zerteilte den Kuchen in sechs gleiche rechteckige Scheiben. Er spritzte eine steife Vanillecreme auf die Ränder von fünf der Scheiben, dann klebte er die Stücke zu einem nach Vanille duftenden Kasten zusammen, wobei eine Seite offen blieb.

»Der abschließende Schritt auf dem Weg zur *camera obscura*«, erläuterte er, während er auf die letzte Scheibe des Kuchens einen Fruchtaufstrich schmierte, »ist der, eine Marmelade zu machen, die das Bild einfangen soll. Hier kommt euer eigener Erfindergeist ins Spiel, denn es liegt an euch, die richtigen Früchte aus unserem Gewächshaus zu sammeln, woraus die Marmelade bestehen muss. Seid vorsichtig bei diesem Arbeitsschritt, denn es muss dunkel sein, sonst wird der Zauber zu früh belichtet.«

»Wie bei einem richtigen Film«, sagte Milo und zwinkerte. »Falls es euch interessiert, ich habe zu Haus nämlich eine Dunkelkammer.«

»Interessiert einen Toten«, sagte Marie-Claire.

»Bist du Fotograf?«, fragte Nevika.

Milo zuckte mit den Schultern. »Ich halte mich eher für einen Fotonarren, einen tastenden Fan dieser Kunstform, einen Hobbyenthusiasten.«

»Auch das langweilt uns zu Tode«, sagte Marie-Claire abfällig.

»Das letzte Stück muss so eingesetzt werden, dass der Aufstrich mit der Zaubermarmelade nach innen gerichtet ist«, erklärte Thierry und setzte das mit Marmelade überzogene Stück an die vorgesehene Stelle. »Wenn das erledigt ist, sucht ihr nach eurem Motiv, dann bohrt ihr ein Loch in den Kuchen, und zwar an der gegenüberliegenden Seite des Stücks mit Marmelade – aber erst, wenn ihr bereit seid, euer Bild zu knipsen! Sobald das Licht in den Kasten fällt, könnt ihr kein weiteres Bild machen, sonst müsst ihr eine neue Kamera backen.«

Thierry richtete eine Seite seiner Kuchenkamera auf Lucy. Ehe das Mädchen reagieren konnte, zog er ein Essstäbchen hervor und bohrte geübt ein Loch in den Teig.

Es gab keinen Blitz oder irgendein Anzeichen, dass etwas passiert war. Dennoch krähte Thierry: »Ich hab dich drauf!«, dann stob er in einem weiteren Schauer von glitzernden weißen Zuckerperlen davon.

Lucy kreischte erschrocken auf.

»Das wird ja allmählich unerträglich«, sagte Nevika.

»Ich kann nichts dafür«, rief Lucy. »Ich erschrecke mich ganz leicht.«

»Ich meinte dieses Verschwinden und Wiederauftauchen«, erklärte ihr Nevika.

Einen Moment lang starrten sich alle an und warteten auf das Wiederauftauchen von Thierry. Das einzige Geräusch war das Klackern der Bonbons, die in die Ecken kullerten.

»Ich glaube, diesmal kommt er nicht zurück«, sagte Rose nach einer Minute.

»Was für ein Glück«, sagte Nevika, die bereits wieder an ihrem Tisch stand. »An die Arbeit!«

Welchen Zauber Thierry auch immer durch die Berührung auf die Tiere gelegt hatte, sie barsten auf einmal vor Wissen. Während die Kinder in einer Schüssel Zutaten verquirlten und Mehl in eine zweite Schüssel siebten, halfen die kleinen goldbraunen Vertrauten mit Anweisungen.

»Lass kein Eigelb ins Eiweiß kommen, ehe du es zu Schaum schlägst, Schätzchen«, sagte Zippo zu Rose, als sie die Eier teilte. Er hatte die Vorderbeine auf den Rand der Schüssel gelegt, damit er zusehen konnte. »Sonst gelingt der Eischnee nicht!«

Das Backen von Kuchen, egal welcher Art, war für Rose das kleine Einmaleins, aber sie wollte diesen neuen, plötzlich so hilfsbereiten Zippo nicht vor den Kopf stoßen. »Danke für den Tipp«, sagte sie.

Schon bald hatten alle Schüler ihren Kuchenteig fertig und in die Backöfen geschoben. Alle schienen gelassen und konzentriert zu sein, abgesehen von Lucy. Ihr Haar klebte ihr vor Angstschweiß an der Stirn, als sie zu ihrem Backofen kam und ihre Backform hineinschob.

Während der Backzeit machten sich alle zum Gewächshaus auf.

Draußen war es noch frisch und kühl. Die blauen Schoten, die von dem riesigen Baum im Vorhof hingen, raschelten in der frostigen Brise, stießen scheppernd aneinander und gaben hohle Klänge von sich wie ein Windglockenspiel.

Im Gewächshaus jedoch war es drückend heiß wie im Dschungel.

Auf dem Rundgang hatten sie nur einen kurzen Blick hineingeworfen, daher war der Anblick jetzt ein ganz neues Erlebnis. Das Gebäude war aus grünem Glas, zwei Stockwerke hoch und fast so breit wie das Chalet selbst. Im Boden aus gestampfter Erde wanden sich Pfade zwischen hohen, in Gruppen stehenden Bäumen, die eine Vielzahl aller möglichen Früchte trugen – Zitronen, Bananen, Äpfel, Kokosnüsse und noch mehr. Palmen mit rauer Rinde lehnten sich an Pflaumenbäume und waren umringt von stacheligen Brombeersträuchern.

Ein dampfiger Dunst durchzog die Luft, aus der Ferne hörte man die Rufe exotischer Vögel, auch wenn Rose keinerlei Tiere entdecken konnte. Während die Kinder Früchte für ihre Marmeladen auswählten, blieben Rose, Nevika und Lucy zusammen am vorderen Eingang und legten ihre Mäntel ab.

»Auch hier ist alles mit der Schrift bedeckt«, sagt Nevika

leise. Sie fuhr mit dem Finger über das Kondenswasser, das sich auf den grünen Glasscheiben am Eingang gebildet hatte. Wo sie die feuchte Schicht abgewischt hatte, konnten die drei Mädchen deutlich weitere Rezepte erkennen, die ins Glas graviert waren.

»Hans hat uns nicht veräppelt«, sagte Lucy. »Die Rezepte sind tatsächlich überall!«

»Da steht was von *Trifle*«, begann Nevika zu lesen, doch Rose zog sie zurück.

»He, geschummelt wird nicht«, schalt sie. »Wir müssen so tun, als würde da nichts stehen.«

Nevika zog eine Schnute. »Ich wollte gar nicht schummeln.«

Zippo fragte von Roses Schulter: »Seht ihr immer noch Zeug, das gar nicht da ist?«

»Klingt zumindest so«, sagte Kit aus ihrem Nest in Nevikas Haar.

Der kleine Rupert zupfte an Lucys Kragen. »Lasst uns gehen, lasst uns gehen«, winselte er. »Hier drin ist es so feucht. Ich werde total *matschig*.«

Lucy kraulte ihm den Kopf. »Okay, beeilen wir uns und suchen die beste Marmeladenfrucht.« Zu den Mädchen sagte sie: »Und macht euch um mich keine Gedanken, ich kann die Rezepte sowieso nicht heimlich lesen. Ohne meine Brille verschwimmt immer noch alles.«

»Du solltest dir wirklich überlegen, sie aufzusetzen«, sagte Nevika und führte Lucy einen der Pfade entlang. »Das würde vielleicht viele Probleme lösen.«

»Ha!«, erwiderte Lucy. »Als ob das Sehen schon mal irgendjemandem geholfen hätte.«

Rose blieb allein mit Zippo zurück und blickte wieder auf das Rezept an der Wand. *Transfigurations-Trifle. Zur Verwandlung von –*

»Nein!«, sagte Rose laut und kniff die Augen zu. »Ich sehe nicht hin!«

Ein weiches Beinchen tippte ihr an den Kopf. »Geht's dir gut, Kleine?«, fragte Zippo von ihrer Schulter.

»Ganz gut.« Sie drehte sich demonstrativ von der Wand weg, da entdeckte sie Milo und Gustavo unter einem Dach von Dschungelblättern. Gustavo hielt seinen Vertrauten auf seiner Schulter fest, damit er die höheren Äste eines Kirschbaums erreichen konnte.

»Dann lass uns doch nicht so lahm, lahm, lahm gehen!« Zippo deutete nach vorne und befahl: »Vorwärts marsch zu den Früchten!«

Sie kamen an Marie-Claire vorbei, die Johannisbeeren erntete, und an Emil, der gedankenverloren mit einer reifen Birne in der Hand dastand.

»Du brauchst etwas, das gut im Dunklen reift«, sagte Zippo zu ihr, während sie durch einen feuchten Bana-

nenhain kamen. »Also keinesfalls eine von diesen Bananen. Sie sind sowieso noch grün.«
»Ich glaube, das sind Kochbananen«, sagte Rose. »Aber du hast mich auf etwas gebracht. Was hat Thierry eigentlich mit euch gemacht?«
Zippo zuckte so gut es ging mit den Schultern, indem er den vorderen Rand seines Kuchenpanzers auf und ab bewegte. »Keine Ahnung, Schätzchen. Hab nur so ein Gefühl, als ob ich ein paar Extrakrümel Gehirnnahrung bekommen hätte. Plötzlich weiß ich alles Mögliche!«
»Na, jedenfalls vielen Dank für die Hilfe.« Rose rieb sich das Kinn. »Ich weiß, dass wir alle am gleichen Rezept arbeiten, aber ich will nicht das Nächstliegende machen und eine Beere pflücken. Jeder denkt doch an Beeren, wenn er Marmelade machen soll.«
Als sie unter den breiten Wedeln der Kochbananenpalmen trat, entdeckte Rose ein Büschel roter Stängel, die nahe an der Glaswand aus dem Boden sprossen. Die Stiele endeten in breiten grünen Blättern.
»Rhabarber!«, flüsterte Rose aufgeregt und kniete sich auf die Erde.
»Ausgezeichnete Wahl!«, sagte Zippo. »Aber sei vorsichtig, die Blätter sind –«
»Giftig«, beendete Rose seinen Satz und riss bereits die

schönsten Stängel aus dem Boden. »Ich habe schon hundertmal Rhabarberauflauf gemacht. Trotzdem danke, dass du aufpasst.«

»Jederzeit, Kleine!«

Es war der halbe Vormittag vorbei, als alle Backschüler in die Küche zurückkehrten. Schon bald standen auf allen Herden Töpfe, in denen zerkleinerte Beeren mit Zucker blubberten.

Rose ließ ihre Marmelade köcheln und machte sich an die Konstruktion der Kamera aus dem abgekühlten Biskuit, genau so, wie Thierry es ihnen gezeigt hatte. Sie war zufrieden, wie stabil ihr Kuchen geworden war. Einige – *Lucy* zumindest – kämpften mit abbröckelnden Krümeln an dem, was eigentlich scharfe Kanten hätten sein sollen.

Jetzt fehlte nur noch das sechste und letzte Stück, auf das die Marmelade aufgetragen werden musste, der sogenannte »Film«. Und für diesen Film benötigte Rose noch eine letzte Zutat.

»Was mag das hier wohl sein?«, fragte sie und betrachtete das Fläschchen mit dem silbrigen Pulver, das ihnen Thierry auf die Plätze gestellt hatte.

»Staub der Erinnerung«, sagte Zippo, der auf der Arbeitsplatte saß. »Wenn die Leute Sachen vergessen, dann fal-

len die vergessenen, unbenutzten Gedächtniskörnchen von ihnen ab wie … wie Schuppen.«
Er verzog ein wenig angeekelt das Gesicht. »Diesen Vergleich hätte ich vielleicht lieber nicht benutzen sollen.«
Rose schüttelte das Fläschchen. Der Inhalt rieselte wie Sand hin und her. »Komisch, ich habe noch nie bemerkt, dass Erinnerungen von mir abfallen.«
»Das sieht man nicht mit bloßem Auge. Erst wenn man die Körnchen gesammelt und gesäubert hat, kann man sie sehen und sie nehmen, um Vergessenes in sein Backwerk zu mischen. Man bekommt das Zeug vor allem in Seniorenheimen.«
»Das ist doch irgendwie traurig«, sagte Rose. »Die ganzen Erinnerungen, die vom Winde verweht werden wie Pusteblumen von einer Brise.«
»Ah, das war jetzt aber ein schöner Vergleich, Kleine!«, sagte Zippo.

»Aufgepasst, meine Freunde!«, verkündete Milo etwas später vom Eingang der Küche her. »Habt ihr eure Töpfe mit Marmelade bereit? In zehn Sekunden schalte ich das Licht aus!« Nachdem alle zustimmend gemurmelt hatten, zählte Milo die Sekunden und knipste die Lampen aus. In der Küche wurde es dunkel.
In der totalen Finsternis entkorkte Rose ihr Fläschchen

mit dem Staub der Erinnerung und gab eine Prise davon in ihren Topf mit Marmelade.

Als die Körnchen auf Luft trafen, flackerten sie eins nach dem anderen hell auf. Überall um sie herum loderten kleine Blitze auf, während alle ihren Staub rieseln ließen, und Rose hörte, wie Lucy vor Überraschung aufschrie.

Jeder Lichtblitz ließ ein neues Bild vergangener Zeiten vor Roses Augen aufsteigen – Familien, die in behaglichen Küchen beisammensaßen, Eltern, die Kindern mit Plüschteddys im Arm Geschichten vorlasen, junge Paare, die an einem Seeufer spazieren gingen. Und jedes Aufblitzen wurde von einem leisen Klingeln begleitet – dem fernen Widerhall angeregter Unterhaltungen und fröhlichen Gelächters.

Die Erinnerungen überfluteten Roses Sinne, und fremde und doch zugleich vertraute Gefühle bebten in ihrer Brust. Seufzend drehte sie das Fläschchen wieder um und verkorkte es; nach ein paar Blitzen vergessener Lebenszeiten legte sich der Staub der Erinnerung auf ihre Marmelade. Die Körnchen funkelten auf der dunklen Marmelade, als habe sie den nächtlichen Sternenhimmel in ihrem Topf eingefangen.

Es wurde wieder dunkel im Raum, und keiner, weder die Schüler noch ihre Vertrauten, sagte einen Ton. Zu ihrer Rechten entdeckte Rose die schimmernden grauen Gestalten von Nina und Julian, die sich umarmt hielten. Dann schwebten die Gespenster durch die Wand und verschwanden.

»Das war ja ein Schauspiel!«, hörte Rose Emil irgendwo in der Dunkelheit flüstern.

Sie machte sich an die Arbeit. Sie strich einen dünnen Film der glitzernden Marmelade auf das letzte Rechteck, dann klebte sie es behutsam auf die *camera obscura*. Die Marmeladenschicht zeigte nach innen.

»Sind alle fertig?«, fragte Milo.

Ein Chor von Stimmen bestätigte, dass sie fertig waren, und das Licht ging wieder an.

Rose hielt schützend die Hand vor die Augen, bis sie sich an die Helligkeit gewöhnt hatte. Zufrieden sah sie einen hübschen, säuberlichen Kasten aus Kuchenteig vor sich. Neben ihr betrachtete auch Nevika ihre Kamera mit Befriedigung.

»Nein!«, schrie Lucy plötzlich. »Verflixt und zugenäht!«

Eine Seite von Lucys *camera obscura* hatte sich von dem restlichen Kasten gelöst. Flüssige Vanillecreme tropfte von den Rändern.

»Du hast deine Marmelade zu dick aufgetragen«, stellte Cixan sachlich fest. »Das Gewicht war zu schwer.«

Tränen liefen Lucy über die Wangen. »Warum hast du mir das nicht vorher gesagt?«
Rose wollte gerade zu ihr treten und ihr Hilfe anbieten, als Lucy mit einem wütenden Schrei ihren Kasten zu einem Haufen Krümel zerschlug. Sie griff sich Rupert und rannte aus der Küche.
»Kein Grund zu verzweifeln!«, quiekte Rupert, während sie in den Korridor verschwanden. »Wir können eine neue Kamera backen. Wirklich!«
»Komm!«, sagte Nevika und zog Rose aus der Küche.
»Gehen wir ihr nach?«, fragte Rose. »Das ist ja so schade. Nach ihrer ganzen Arbeit!«
»Ganz schrecklich«, stimmte ihr Nevika zu, »aber sie ist eine Meisterbäckerin, Rose. Sie kann schließlich magische Sachen backen, so wie wir alle, oder sie sollte es zumindest können. Sie braucht unsere Hilfe nicht.«
»Und wohin gehen wir jetzt?«
»Wir müssen die Lehrer suchen.« Nevika ging zielstrebig auf die Treppe in der Eingangshalle zu. »Kommt nicht in Frage, dass ich meine Kamera an eine andere Mitstreiterin verschwende. Ich will den Platinschneebesen.«
»Der ist dir sicher«, sagte Kit, die immer noch in ihrem Haar saß.
»Sie hat recht, Kleine«, sagte Zippo zu Rose. »Du solltest zuerst an dich selbst denken.«

Sie kamen an der offenen Haustür vorbei, und Rose sah, wie Lucy den Vorhof überquerte und auf das Gewächshaus zumarschierte. Das Mädchen tat ihr leid – aber ihre Tagesaufgabe war erst zur Hälfte beendet, und es wartete ein vielversprechender Ausbildungsplatz auf sie.
Sie schob alle Ablenkungen beiseite – Lucy und die Geheimschrift und die allgegenwärtigen Gespenster – und rannte auf die Treppe zu.
»Dann mal los«, sagte sie zu Nevika. »Wir sichern uns Professorin Macaron.«

Kapitel 6
Kleben geblieben

Natürlich mussten sie dafür die Professorin erst mal finden. Was nicht gelang – und auch sonst fanden sie keinen der Lehrmeister.
Aber Rose und Nevika gaben nicht auf.
Sie rannten die Treppe hinauf und durch die Korridore des großen Chalets, um jemanden zum Ablichten zu finden, der kein Mitschüler war.
»Ah-ha!«, rief Nevika, als sie im zweiten Stock ins Zimmer der Krankenschwester platzten.
Der sterile Raum war leer, auch wenn der Behälter von Holzspateln bebte, als ob sich gerade noch jemand daran zu schaffen gemacht hatte.
»Erwischt!«, rief Rose, als sie in die Küche neben dem

Speisesaal stürzten, wo die Küchenmitarbeiter immer die Mahlzeiten für Schüler und Lehrer zubereiteten. Aber auch dieser Raum war leer.

»Es war gerade noch jemand da!«, klagte Rose und deutete auf einen Topf, in dem ein Gemüsegericht köchelte. »Schau mal, da hat jemand angefangen, eine Möhre zu zerkleinern.«

Jedes Zimmer in dem großen Chalet schien verlassen.

»Du wirst keinen von der laufenden Belegschaft herumsitzen sehen, Schätzchen«, sagte Zippo von Roses Schulter.

»Ganz sicher nicht«, stimmte ihm Kit zu. »Man hat sie alle angewiesen, außer Sicht zu bleiben. Sie haben jahrelange Erfahrung darin, sich vor den Kameras zu hüten.«

»Das hättet ihr uns sagen können, ehe wir treppauf und treppab losgerannt sind.« Nevika nahm sich ein Stück Möhre und biss hinein. »Und wenn ihr schon so gut Bescheid wisst, habt ihr doch sicher einen Hinweis für uns, oder?«

Kit kletterte aus Nevikas dickem Haar auf ihre Schulter hinunter. »Die Professorin glaubt, wenn ich mit zu vielen Hinweisen helfe, sei das wie schummeln. Denn sie hat mir nur eine Menge über Backen, aber null Info über heimliche Verstecke mitgegeben.«

»Ich kann der Füchsin nur zustimmen«, sagte Zippo, »wie sehr ich auch mein Teighirn anstrenge, da tut sich nichts.«

»Klar, dass sie es uns nicht zu leicht machen wollen.« Nevika marschierte zur Tür.

Rose folgte ihr mit gezückter Kamera, allzeit bereit, falls sie auf jemanden stoßen würden. »Wenn es sein muss, können wir uns ja gegenseitig fotografieren. Dann können wir später zumindest etwas vorweisen.«

»Das klingt nach Versagen, Rose«, murmelte Nevika und ging durch den Speisesaal. »Der Bronzelöffel ist irgendwie nicht mein Ding.«

Als die Mädchen die Eingangshalle betraten, war dort viel Umtrieb, aber sie ließen ihre Kameras schnell wieder sinken, als sie feststellten, dass es nur einige der anderen Schüler waren.

Marie-Claire stand mitten in der Halle, die Hände auf die Hüften gestemmt, und schien zu überlegen, wofür sie sich entscheiden sollte. Anscheinend bemerkte sie Emil nicht, der sich eine Etage höher über das Geländer lehnte. Stella saß auf seinem blonden Schopf und hielt mit ihren Fangarmen die Kamera in Position.

Mit der Zunge zwischen den Zähnen richtete er die Kamera aus, und in dem Moment, als Marie-Claire hinaufblickte, bohrte er ein Loch in den Kuchenkasten.

»Geschafft!«, schrie er.
Marie-Claire stieß einen ärgerlichen Schrei aus. »*Moi*? Du hast ein Bild von *mir* gemacht?«
Erschrocken beugte Emil sich vor. Er griff ungeschickt nach der Kamera, so dass sie Stella aus den Fangarmen rutschte.
»Pass auf!«, rief Rose, die sicher war, dass Emil seine empfindliche Kamera gleich auf Marie-Claires Kopf fallen lassen würde – oder schlimmer noch, dass er selbst gleich über die Brüstung stürzte. Doch rechtzeitig war Milo zur Stelle und packte den jüngeren Emil am Bund seiner Jeans. Er zog ihn in Sicherheit.
»Schön aufpassen, mein Freund«, sagte Milo.
Emil wurde rot und senkte den Kopf. »Danke.« Dann hielt er aufgeregt seine Kamera hoch, bedeckte das Loch, das er gebohrt hatte, sorgfältig mit der Hand und sagte: »Ich bin Erster und mache jetzt mein *Trifle*!«
Grinsend sprang er die Treppe hinunter.
»Mist«, flüsterte Nevika. »Emil fängt schon mit seinem *Trifle* an. Wir müssen jemanden finden, und zwar schnell!«
»Du bist ja erstaunlich ehrgeizig«, sagte Rose mit einem Grinsen. Das erinnerte sie daran, wie sie beide sich kennengelernt hatten – ehe sie Freundinnen wurden, waren sie nämlich Rivalinnen gewesen.

»Pah«, sagte Nevika als sie an Marie-Claire vorbei die Treppe hinaufstiegen. Rose blieb stehen und lauschte, worüber Marie-Claire mit ihrem Vertrauten redete.

»Es liegt auf der Hand, *mon amie*«, sagte Reynard, der die Hände theatralisch über seiner goldbraunen Brust verschränkte. »Der Junge will natürlich wie das schönste Wesen hier aussehen!«

»Offensichtlich«, knurrte Marie-Claire. »Aber wie soll ich das übertreffen? Ich kann mich ja nicht in mich selbst verwandeln!«

»Ach, du meine Güte«, murmelte Nevika, die das auch gehört hatte.

Im ersten Stock huschten Milo und Gustavo in die verschiedenen Zimmer, wobei sie versuchten, sich gegenseitig aus dem Weg zu gehen. Lucy und Cixan waren nicht zu sehen.

»Lass es uns im zweiten Stock noch mal probieren«, sagte Rose.

»Ist einen Versuch wert«, erwiderte Nevika. »Zumindest können wir uns nicht beklagen, dass wir zu wenig Bewegung bekommen – diese Treppen halten uns auf Trab!«

Die Bibliothek war ein Fehlschlag, doch genau wie bei der Küche entdeckten die Mädchen, dass vor kurzem jemand hier gewesen war: ein aufgeschlagener Liebesroman unter einer Tischlampe mit grünem Schirm, ein herausgezogener Stuhl, der noch warm war.

Fast zwei Stunden waren vergangen, seit sie mit ihren Kameras fertig geworden waren, und Rose war kurz davor aufzugeben. Dass überall an den Wänden die verbotenen Rezepte standen und ihre Blicke anzogen, war auch nicht sonderlich hilfreich. Gerade, als die Mädchen die Bibliothek verlassen wollten, erregte ein Glitzern auf goldenem Glas ihre Aufmerksamkeit. Sie drehten sich um und –

Sie erhaschten einen flüchtigen Blick auf Professorin Macaron am Ende des Korridors, die sie über den Rand ihrer Brille ansah. Erschrocken darüber, dass man sie gesehen hatte, stürzte sie um eine Ecke.

»Ihr nach!«, rief Nevika. »Ich weiß, dass du sie zuerst gesehen hast, aber warum können wir uns nicht *beide* in sie verwandeln?«

»Abgemacht!«, sagte Rose.

Kit klammerte sich fest an Nevikas Schulter und war zur Abwechslung mal ganz wach. »Vorsicht, Nevika!«

»Hui-huuui!«, rief Zippo und kraulte mit seinen dicken Beinchen durch die Luft. »Schneller, Rose, schneller!«

Rose und Nevika flitzten um die Ecke und schlitterten über den Holzboden. Und standen vor einer geschlossenen Tür.

»Erwischt!«, sagte Nevika und riss die Tür auf.
Dahinter lag ein vollgestopfter Wirtschaftsraum mit Papierhandtüchern und einem Eimer mit einem Wischmopp, der an der Wand lehnte.
Aber keine Spur von Professorin Macaron.
»Wohin –«, fing Nevika an.
Ein Rascheln hinter ihnen ließ sie zurückblicken, und sie sahen durch die gegenüberliegende Tür einen schwarzen Seidentalar verschwinden.
Rose eilte darauf zu und stürzte hinein … in einen dunklen, leeren Raum, der eine Art unbenutztes Büro zu sein schien.
»Oh.«
Nevika war ihr nicht gefolgt. Stattdessen postierte sie sich mit gezückter Kamera vor einem kleinen Fenster in einer anderen Tür ein Stückchen weiter. Sie drückte die Kamera gegen die Scheibe.
»Ich hab sie!« Sie legte die Hand über das Loch im Kuchenkasten und grinste. »Ich habe Professorin Macaron im Kasten! Schnell, mach auch ein Foto!«
Rose kam mit gezückter Kamera angerannt – doch inzwischen war das Zimmer jenseits der Scheibe leer.
»Sie ist wieder weg.« Rose ließ die Schultern hängen. »Sie ist echt schnell, nicht?«
»Tut mir leid, Rose«, sagte Nevika, und versuchte ihren

Triumph zu zügeln. »Soll ich dir helfen, sie wiederzufinden oder vielleicht Hans oder Thierry?«
Rose seufzte. »Nein, ich komme schon zurecht. Wie du ja gesagt hast, wir sind schließlich beide Meisterbäckerinnen, wir sollten in der Lage sein, selbst klarzukommen.«
»Bist du sicher?«, fragte Nevika. »Ich möchte, dass wir *beide* die Platinquirle bekommen.«
Rose wollte eigentlich nicht alleingelassen werden bei dieser Jagd, aber trotzdem winkte sie Nevika weiter. »Ganz sicher. Geh und mach dein Trifle, ich komme gleich hinterher.«
»Lass uns gehen«, sagte Kit gähnend. »Nach der ganzen Aufregung möchte ich gerne ein Nickerchen machen.«
Widerstrebend ging Nevika auf die Treppe zu. »Du kannst dann immer noch ein Foto von mir machen, wenn es nötig wird, vergiss das nicht. Viel Glück!«
»Danke«, sagte Rose, dann war Nevika fort.
»Du gibst dich doch nicht mit einem Foto von deiner Freundin zufrieden, Schätzchen, stimmt's?«, fragte Zippo.
»Vielleicht muss ich das«, sagte Rose. »So schwierig ist ein Versteckspiel nicht mehr gewesen, seit Nella einmal Verkleinerungsküchlein gegessen und sich in dem Spalt unter dem Kühlschrank versteckt hatte.«

Rose stapfte den Korridor entlang und versuchte, sich vorzustellen, wo sie sich verstecken würde, wenn sie eine weise, alte Großmeisterin der Backkunst wäre. Vor lauter Schriften an der Wand war es schwierig, sich zu konzentrieren – wenn das überhaupt ging, schienen die dunklen Kreidewörter an den Wänden hier im zweiten Stock noch dichter. Wo ein Rezept endete, fing unmittelbar das nächste an.

Mit Ausnahme einer merkwürdig freien Fläche am Ende des Ganges.

Jeder andere hätte hier eine Sackgasse vermutet. Doch als Rose näher kam, bemerkte sie etwas Seltsames.

Die freie Fläche war ein hohes, schmales Rechteck, das die Schrift anscheinend nicht angenommen hatte – die geschwungene Schrift bildete eine Art Rahmen um die Fläche. Rose musste daran denken, wie ihr Vater einmal ein paar alte gerahmte Fotos von der Wand genommen hatte, die jahrelang in der Bäckerei gehangen hatten – dort, wo das Sonnenlicht die Farbe nicht ausgebleicht hatte, waren dunkle Flecken geblieben.

An der leeren Fläche war vielleicht einmal ein sehr großes Bildnis gewesen oder –

»Eine Tür«, flüsterte Rose.

»Eine Tür?« Zippo beugte sich neugierig vor. »Sieht für

mich wie 'ne Wand aus. Geht's dir auch wirklich gut, Kleine?«

Rose drückte gegen die Stelle, wo sie sich eine Türklinke vorstellen konnte, am rechten Rand in der Mitte.

Knarrend wie mit alten, rostigen Türangeln bewegte sich die Wand nach innen. Abgestandene, staubige Luft drang durch den offenen Spalt.

Ein Geheimgang.

»Sieh sich einer das mal an«, flüsterte Zippo. »Es ist *tatsächlich* eine Tür! Das Augenzeug, das du gegessen hast, muss ja sehr wirkungsvoll sein.«

Wenn sie eine Lehrerin oder Professorin wäre, dachte Rose, dann wären geheime Zimmer und Gänge genau der Ort, wo sie sich während dieser Prüfung verstecken würde. Ganz leise drückte Rose die Tür weiter auf.

Und sah dahinter eine blasse junge Frau stehen.

»Ahhh!«, schrie Rose auf.

Die Frau war schlank und hübsch, ungefähr Anfang zwanzig. Sie hatte eine markante Nase und volle Lippen, und ihr weißblondes Haar war zu einem schicken Knoten hochgesteckt.

Mit aufgerissenen Augen erwiderte sie Roses Blick. »Ahhh!«, schrie sie ebenfalls auf.

»Ahhh!«, schrie jetzt Zippo.

Rose machte hastig ein paar Schritte zurück und han-

tierte mit ihrer Kamera. Ohne zu überlegen, bohrte sie ein Loch in die Vorderseite, richtete die Kamera auf die Gestalt und legte dann schnell die Hand über das Loch, um das Foto innen festzuhalten.
»Entschuldigung!«, sagte Rose und schnappte nach Luft. »Ich wollte Sie nicht erschrecken! Ich –«
Sie verstummte.
Die junge Frau war verschwunden. Der stockfinstere Gang war leer. Er machte eine Biegung nach rechts.
»Weswegen hast du denn so gekreischt, Schätzchen?«, fragte Zippo. »Mir ist fast mein Kuchenherz stehengeblieben.«
»Du hast sie nicht gesehen?« Aber natürlich hatte er sie nicht gesehen, begriff Rose. Die Frau war nicht einfach nur blass gewesen – sie war *grau* gewesen.
»Ein Geist«, sagte Rose. »Es war ein Gespenst. Davon wimmelt es hier ja wohl.«
Während Rose die Wandtür wieder zuzog, versteckte sich Zippo unter ihrem Kinn. »Du machst mir echt Angst mit dem ganzen Geisterzeug. Zum Glück kann ich abtauchen, wenn ich eins von den Gespenstern wittere.«
Rose achtete jetzt besorgt darauf, die Hand nicht mehr von der gebohrten Öffnung in der Kamera zu nehmen. Sie war so sicher gewesen, dass sich die Lehrerin in dem

Geheimgang versteckte, dass sie das Foto ganz instinktiv gemacht hatte.
Als sich Rose umdrehte, tauchte eine dunkle Gestalt vor ihr auf.
»Ahhh!«, schrie sie wieder, und Zippo fiel ein.
»Ach, entschuldige, Rose!« Es war Milo, der seine eigene Kamera in die Höhe hielt. »Macht es dir was aus, wenn ich mich in dich verwandle? Ich habe einfach keinen der anderen erwischt.«
»Nur zu«, sagte Rose und ließ Milo ein Foto von ihr machen.
Milo zwinkerte ihr zu. »Lass uns einfach behaupten, dass ich dich gejagt hätte.«
»Klaro«, sagte Rose und seufzte, während er davonschlenderte.

Rose kehrte als Letzte der acht Schüler in die Küche zurück. Dort ging es zu wie in einem Bienenkorb. Alle hüpften und sprangen zwischen den Arbeitsplätzen umher, und ihre Vertrauten riefen ihnen hilfreiche Tipps zu. Mehl bedeckte den Boden wie frisch gefallener Schnee, markiert von Hunderten von Fußabdrücken von den Arbeitsplätzen in die Speisekammern und zu den Backöfen und dann wieder zurück.
Selbst Lucy war schon vor Rose in die Küche zurück-

gekehrt, obwohl sie doch noch mal eine neue *camera obscura* hatte machen müssen. Und merkwürdigerweise strahlte die Engländerin übers ganze Gesicht, während sie an ihrem Verwandelpudding arbeitete. Ein fröhliches Lied vor sich hin summend, schlug sie die Sahne steif.

»Die hat ja auf einmal gute Laune«, flüsterte Rose Nevika zu, als sie an ihren Arbeitsplatz trat.

Nevika hatte ihre große gläserne Puddingform mit absolut gleich breiten Schichten gefüllt, wie mit einem Lineal abgemessen – die Schüssel sah aus wie ein Weinglas für einen Riesen.

»Wer, Lucy?« Nevika blickte über die Schulter. »Sie war schon hier, als ich zurückgekommen bin. Wie du siehst, haben wir uns um sie tatsächlich keine Sorgen machen müssen.«

»Anscheinend nicht«, sagte Rose und stellte ihre Kamera mit dem Loch nach unten auf die Arbeitsfläche.

»Wen hast du eingefangen?«, fragte Nevika aufgeregt. »Thierry? Du würdest dich gut machen als Thierry.«

»Äh, ist das dein Ernst?«, sagte Rose. »Wohl eher nicht.« Schnell erzählte sie von dem Gespenst hinter der verborgenen Tür und wie sie sich erschreckt hatte – und wie die geheimnisvolle Gestalt urplötzlich verschwunden war.

Nevika wurde blass. »Kann der Staub der Erinnerung Gespenster sehen? Was, wenn du von deinem *Trifle* isst und nichts passiert?«

Rose hatte überhaupt nicht in Erwägung gezogen, dass ihre Kamera das Bild der verstörten jungen Frau gar nicht hatte aufnehmen können. Sie hatte sie ganz deutlich gesehen – aber natürlich, für andere war die Frau ja unsichtbar, genau wie Nina und Julian.

In ihrem Magen bildete sich ein hohles Gefühl. »Ich habe keine Zeit, eine neue Kamera zu machen. Schau mal, Cixan ist schon fertig. Sogar Lucy ist fertig!«

Lucys Puddingform war bis oben mit Schichten von Biskuit, leuchtend roten Himbeeren und Schlagsahne voll. Sie legte noch eine letzte Beere auf die Spitze der Sahneschicht, dann bemerkte sie, dass Rose und Nevika sie beobachteten.

»Hallo, Mädels!«, sagte sie. »Sieht mein *Trifle* nicht total super aus? Ich bin schon so gespannt, wie eure werden!«

»Ja, sieht toll aus«, sagte Rose.

»Wirklich.« Nevika verschränkte die Arme. »Wie hast du das so schnell geschafft? Du hast doch noch mal von vorne anfangen müssen.«

Lucy zuckte mit den Schultern. »Ich habe es mir erspart, durchs ganze Haus zu laufen. Ich habe einfach ein Foto von mir selbst gemacht. Kam mir viel leichter vor.«

»Du wirst dich also in … *dich selbst* verwandeln?«, fragte Rose.

Zippo krabbelte an den Rand der Arbeitsplatte. »Du hast die Aufgabe doch richtig verstanden, oder, Kleine? Dein Freund, der kleine Igel, sollte dir mal den Kopf zurechtrücken.«

»Das habe ich versucht!«, quiekte der kleine Igel.

»Doch, ich habe die Aufgabe verstanden!«, sagte Lucy. Ein verzweifelter Blick huschte ihr übers Gesicht. »Ich habe nur, äh, ein paar *Anpassungen* an meinem *Trifle* vorgenommen.«

Rose und Nevika sahen sich an. »Anpassungen?«

»Ich habe vielleicht irgendwie ein paar, na ja, ganz winzige Hinweise von der Wand im Gewächshaus übernommen.«

Die Mädchen starrten sie mit offenen Mündern an.

»Lucy!«, rügte sie Rose.

»Machst du Witze?«, fauchte Nevika. »Wegen dir kriegen wir alle noch Ärger!«

Lucy straffte die Schultern und sagte: »Hier kriegt keiner Ärger! Ich hatte doch keine Zeit und habe ein bisschen Wumm gebraucht. Das versteht ihr doch, oder? Ich kann doch nicht *nichts* abgeben und wieder durchfallen!« Da sie bemerkte, wie skeptisch Rose und Nevika sie ansahen, setzte sie hinzu: »Ich hab ja nicht mal das ganze Rezept verwendet. Hans merkt das nie!«

»Was merkt Hans nie?«

Marie-Claire war in die Nähe von Nevikas Arbeitsplatz getreten. Die Französin taxierte die drei Mädchen mit zusammengekniffenen Augen. Als die drei schwiegen, sagte sie: »*Non,* hört doch nicht auf, wenn ich euch ausnahmsweise einmal *quasseln* hören will. Was ihr da von euch gebt, ist zur Abwechslung mal ganz interessant. *Was* wird der dicke Lehrer nicht merken?«

»Er weiß nicht, wie ihm geschehen wird«, antwortete Rose und winkte Marie-Claire fort. »Wir haben uns ein paar, äh, echt gute *Trifles* ausgedacht.«

Marie-Claire seufzte. »Ich hätte es wissen müssen. Ihr seid doch so langweilig, wie ich dachte.«

»Keine Sorge«, sagte Lucy, als Marie-Claire außer Hörweite war. »Ich habe nur ein paar Ideen abgeguckt, um den richtigen Wumm zu bekommen. Viel konnte ich ohne meine Brille sowieso nicht sehen.« Doch da sie selbst nicht ganz überzeugt schien, setzte sie noch hinzu: »Wird schon gutgehen.«

Rose warf einen Blick auf die Wanduhr – es war nach zwölf, und alle außer ihr hatten schon mit ihrem *Trifle* angefangen. »Los, dann konzentrieren wir uns lieber mal auf unsere Verwandlung.«

Nevika und Lucy pflichteten ihr bei, und Rose trat zusammen mit Zippo wieder an ihren Arbeitsplatz.

Sie ging die einzelnen Schritte des Rezepts durch, wobei sie sich kein bisschen auf das *Trifle* konzentrieren konnte. Das verborgene Rezept, das Lucy verwendet hatte, die Gespenster, die in jeder Ecke und jedem Winkel lauerten, die Möglichkeit, dass sie wahrscheinlich einen leeren Geheimgang fotografiert hatte – all das ging ihr durch den Kopf.

Irgendwie konnte sie ihr *Trifle* dann doch vollenden, hauptsächlich mit Hilfe der nützlichen Tipps von Zippo. Zuerst zerbröckelte und zermalmte sie die Kuchenkamera in Stücke, dann schichtete sie die Krümel zwischen die anderen Zutaten. Schließlich war die Glasform gefüllt mit Schichten von Biskuitkrümeln, Marmelade, Erdbeeren und Vanillecreme. Das *Trifle* präsentierte sich in strahlender Schönheit wie aus einer Backzeitschrift, so köstlich wie jedes andere Dessert, das Rose jemals gemacht hatte.

Und Rose hätte mit Freude davon gekostet, wenn sie auch nur annähernd sicher gewesen wäre, dass ihr *Trifle der Transfiguration* sie auch wirklich verwandeln würde.

Auf der anderen Seite der Küche tat sich plötzlich etwas. Rose blickte auf und sah, dass sich Milo, Gustavo, Emil und Marie-Claire um Cixans Arbeitsplatz geschart hatten und erstaunte Rufe ausstießen. Rose konnte nicht sehen, in wen sich Cixan verwandelt hatte, aber wenn man nach Gustavos Aufschrei ging, dann wartete auf Cixan schon wieder ein Platinquirl.

Rose näherte sich Nevikas Arbeitsplatz, um eine Bemerkung darüber zu machen, allerdings war Nevika selbst gerade mitten in ihrer Verwandlung. Vor Roses Augen überzogen sich Nevikas dichte schwarze Haarsträhnen mit Silber und fielen ihr glatt und glänzend über den Rücken. Nevikas Hände waren blass und durchsichtig wie Papier geworden, und ein weißer Film legte sich über ihre Augen. Obwohl die Verwandlung erst halb fertig war, sah Nevika bereits ziemlich erwachsen und erschreckend perfekt aus.

»He, Rose!« Zippo stupste Roses Hand mit dem Kopf an. »Bleib bei deiner Arbeit, Kleine!«

Rose wandte sich wieder ihrem *Trifle* zu. »Also los!« Sie stieß einen Löffel in den Pudding und holte von jeder Schicht ein Stück heraus. Dann riss sie den Mund auf und schob sich den Bissen des *Transfigurations-Trifles* hinein.

Es schmeckte köstlich, fein gesüßt, und der krümelige

Biskuitteig verband sich angenehm mit der lockeren Vanillecreme und dem säuerlichen, frischen Obst. Sie schmeckte einen Hauch der Rhabarbermarmelade heraus, und etwas wie Zimt kitzelte ihre Zunge.
Beim Hinunterschlucken löste sich der harte, nervöse Knoten in ihrem Magen und machte einem magischen Gefühl Platz, das sich bis in ihre Arme und Beine ausdehnte. Es war, als ob all ihre Gliedmaßen erst eingeschlafen und dann mit einem Mal aufgewacht seien.
Die Muskeln unter Roses Haut verspannten und lösten sich, was in ihr ein ungutes Gefühl auslöste. Ihr wurde ganz schwindelig, und einen Augenblick lang geriet sie in Panik – lag dieses Schwindelgefühl daran, dass sie jetzt körperlos wurde wie die Frau in dem Geheimgang?
Das Gute an diesen Empfindungen war jedoch, dass *überhaupt* etwas passierte. Die Kamera hatte das Bild der Gespensterfrau also tatsächlich eingefangen. Doch immer noch befürchtete Rose, sie könne durchsichtig werden. Als sie dann aber auf ihre Arme blickte, sah sie ihre ganz normale Haut, vielleicht etwas bleicher als sonst. Ihre Finger waren etwas länger, die Nägel stumpf abgeschnitten und gepflegt.
Rose berührte ihr Gesicht – ihre Züge waren anders, besonders die Nase. Der Nasenrücken hatte einen leich-

ten Höcker. Ihre Lippen fühlten sich voller an und ihre Wangenknochen ausgeprägter.
»Wie sehe ich aus?«, fragte sie Zippo und erschrak, als die Stimme, die aus ihrer Kehle kam, nicht ihre eigene war. Sie war höher und hatte einen fremdländischen Akzent.
Ehe Zippo antworten konnte, schepperte es hinter Roses Rücken.
Lucy stand vornübergebeugt an ihrem Arbeitsplatz, hielt sich verkrampft den Bauch und klammerte sich verzweifelt an die Tischfläche. Rupert lief jammernd und nervös im Kreis herum.
»Lucy?«, fragte Rose.
»Ich« – keuchte Lucy. »Ich – ich muss –« Mit einem Schrei klappte sie zusammen und fiel zu Boden.
»Lucy!« Rose vergaß ihr eigenes Trifle und all die rätselhaften Gedanken, die ihr im Kopf herumschwirrten. Sie rannte um ihren Arbeitsplatz herum und kauerte sich neben Lucy.
Die lag zusammengekrümmt und heftig atmend am Boden.
»Ist alles in Ordnung?«, japste Milo, der neben Rose niederkniete.
»Soll ich die Krankenschwester holen?«, fragte Emil.
Lucy sank noch weiter zusammen und verstummte.

Ihre Atemstöße wurden langsamer, bis sie gar nicht mehr zu atmen schien.
»Ist sie …«, flüsterte Gustavo, der hinter Milo aufgetaucht war.
Da zog Lucy scharf die Luft ein und setzte sich auf. Sie beugte sich vor und ihr seidiges dunkles Haar fiel ihr wie ein Schleier übers Gesicht.
Langsam drehte sie sich um, sah die besorgten Schüler und strich sich das Haar zurück. Sie grinste spitzbübisch.
Oder besser gesagt, fand Rose, indem sie zurücktrat: Lucy grinste *verschlagen*.
»Mir geht's super«, sagte sie, als sei sie überhaupt nicht kollabiert.
Auf den ersten Blick sah Lucy genauso aus wie immer. Doch als Rose genauer hinsah, entdeckte sie ein paar leichte Veränderungen – Lucys Nase war etwas anders gebogen, der Haarscheitel befand sich auf einmal auf der anderen Seite, rechts, statt links. Das kleine Muttermal unter ihrer Wange hatte ebenfalls die Seite gewechselt.
Wie merkwürdig.
Milo streckte dem Mädchen hilfreich die Hand entgegen, doch Lucy winkte ab und stand allein auf.
»Bist du sicher, dass es dir gutgeht?«, fragte Rose.

Das spöttische Grinsen, mit dem Lucy Rose ansah, war das einer Fremden. Sie leckte sich die Lippen und lächelte, allerdings wieder eher hinterhältig. Irgendwas stimmte nicht mit Lucy – ganz und gar nicht.
Aus ihrer Kehle drang ein Knurren. »Mir geht's besser denn je!«, brüllte sie und klatschte in die Hände. »Die Show kann beginnen, Leute!«

Kapitel 7
Selfie-Sabotage

»MEISTERBÄCKER, AUFGEPASST!« Die Stimme von Hans dröhnte durch die Münder von acht Kuchentieren durch die Küche.

»DIE JURY KOMMT IN FÜNF MINUTEN. ESST EUER TRIFLE UND LASST UNS STAUNEN!«

»Aber ich muss noch die Verzierung machen!« Emil eilte zu seinem Arbeitsplatz zurück. Seine Besorgnis um Lucy war vergessen.

Milo und Gustavo verschwanden ebenfalls, und nur Rose und Nevika blieben zurück – und Marie-Claire. Sie lehnte an Lucys Arbeitsplatte, eine Augenbraue skeptisch hochgezogen. »Etwas Komisches ist da passiert. Und zwar nicht *lustig* komisch«, bemerkte sie.

»Jedes Mal, wenn dieser Mann durch mich spricht, hinterlässt er einen schlechten Geschmack in meinem Mund«, sagte Zippo.

»Bei mir auch«, pflichtete ihm Kit von Nevikas Schulter bei und streckte ihre kleine Schokoladenzunge heraus. »Igitt. Wie ist es bei dir, Rupert?«

»Was faselst du, Schätzchen? Hier ist kein Rupert.«

Die Stimme war neu, hoch und näselnd, und eindeutig *nicht* die Stimme von Lucys Igel.

Dort, auf Lucys Arbeitsplatte, wo der kleine Igel noch vor einem Moment im Kreis herumgerannt war, saß jetzt ein großes, plumpes Stachelschwein. Ruperts gekräuselte Teigstacheln hatten sich zu scharfen Spitzen verlängert, und seine Matrosenmütze, die bisher blau und weiß gewesen war, war auf einmal schwarz wie aus glänzendem Leder.

»Kief ist mein Name«, stellte sich das Stachelschwein vor.

»Was soll denn das für ein Name sein?«, fragte Marie-Claire.

Rose war viel zu perplex, um irgendwas zu sagen. Lucy ging es nicht gut … aber was genau war los mit ihr?

»Putz dir die Ohren, Puppe«, sagte das Stachelschwein, zog einen Zahnstocher hervor und stocherte sich in den Zähnen. »K-E-I-T-H: Kief!«

Reynard breitete seine goldbraunen Flughäute aus und glitt von Marie-Claires Schulter auf die mehlige Arbeitsfläche. »Was ist mit Rupert geschehen? Er war doch gerade noch hier?«
Keith biss zornig auf seinem Zahnstocher herum, und seine Stacheln stellten sich bedrohlich auf. »Lucy, ist das Backenhörnchen da gerade frech geworden?«
»Klingt tatsächlich aufmüpfig«, sagte Lucy und grinste boshaft. Sie blinzelte hektisch, als würde sie die Küche zum ersten Mal sehen. »Er sollte wohl besser seinen Blätterteigmund halten!«
»Lucy, da ist eindeutig irgendwas schiefgegangen.«, sagte Nevika mit der volltönenden Stimme von Professorin Macaron.
Lucy schnaubte verächtlich. »Meinst du?«, zischte sie. »Kümmer dich lieber um deinen eigenen Kram. Du solltest dir vielleicht etwas mehr Schlagsahne einverleiben, um den bitteren Geschmack des Scheiterns zu überdecken.«
»Nun wird das britische Mädchen doch noch interessant«, sagte Marie-Claire kichernd.
Lucy warf Marie-Claire einen vernichtenden Blick zu. »Ich hab mir zuerst überlegt, mich in dich zu verwandeln«, sagte sie, »aber ich hatte Angst, so eine Hexenfratze wie deine zu bekommen.«

Marie-Claire lachte wieder. »Ah, gut gekontert! Die kann ja bellen *und* beißen!«

»Jep, wir lernen gerade eine ganz neue Seite von Lucy kennen«, sagte Nevika-Macaron. »Komm schon, Rose, sie hat recht: Wir haben noch zu tun!« Nevika packte Roses Hand mit ihrer schrumpeligen Alten-Damen-Hand und zog sie fort.

»Das ist nicht gut«, sagte Rose mit hohler Stimme, dann befühlte sie ihre Lippen. Es war so seltsam, die Stimme einer anderen zu hören, wenn sie sprach. »Ich habe keine Ahnung, wie ich aussehe. Sieht mein Gesicht gut aus?«

Es war unmöglich, Nevikas Gesichtsausdruck zu ergründen – die Runzeln und Falten ihrer plötzlich gealterten Züge waren Rose ganz neu –, doch selbst mit der Stimme von Professorin Macaron klang Nevika beeindruckt. »Wenn ich nicht wüsste, dass du es bist, hätte ich vermutet, dass wir eine neue Schülerin im Kurs haben. Diese Kameras können anscheinend auch Gespenster gut ablichten.«

»Patzer!«, rief Lucy. »Noch ein Patzer. Oh, ein Misserfolg! Drüben bei Emil schlägt ein Misserfolg zu.« Doch die Schüler waren zu beschäftigt damit, letzte Hand an ihre eigenen Trifles zu legen, um sonderlich darauf zu achten.

Lucy hatte sich über ihre Arbeitsfläche geflätzt und den Kopf in eine Hand gestützt. Sie ließ einen Kaugummi schnalzen und kicherte höhnisch, zusammen mit dem in Keith verwandelten Rupert. Beide sahen sich die Ergebnisse der anderen Schüler an.

»Jämmerlich, Gustavo!«, rief Lucy. »Eine Kanalratte könnte ein besseres Trifle hinkriegen als *das!* Und die hat nicht mal Finger!«

»Wir müssen was mit Lucy anstellen«, sagte Nevika. »Wir dürfen nicht zulassen, dass die Lehrer merken, dass sie eines der Rezepte angeguckt hat.«

»Du hast recht«, flüsterte Rose zurück. »Ich möchte nicht rausgeschmissen werden, weil eine andere von uns gemogelt hat. Außerdem ist sie so ... böse. Was ist mit der Lucy passiert, die wir so geliebt haben?«

»Nach einem Tag kann man doch jemanden noch nicht lieben, Rose«, sagte Nevika und warf ihr schimmerndes Professorin-Macaron-Haar zurück.

»Na gut, die wir kennengelernt und für nett gehalten haben.«

Nevika schüttelte den Kopf. »Ich weiß auch nicht. Sie ist eindeutig ... *daneben.*«

Es blieben noch ein paar wenige Minuten vor der Beurteilung, und Milo, Emil und Gustavo nahmen alle den ersten Bissen ihrer fertigen Süßspeise.

Cixan schien sich hinter seinem Arbeitsplatz zu verstecken, wie Rose bemerkte.
Der Erste, der sich verwandelte, war Milo. Er schluckte und rülpste, dann wurde er sofort mit einem schlürfenden Geräusch schrumpfender Knochen um mehrere Zentimeter kleiner. Seine dunkle Haut wurde heller, und aus seinem Kopf wuchsen schulterlange schwarze Haare. Innerhalb von wenigen Augenblicken stand eine perfekte Imitation von Rose im Raum. Milos Ärmel schlotterten allerdings über seinen zarten Mädchenhänden.
»Sehe ich so aus?«, flüsterte Rose Nevika zu. Ihr war etwas mulmig. Sie hatte sich nie mit den Augen anderer gesehen.
»*Haargenau*«, flüsterte Nevika zurück. »Aber ich glaube, die Größe hat er nicht so ganz hingekriegt.«
Nun verwandelte sich Gustavo. Mit einem erschrockenen »Wow!« schoss er in Richtung Decke. Sein Körper samt Gliedmaßen zog sich in die Länge wie Kaugummi. Seine Jeans reichten nur noch bis zu den Knien, so dass man die langen Schienbeine sehen konnte.
Gustavo verwandelte sich eindeutig in Milo, aber irgendwas stimmte nicht – seine Brust wurde an den Schultern schmaler statt breiter, und sein neuer Kopf, der zwar immer noch hübsch aussah, war höchstens halb so breit, wie er hätte sein sollen.

Dazu kam, dass der eigentliche Milo nicht über zwei Meter groß war.
Der in Rose verwandelte Milo schlurfte auf Gustavo zu, wobei er darauf achtete, nicht über seine zu langen Hosenbeine zu stolpern, die natürlich nicht für Roses Körpergröße zugeschnitten waren. Mit hochgerecktem Kopf starrte er die deformierte Version seiner selbst an.
»So sehe ich aber keinesfalls aus, mein Freund«, sagte er.
Milo klang genauso wie vor seiner Verwandlung, und Rose schüttelte den Kopf. Sie hatte nicht erwartet, seine tiefe italienische Stimme aus der Kopie ihrer Lippen zu hören.
Gustavo betastete seine Wangen, als würde er eine Teigkugel kneten. »Ich weiß nicht, für mich fühlt sich's in Ordnung an. Wie hältst du es eigentlich aus, immer so groß zu sein. Die Luft hier oben ist so dünn!«
Am anderen Ende des Raumes prustete Lucy abfällig. »He, Streichholzkopf, gute Arbeit!«
Gustavo kicherte halbherzig, doch als er sich abwandte, wirkte sein Milo-Gesicht ziemlich enttäuscht.
»*Non!*«, kreischte Marie-Claire. »Das ist schrecklich. So sehe ich doch nicht aus!«
Marie-Claire stand an Emils Arbeitsplatz und starrte die Zerrspiegel-Version ihrer selbst an.

Der Zauber von Emils Trifle-Rezept hatte seinen Körper so eingehen und schrumpfen lassen, dass er nicht größer war als Roses vierjährige Schwester Nella.

Mit Ausnahme seines Kopfes.

Emils Kopf mit dem Marie-Claire-Gesicht war riesig. Die zarten Konturen wölbten sich heraus wie ein zu stark aufgeblasener Wasserball. Der Junge taumelte hin und her, und sein überdimensionaler Kopf auf dem kleinen Körper kippte vor und zurück wie bei einer Stoffpuppe.

»Mir wird schwindelig«, sagte er mit perfekter Marie-Claire-Stimme.

»Das ist ja die reine Verhöhnung!«, rief Marie-Claire. »Findest du das etwa witzig, Emil?«

»Sieht aus, als ob er dich perfekt getroffen hat!«, brüllte Lucy. »Ich hab ja immer gesagt, dass du dickköpfig bist!« Sie und Keith brüllten vor Lachen.

»Wow, die Jungs liegen ja völlig daneben«, sagte Zippo von Roses Schulter.

Das Geschnatter in der Küche erstarb, als drei Gestalten unter dem Rundbogen erschienen. Professorin Macaron – die *echte* Professorin – räusperte sich. Mit einem schockierend lauten Furz schwang Lucy die Beine herum und sprang von ihrem Arbeitsplatz. »Entschuldigung!«, sagte sie.

Marie-Claire stieß einen frustrierten Schrei aus und stapfte an ihren Arbeitstisch zurück, wo ihr Trifle noch ganz unberührt stand.

»Seht euch nur diese neuen und doch vertrauten Gesichter an«, sagte Professorin Macaron, während sie, Hans und Thierry sich einen Überblick verschafften. »Das sieht nach einer aufregenden –«

Sie verstummte abrupt, als ihr Blick auf Rose fiel. Ihr Ausdruck war kaum zu deuten, da ihre Augen hinter den Brillengläsern verborgen waren, aber das plötzliche Schweigen ließ Roses Herz fast stillstehen.

Ohne ein Wort wandte Professorin Macaron dem Raum den Rücken zu, um in gedämpftem Ton mit den anderen Lehrmeistern zu reden. Roses Wangen brannten, als die beiden Männer in ihre Richtung blickten.

»Bist du sicher, dass ich okay aussehe?«, flüsterte sie Nevika zu.

Nevika zuckte mit den Schultern. »Du siehst super aus. Ich weiß auch nicht, was los ist.«

»He, geht's bald los, oder was?«, brüllte Lucy und tippte ungeduldig mit der Fußspitze auf.

Professorin Macaron drehte sich wieder um, als ob nichts passiert sei. »Aber sicher! Warum fangen wir nicht bei dir an, Lucy. Willst du nicht von deinem Trifle essen und dich verwandeln?«

»Machen Sie Witze?«, näselte Keith von Lucys Arbeitsplatz. »Sie hat sich doch längst verwandelt. Hat ein Selfie gemacht, das ist es!«
Thierry beugte sich näher, um Lucy genau in Augenschein zu nehmen. »Hmm, sie hat sich in der Tat verwandelt. In ihr Ebenbild. Das ist noch nie da gewesen.«
»Aber mutig!«, sagte Hans und hielt einen Finger hoch.
Professorin Macaron rieb sich das Kinn. »Ich bin nicht sicher, ob es den Anforderungen gerecht wird. Fairerweise sind die anderen Meisterbäcker –«
Hans legte der Professorin seine Hand auf die Schulter. »Margaux, wir wollen sie zu Ende anhören. Besonders interessiert mich, wie sie auf diese Idee gekommen ist.«
Sein Blick huschte zu Rose und Nevika, dann wieder zu Lucy zurück.
Er ahnte, was Lucy gemacht hatte.
Lucy machte ein finsteres Gesicht, aber ehe sie eine unangemessene Antwort geben konnte, wie es von dieser unerträglichen Lucy-Version zu erwarten war, trat Rose vor.
»Das war ganz typisch für unsere Lucy!« Rose räusperte sich und warf Nevika einen nervösen Blick zu. »Sie wollte zu gerne wissen, ob sie ein so perfektes Spiegel-

bild von sich machen könnte, dass man es kaum bemerken würde.«

»Genau, das ist es absolut«, sagte Nevika mit einer Stimme, die ein Echo der wahren Margaux Macaron war. »Sehen Sie, wie ihre Züge spiegelbildlich verdreht sind? Sie ist noch sie selbst, aber sie ist auch gleichzeitig eine ganz andere Person.«

»Eine bessere Person«, sagte Marie-Claire. »Eine, die mir viel mehr liegt.«

Die anderen Schüler machten alle finstere Gesichter. Rose war sicher, dass sie die ursprüngliche Lucy dieser ungenießbaren Ausgabe vorzogen.

Professorin Macaron nickte und ließ sich Roses Worte durch den Kopf gehen. »Diese ungewöhnliche Herangehensweise an die Aufgabe ist tatsächlich verdienstvoll.«

»Aber man stelle sich vor, in welcher Weise es hätte schiefgehen können!« Hans spreizte die dicken Finger vor seinem Gesicht, als wolle er Lucy für ein eigenes Foto abmessen. »Keiner von uns weiß genau, wie wir aussehen. Eine so gute Kopie von sich selbst zu machen, erfordert einen scharfen Blick und einen gewandten Umgang mit den Zutaten.«

»Und obwohl ich noch kein Urteil fälle«, sagte Thierry, »möchte ich hinzufügen, dass Lucy wirklich wie eine andere Person wirkt. Völlig anders. Keineswegs wie zuvor.«

Professorin Macaron klatschte in die Hände. »Gut gemacht! Ich würde gerne wissen, wie du für dieses gute Resultat vorgegangen bist.«

Lucy lehnte sich vor und stützte die Ellbogen auf die Arbeitsplatte. »Das erzähle ich alles morgen im Unterricht. Wenn *ich* die Stunde leite.«

Verwirrt sahen sich die Lehrmeister an.

»Ha-ha!«, rief Nevika. »Was für eine Ulknudel, unsere Lucy! Hey, schauen Sie mal, in wen sich Rose verwandelt hat!«

Wieder war der Gesichtsausdruck von Professorin Macaron nicht zu enträtseln. »Tatsächlich werden wir als Nächste dich beurteilen, Nevika. Richte dich mal auf, bitte!«

Die drei Lehrmeister wandten Rose den Rücken zu, während sie Nevikas Verwandlung begutachteten. Sie musste sich direkt vor Professorin Macaron stellen, damit Thierry mit Hilfe eines Lineals feststellen konnte, wie genau Nevika die Größe der Professorin getroffen hatte, dann bat Hans sie, den Refrain von *Weißt du, wie viel Sternlein stehen* zu singen.

»Verblüffend!«, sagte Professorin Macaron. »Ich kann euch nicht sagen, wie viele Versionen meiner selbst ich bei den Examen über die Jahrzehnte erlebt habe, aber deine ist möglicherweise die ähnlichste. Nur eine Sache fehlt.«

Die Professorin schnipste mit den Fingern, und in ihrer Hand lag eine Sonnenbrille. Die Gläser hatten die Form von vierblättrigem Klee.

»Die Kirsche auf deinem Dessert«, sagte sie und setzte Nevika die Brille auf die Nase.

»Erstaunlich!«, pflichtete Hans ihr bei.

»Wir haben dich unterschätzt!«, sagte Thierry. Er applaudierte, und die anderen Schüler klatschen höflich mit – mit Ausnahme von Marie-Claire und Lucy.

Die Lehrmeister wandten sich dem Nächsten zu. In freudiger Erwartung hielt Nevika Rose den erhobenen Daumen hin und tänzelte hin und her.

Rose hingegen überkam eine lähmende und schleichende Furcht. Obwohl ihr Arbeitsplatz direkt neben dem von Lucy und Nevika war, traten die drei Lehrmeister stattdessen auf Milos Platz zu.

Sie wollten sich Rose anscheinend bis zuletzt aufsparen.

Nervös kaute Rose an ihren bereits sehr kurzen Fingernägeln und hörte der Beurteilung kaum zu. Die Lehrmeister schienen von Milos neuem Rose-Look beeindruckt zu sein, auch wenn er Punkte abgezogen bekam,

weil er den Transformationszauber nicht auf die Stimme ausgedehnt hatte.
Gustavo und Emil lösten herzhaftes Gelächter aus. Gustavo wankte wie ein dünner, hoher, vom Sturm geschüttelter Baum.
Emil hatte den Versuch aufgegeben, aufrecht zu stehen; er lag jetzt auf dem gefliesten Boden und hatte den riesigen Marie-Claire-Kopf auf ein Stück Hefeteig gebettet.
»Man muss immer den Blickwinkel bedenken, wenn man ein Foto einfangen will«, erklärte ihm Professorin Macaron freundlich, »und die Verzerrung einkalkulieren, wenn man das Trifle aufschichtet.«
»Deshalb ist das also passiert?«, fragte Gustavo. »Weil ich klein bin und zu Milo aufblicken musste?«
»Ich fürchte, ja«, sagte Thierry. »Und du, Emil, hast das Foto von Marie-Claire wohl aus großer Höhe aufgenommen, so dass dein Bild perspektivisch zu kurz wirkt.«
»Das merke ich mir fürs nächste Mal«, sagte Emil und machte Marie-Claires ausgeprägten Akzent nach.
Marie-Claire hatte endlich von ihrem Trifle gegessen und war inzwischen ein ganz anständiges Abbild von Thierry. Doch Rose fand es schwierig, die neue Gestalt der Französin genau zu beurteilen, denn Marie-Claire

trug dieselben Kleider wie zuvor. Da sie jetzt aber viel größer war als normal, war ihre Version von Thierry in ein gewagtes Ensemble aus einem bauchfreien rosa Top und einem pinkfarbenen Minirock gepresst.

Hans brach bei ihrem Anblick in Gelächter aus und hielt sich den Bauch. Professorin Macaron hielt dezent die Hand vor den Mund, doch die Falten um ihre Augen verrieten, dass sie ebenfalls lachen musste.

Thierry überging das Gekicher. »Eine gewagte modische Wahl.«

Marie-Claire legte die Hand auf die Hüfte. »Ein stilistisches Upgrade, Monsieur.«

Nun blieben noch zwei Schüler: Cixan, der während der gesamten Beurteilung bisher im Hintergrund geblieben war und geschwiegen hatte. Und Rose.

Die Lehrmeister traten an den Arbeitsplatz des Jungen. Cixans Eidechse sah aufmerksam von einem Standmixer zu und züngelte eifrig mit ihrer gespalteten Zunge.

»Wo ist Cixan?«, fragte Hans verwirrt. »Ich sehe nur einen Haufen Kleider.« Wie Hans richtig bemerkt hatte, lagen hinter Cixans Arbeitsplatz nur sein Sweatshirt und seine Jeans.

Doch dann bewegte sich das Sweatshirt.

Eine längliche Kuchenschnauze schaute aus dem Halsausschnitt hervor, zwischen dreieckigen Kiefern zuckte eine gespaltene Zunge. Ein schlankes, goldbraunes Wesen kam auf vier Beinen tief am Boden aus dem Kleiderberg gekrochen. Sein langer Schwanz zuckte.

Cixan hatte sich in eine fast identische Kopie seines Vertrauten verwandelt – in eine etwas größere Version, ungefähr so groß wie ein junges Krokodil.

Professorin Macaron staunte mit offenem Mund. »Du hast dich in deinen Gecko verwandelt?«

»Es ist ganz außergewöhnlich«, kam Cixans raue Stimme aus dem Bauch der Eidechse. Sein Schokoladenmund machte dieselben Bewegungen wie sein Vertrauter, den er kopiert hatte.

»Außergewöhnlich«, zischte die kleine Kuchen-Eidechse vom Deckel des Mixers.

»Erstaunlich!«, sagte Hans. »Wir haben dieses Jahr wirklich eine kreative Gruppe, nicht wahr?«

»In der Tat«, sagte Professorin Macaron. »Aber entspricht das den Anforderungen?«

Die Lehrmeister steckten die Köpfe zusammen, um sich zu besprechen. Lucy ging derweil aufgeregt hinter ihrem Arbeitsplatz auf und ab und redete leise und mit finsterer Miene … mit sich selbst.

Immerhin hatte sie endlich aufgehört, unflätige Sachen zu schreien. Erst mal zumindest.

»Ich bin so aufgeregt«, flüsterte Nevika Rose zu. »Sie fanden mein Ergebnis wirklich gut!«
»Du bekommst mit Sicherheit einen Platinquirl«, flüsterte Rose zurück.
Nevika biss sich auf die Lippe. »Du klingst nicht gerade begeistert darüber. Keine Sorge. Deine Verwandlung ist echt großartig. Das wird dein zweiter Quirl.«
»Das ist nicht der Grund«, sagte Rose.
»Sondern? Lucy etwa?«
Rose schüttelte den Kopf. »Ich habe den Eindruck, dass sie mich meiden. Vielleicht habe ich –«
»Wir haben entschieden, dass diese Transformation gültig ist!«, sagte Hans und unterbrach damit Roses Flüstern. »Es gab schließlich keine Ansage, dass ihr euch nicht in ein Tier oder einen Kuchen oder ein Kuchen-Tier verwandeln dürft.«
»Dann bin ich der Gewinner«, sagte Cixan.
»Die Entscheidung ist noch nicht gefallen«, sagte Professorin Macaron.
»Träum weiter, mein Freund!«, rief Lucy.
»O nein«, murmelte Nevika. Sie hob die Hand, um die Aufmerksamkeit der Lehrmeister auf sich zu lenken, ehe Lucy weiteralbern konnte. »Jetzt ist Rose noch dran, nicht wahr?«
Endlich traten die Lehrer an Roses Arbeitsplatz.

Und sie sahen *nicht* begeistert aus.
»Wer soll sie überhaupt sein?«, fragte Marie-Claire-als-Thierry und kratzte sich beiläufig die haarige Achselhöhle. »Keiner im ganzen Chalet sieht ihr im Entferntesten ähnlich.«
»Ich bin sicher, sie schon mal irgendwo gesehen zu haben«, sagte Milo. »Vielleicht eine der Köchinnen?«
»Nein, hat uns nicht eine Frau wie diese am Flughafen begrüßt?«, fragte Emil.
Roses Herz schlug immer lauter.
»Wir verkünden unser endgültiges Ergebnis am späten Nachmittag.« Professorin Macaron seufzte. »Du, Rosmarin Glyck, kommst jetzt erst einmal bitte mit uns zu einem privaten Gespräch in unser Büro.«
»Oh-oh«, rief Lucy von ihrem Arbeitsplatz. »Das verheißt doch nicht Gutes, oder?«
»Ich habe nicht geschummelt oder so«, sagte Rose mit jämmerlicher Stimme. »Ehrlich!«
Die Lehrmeister sagten nichts dazu. Sie deuteten nur in Richtung Ausgang. Nevika machte ein sehr besorgtes Gesicht. *Wird schon gutgehen,* sagte sie mit stummer Lippenbewegung. Rose war sich nicht sicher.
Sie schluckte und ging auf die Tür zu. Als sie an Lucys Arbeitsplatz vorbeikam, zogen das Mädchen und auch Keith den Zeigefinger quer an der Kehle vorbei.

»Arme Rosmarin Glyck«, sagte Lucy mit harschem Ton, und ihre Augen funkelten richtig boshaft. »Sie hat sich an die Regeln gehalten. Und verloren.«

Kapitel 8
Der Geist aus der Vergangenheit

Die Lehrmeister führten Rose den Korridor im Erdgeschoss entlang, ohne ein Wort zu sagen.

»Wohin gehen wir?«, fragte Zippo von Roses Schulter.

Keiner reagierte.

Rose hielt die Hände hinter dem Rücken umklammert, um ihr Zittern zu verbergen.

Schließlich schoben die Lehrmeister Rose durch eine Doppeltür in einen großen Büroraum. Er war düster und schlicht – die Wände waren in makellosem Elfenbeinweiß gestrichen, und glänzend schwarzes Mobiliar stand auf dem graugemusterten Webteppich.

Zunächst konnte Rose die ansonsten allgegenwärtigen Schriftzüge an den Wänden nicht sehen und seufzte erleichtert auf. Doch als sie tiefer in das Zimmer kam, stellte sie fest, dass sie sich täuschte: Die Rezepte waren in *weißer* Farbe geschrieben, nicht in Schwarz, so dass sie fast unsichtbar waren. Fast, jedoch nicht ganz.

Hans und Thierry führten Rose zu einem Plüschsessel, der vor einem breiten Schreibtisch stand. Professorin Macaron ging um den Schreibtisch herum, hinter dem ein Kamin aus weißen Marmorkacheln in die Wand eingelassen war.

»Nimm Platz, Rosmarin«, sagte Thierry.

Rose schluckte und setzte sich. Jetzt fielen ihr die einzigen Farbflecke in den Raum auf – ein Kaleidoskop von Fotos über dem Kaminsims. Auf jedem war Professorin Macaron mit ehemaligen Schülern zu sehen, die über die Jahrzehnte die Schule besucht hatten.

»Hmm, ein bisschen Musik wäre nicht schlecht«, sagte Professorin Macaron, während sie mit einem Schürhaken die Glut aufstocherte.

»Klingt gut«, meinte Thierry.

Stumm flehte Rose, dass sie endlich anfangen würden, etwas Entscheidendes zu sagen – wenn man sie ausschließen würde, dann wollte sie das möglichst schnell hinter sich haben. Doch gleichzeitig wünschte sie, die schlimme Nachricht auch so lange wie möglich aufzuschieben.

Was Rose für eine hohe schwarze Lampe hinter dem Pult gehalten hatte, stellte sich als Vogelbauer heraus, bedeckt mit einem Seidentuch, das Professorin Macaron nun abzog. Darin war ein Singvogel mit leuchtend gelber Brust. Die Professorin steckte die schrumpeligen Finger durch die Stäbe und streichelte das Gefieder des Vogels. Der Vogel sperrte den Schnabel auf, und ein Lied erklang. Nicht ein Zirpen oder Trillern, ein *Lied*, eine leise und trällernde Weise, die anschwoll und durch das Büro tönte.

»Na also«, sagte Professorin Macaron und nahm endlich Platz. »Etwas Beruhigendes ist doch immer angenehm, ehe man mit einer Unterredung beginnt.«

»Ja, ja, nette Atmosphäre, Schätzchen«, beklagte sich Zippo. »Nun endlich raus mit der Sprache. Warum ist Rose hier reingeschleppt worden? Kriegt sie Ärger?«

Professorin Macaron legte die Hand auf die Brust. »Ach herrje, nein.«

Rose, die die Luft angehalten hatte, atmete wieder durch. »*Nicht?*«

Die Professorin schüttelte den Kopf, und ihre langen silbernen Haare fielen ihr über die Schultern. »Nein, aber es gibt Gespräche, die man lieber privat halten sollte. Vor allem, wenn sie mit Gespenstern zu tun haben. Thierry, wärst du so lieb?« Sie deutete auf die Fotos hinter sich.

Thierry nahm eines der gerahmten Bilder von der Wand über dem Kamin. Es war ein Schwarzweißfoto, und die Kleidung der Personen war viele Jahrzehnte alt.
»Das ist Evangeline Bartok«, sagte die Professorin zu Rose und klopfte mit dem Fingernagel auf ein lächelndes Mädchen, das neben einer noch sehr viel jüngeren Margaux Macaron stand. »Das Foto ist 1943 gemacht worden. Hans?«
Hans beugte sich vor. Auf einmal hatte er einen schlichten silbernen Spiegel in der Hand, den er Rose vors Gesicht hielt.
Rose sah auf ihrem Spiegelbild älter aus, vielleicht Anfang zwanzig. Ihr Haar war dicker und blond, ihre Lippen voller. Ihre Augen waren blassblau geworden.
Und sie sah genauso aus wie das Mädchen neben Professorin Macaron, auf einem Foto, das vor fast achtzig Jahren gemacht worden war.
»Evangeline hat uns vor langer, langer Zeit verlassen«, berichtete die Professorin, »daher sind wir so erschrocken, sie heute in unserer Küche stehen zu sehen.«
»Du bist hellsichtig geworden«, sagte Hans und musterte Rose verwundert, »wie du das allerdings bewerkstelligt hast, habe ich nicht verstanden.«
Rose runzelte die Stirn. Sie begriff, dass Hans auf ihre Fähigkeit anspielte, die Rezepte an den Wänden zu se-

hen, aber weder Professorin Macaron noch Thierry schienen diese versteckte Anspielung zu verstehen. Hans hatte nicht verraten, dass sie, Nevika und Lucy in der Lage waren, die Geheimnisse der Wände zu entziffern.

Aber warum?

»Natürlich wissen wir, dass hier durch die Hallen Geister spuken«, sagte Professorin Macaron achselzuckend. »Jedes Gebäude, das so alt ist, beherbergt zwangsläufig Geister. Aber dass eine junge Meisterbäckerin sie nicht nur *sehen* kann, sondern sich auch in sie verwandeln kann …?«

»Ich habe mich nicht absichtlich in sie verwandelt«, wehrte sich Rose und erschrak erneut über die fremde Stimme, die aus ihrem Mund kam. »Sie – Evangeline – ist plötzlich vor mir aufgetaucht, und ich habe sie mehr zufällig mit der *camera obscura* eingefangen. Ich hatte nicht mehr die Zeit, eine neue Kamera zu machen, daher blieb mir nichts übrig, als ihr Bild für mein Trifle zu verwenden.«

Professorin Macaron streckte die Hand über den Schreibtisch und tätschelte Roses Arm. »Das hast du richtig gemacht! Unsere Sorge gilt Evangeline selbst. Es ist ein wenig beunruhigend, dass sie durch unsere Räume geistert. Vor achtzig Jahren waren wir eine richtige Kochschule, nicht nur ein Ort, an dem junge Meisterbäcker geprüft werden. Evangeline war eine Schülerin hier. Nicht lange, nachdem dieses Foto gemacht worden war, haben sie und zwei andere Schüler ein Geheimrezept ausprobiert, das sie sich selbst ausgedacht hatten. Und danach … ist Evangeline verschwunden.«

Rose zog scharf die Luft ein. Zwei *weitere* Schüler? Ihr fiel die Geschichte aus dem Geheimzimmer ein, das sie und Nevika entdeckt hatten: ein Trio von Freunden, das bei Vollmond Blutsbrüderschaft geschlossen hatte. Evangeline musste wohl die dritte geisterhafte Gestalt gewesen sein. Was hieß, dass die beiden anderen Schüler Nina und Julian waren.

»Was ist mit ihr geschehen?«, fragte Rose.

»Keiner weiß es«, sagte Thierry. »Ihre Freunde und Freundinnen wurden befragt, aber sie schworen Stein und Bein, dass sie keine Ahnung hätten. Natürlich hatte jedermann den Verdacht, dass –«

»Stopp!« Professorin Macaron gebot ihm zu schweigen. »Kein Grund, alte Gerüchte aufzuwärmen.«

»Die seltsamen Begebenheiten in der Schule nach Evangelines Verschwinden sind nicht bloße Gerüchte, Margaux.«

Die Professorin sah ihn nur streng an, statt zu antworten.

Rose saß da wie erstarrt. Drei Schüler hatten sich verbündet, um ein Rezept zu erfinden. Aber nur zwei von ihnen waren geblieben, nachdem sie ihr Werk vollendet hatten.
Hatte Rose die ganze Zeit zwei mörderischen, zwielichtigen Gespenstern vertraut?
»Rose?«, mahnte Professorin Macaron. Rose hatte ihre Frage gar nicht gehört.
»Entschuldigung«, sagte Rose mit der tiefen Stimme der möglicherweise bösen Schülerin aus alter Zeit. »Könnten Sie das noch mal wiederholen?«
»Wie kam es, dass du dieses Gespenst sehen konntest?«, wiederholte Thierry die Frage für sie.
Rose erzählte rasch, wie sie ihren Apfelkuchen für die erste Prüfung gemacht hatte. »Ich wusste nicht, wie wirkungsvoll das Auge mit dem Bösen Blick sein würde. Ich muss wohl etwas zu viel hineingeraspelt haben.«
»Starkes Zeug, in der Tat«, pflichtete ihr die Professorin bei. »Diese Zutat haben nicht mal *wir* auf Vorrat.«
»Und du hast *nur* Evangeline gesehen?«, fragte Hans.
Rose war eigentlich bereit, all ihre Geheimnisse zu erzählen – Professorin Macaron schien ihr wirklich freundlich und verständnisvoll zu sein, und auf keinen Fall wollte sie riskieren, dass ihr Missgeschick mit der

Kamera sie – oder womöglich auch noch Nevika – um den ersehnten Ausbildungsplatz brachte.
Aber als Hans ihr die Frage stellte, nickte er ganz leicht. Wollte er, dass sie ja sagte? Er hatte ja immer noch nicht verraten, dass Rose die Rezepte an den Wänden lesen konnte. Wartete er darauf, dass Rose selbst damit herauskam?
Rose kam zu dem Schluss, dass sie es tun musste. Sie würde die Wahrheit sagen. Zumindest … was die Gespenster betraf. »Ich habe noch zwei weitere gesehen. Sie sagen, dass sie Nina und Julian heißen.«
Professorin Macaron erstarrte. »Aha.« Sie trommelte mit den Fingern auf die Tischplatte. »Rose, einige Gespenster können einem freundlich erscheinen – sogar wohlwollend. Aber kein Geist bleibt über so lange Zeit an einen Ort gebunden, es sei denn, er hat dort noch eine nicht abgeschlossene Sache zu erledigen. Doch weil er die materielle Welt nicht beeinflussen kann, tut oder sagt er, *was auch immer nötig ist*, um die Lebenden für seine Zwecke einzusetzen.«
»Aber sie haben mir gar keinen Auftrag erteilt«, sagte Rose.
»Mir auch nicht«, setzte Zippo hinzu. »Wenn ich auch offen gesagt nicht besonders viel machen kann, außer lecker zu sein. Weil ich ja aus Teig bin.«

»Sei du still, Frank«, sagte Thierry.

»Zippo ist mein Name!«

Thierry seufzte.

»Kann sein, dass Evangeline und Nina und Julian bisher noch nichts von dir gewollt haben«, sagte Professorin Macaron vorsichtig, »aber das kommt noch.«

Die Professorin stand auf und strich dem Singvogel noch einmal über das Gefieder. »Wir werden uns einen Keks ausdenken, der dich gegenüber den Untoten blind macht, solange du hier bist. Das dauert leider ein paar Tage, weil wir eine seltene Zutat beschaffen müssen. Bis dahin halte dich von den Erscheinungen fern. Beziehungen zu Gespenstern fangen immer ganz harmlos an, doch allzu oft enden sie tragisch.« Sie drehte sich nach Rose um. »Hast du verstanden?«

Rose nickte. »Ich habe verstanden.« Sie biss sich auf die Lippe und fuhr fort: »Dann habe ich heute wohl keinen Platinquirl gewonnen, oder?«

Hans lachte. »Ich bin froh, dass unsere strengen Ermahnungen deinen Ehrgeiz nicht gebremst haben! Was meinst du, Margaux? Meiner Einschätzung nach ist Roses Transformation nahezu makellos. Ich könnte schwören, dass Evangeline persönlich hier sitzt.«

Professorin Macarons Mund verzog sich zu einem Lächeln. »Ich muss zustimmen. Du hast erneut einen Platinquirl errungen, Rosmarin, und das zweimal hintereinander. Gut gemacht!«

»Danke«, sagte Rose.

Sie hätte sich eigentlich über die Auszeichnung freuen sollen.

Aber es war nicht leicht, sich zu freuen, wenn man sich so *ausgenutzt* vorkam. Ein Gespensterpärchen hatte sie manipuliert. Warum? Was bezweckten sie? Tja, das würde sie wohl nie herausfinden, denn ab sofort wollte sie die beiden ignorieren. Wie schwierig konnte das werden?

»Alles in Ordnung?«, flüsterte Nevika, als Rose und die Lehrmeister in die Küche zurückkamen. »Haben sie uns rausgeschmissen?«

Rose hatte nur einen Augenblick, um zu antworten. »Alles in Butter«, sagte sie, dann wurde sie von Hans unterbrochen, der die Verleihung der Nadeln für diesen Tag ankündigte.

Rose und Nevika bekamen beide Platinquirle. Die goldenen Kochlöffel gingen an Milo und Cixan, die silbernen Esslöffel an Marie-Claire und Lucy, und die winzigen Bronzeteelöffel gingen, wie nicht anders erwartet, an Gustavo und Emil.

Marie-Claire und Cixan waren über ihr Abschneiden

nicht erfreut, und während des gesamten Essens sorgten sie dafür, dass das alle unmissverständlich mitbekamen.

»Das ist ein Skandal!«, rief Marie-Claire. Sie fuchtelte mit ihrem Suppenlöffel herum und verspritzte die dickflüssige Suppe über den Esstisch. Sie war, wie alle Schüler, noch in ihrer Verwandlung, daher sah es aus, als ob Thierry in einem nabelfreien Top ausrastete.

»Pass doch auf!«, murmelte Emil mit der Stimme von Marie-Claire. Sein riesiger Kopf wurde von einem Nackenkissen, das ihm jemand geliehen hatte, gestützt.

»Ich verlange eine Neubewertung!«, fauchte Marie-Claire mit Thierrys tiefer Stimme. »Meine Transformation ist mindestens so gut wie die von Nevika! Nein, sogar *besser*!«

»Ihr ödet mich beide an!«, lispelte Cixan, der wie eine Tischdekoration mitten auf dem Esstisch lag. »*Ich* hätte gewinnen sollen.«

Der richtige Thierry, der am Kopf des Tisches saß, seufzte. Neben ihm saßen Hans und Professorin Macaron. »Es war eine sehr enge Entscheidung. Ihr habt es alle gut gemacht.«

»Ich nicht«, jammerte Emil, der wackelig auf seinem Stuhl saß. Seine Vertraute, Stella, schöpfte ihm vorsichtig mit einem ihrer Tentakel Suppe in den riesigen Mund. »Wann endet dieser schreckliche Zauber?«

»Schlaf dich mal ordentlich aus, das reicht«, sagte Professorin Macaron geduldig.

»Passt mein Kopf überhaupt auf mein Kopfkissen? Wie soll ich denn schlafen?«

»Ganz vorsichtig!«, sagte Hans. »Kann mal jemand den Brotkorb rüberreichen?«

Auch Lucy war nicht zufrieden – ob das allerdings daran lag, dass sie gehofft hatte, besser abzuschneiden, oder daran, dass diese neue Version von Lucy mit allem unzufrieden war, konnte niemand genau sagen.

Nevika hatte Lucy gedrängt, sich neben sie und Rose ans Ende des Tischs zu setzen. Auf diese Weise konnten sie sich über den Tisch beugen und Lucys Ausbrüche etwas verbergen.

Sie konnten allerdings nicht die ständigen langen, melodiösen Rülpser von Lucy überdecken. »Diese Suppe verursacht mir Blähungen! Ich würde heute Nacht nicht gerne das Zimmer mit mir teilen.«

»Ha-ha-ha!«, sagte Nevika so übertrieben, dass Rose sicher war, jeder würde in ihre Richtung blicken. »Ach Lucy, du bist ja so witzig!«

»Ihr habt doch keine Ahnung!«, fauchte Lucy. »Ihr seid alle ein Haufen –«

»Echt cooler Kids!«, fiel ihr Rose ins Wort und hielt Lucy mit der Hand den Mund zu. »Ach Lucy, du bist ja so süß.«
Lucy murmelte etwas, aber es wurde gedämpft von Roses Fingern. Hans und Thierry sahen die drei neugierig an. Es war offensichtlich, dass mit Lucy *irgendwas* nicht stimmte, obwohl sie nicht drauf kamen, was es war. Rose hoffte, dass Lucy am nächsten Morgen wieder die alte ungeschickte und nette Lucy war.
Schon bald hatten sich alle zur Nachtruhe in ihre Zimmer zurückgezogen. Rose lag in ihrem gestreiften Schlafanzug im Bett, und Zippo schnarchte bereits auf ihrem Kopfkissen. Marie-Claire war noch unten. Sie hatte auf eine private Unterredung mit den Lehrmeistern bestanden.
Rose versuchte zu schlafen, aber sie musste immer an Professorin Macarons düstere Warnung vor den Gespenstern denken.
Nachdem sie sich eine Stunde lang herumgewälzt hatte, zog sie ihr Handy heraus und rief zu Hause an.
Ein vertrautes kleines Engelsgesicht tauchte auf dem Display auf.
»Nella!«, sagte Rose. »Du fehlst mir so!«
Nellas Gesicht verzog sich verwirrt. »Sie sind ja eine sehr eigenartige Lady.« Ihr Gesicht verschwand, denn

sie rief nach hinten: »Tante Lily, da ist eine merkwürdige Frau am Telefon!«
Das Bild auf dem Display wackelte, dann erschien das hübsche Gesicht von Tante Lily. Ihre rot angemalten Lippen verzogen sich zu einer ungehaltenen Grimasse. »Wer sind Sie? Löschen Sie meinen Kontakt. Ehrlich, was ist das für ein Spam-Anrufer, der mit Foto-Handy anruft?«
Tante Lilys Gesicht verschwand, und Rose rief schnell: »Warte, nein, ich bin's, Tante Lily! Rose!«
Misstrauisch kam Tante Lily wieder in Sicht. »Hören Sie, ich bin sicher, dass Sie ein großer Fan von mir sind. Vielleicht haben Sie mich im Fernsehen gesehen oder Sie haben mein Buch – das ist wunderbar, ich *liebe* meine Fans. Aber dass Sie so tun, als seien Sie meine Nichte …? Das geht doch etwas zu weit, meine Dame.«
Rose seufzte. »Ich bin es wirklich! Wir haben heute ein *Transfigurations-Trifle* gemacht. Ich habe einen Platinquirl gewonnen.«
Tante Lilys Gesicht nahm etwas sanftere Züge an. »Hm, könnte stimmen. Könnte aber auch eine Falle der Internationalen Nudelholzgesellschaft sein.« Ihre Augen leuchteten auf. »Ich hab's! Das *Trifle* würde dein löffelförmiges Muttermal nicht verändern. Zeige es mir.«

Alle Mitglieder der Familie Glyck hatten irgendwo am Körper ein löffelförmiges Muttermal – ein verräterischer Hinweis auf ihre Herkunft aus der Zauberzunft. Rose tat, wie ihre Tante sie geheißen hatte: Sie krempelte ihr Hosenbein hoch und hielt die Handykamera vor das Muttermal an der Außenseite ihres Schenkels.
»Du bist es tatsächlich!«, sagte Tante Lily. »Wow, das ist ja wirklich eine sensationelle Verwandlung. Kein Wunder, dass du am besten abgeschnitten hast. Klingt ja so, als ob es dir hervorragend geht!«
Rose biss sich auf die Lippe. »Ja und nein.«
Und dann berichtete Rose von Lucy und der Schrift an den Wänden, die das Mädchen in ein aufsässiges Ekel verwandelt hatten.
Tante Lily wurde blass. »Ich weiß nicht, warum du und Nevika das geheim haltet. Ihr müsst es euren Lehrern erzählen und dann auf der Stelle nach Hause kommen.«
Rose ließ fast das Handy fallen. »Ich *kann* nicht abreisen. Vor allem kann ich das Nevika nicht antun. Professorin Macaron hat gesagt, dass die Verwandlung verschwindet, wenn wir geschlafen haben.«
Lily wandte den Blick vom Handy ab. »Nella, geh mal bitte spielen, ja?« Das Handy wackelte wieder, und das Licht veränderte sich, denn Roses Tante verschwand in

ein anderes Zimmer. Mit gedämpfter Stimme sagte sie: »Was du da beschreibst, die Schrift, die aus dem Chalet ein Kochbuch gemacht hat, das ist sehr gefährlich, Rose. Es klingt, als ob diese gesamte Schule ein ausgeklügeltes Machwerk der Zauberei ist. Ich habe zwar noch nie konkret von einer solchen Schule gehört, aber es kursieren Geschichten über Bäckereien, die Zauberwerke sind. Alles keine guten Orte. Sie sind immer für dunkle Magie verwendet worden.«

»Immer?«, flüsterte Rose.

»Immer.« Tante Lily nickte. »Wenn deine Freundin Lucy einen Zauber aus den geheimen Rezepten benutzt hat, um sich zu verwandeln, dann verwandelt sie sich nach einem Schläfchen nicht einfach zurück. Die einzige Möglichkeit, um diesen Zauber rückgängig zu machen, ist, dass ihr *genau* das Rezept suchen sollt, das Lucy abgeschrieben hat, und den passenden Gegenzauber finden müsst.« Tante Lily kniff die Augen zusammen und sagte: »Ihr müsst es den Lehrern sagen. Vielleicht auch nur diesem Hans. Er weiß möglicherweise, wo ihr den Gegenzauber findet, den ihr braucht. Dann geht alles vorüber, ohne dass jemandem etwas passiert.«

Rose dachte an die Begegnung in Hans' Büro – und an seine Warnung, dass alle drei Mädchen ausgeschlossen

würden, wenn auch nur eine von ihnen aus der Reihe tanzte.
Und sie dachte daran, wie begeistert Nevika gewesen war, als sie den Platinquirl verliehen bekam. Wie verzweifelt ihre Freundin einen Ausbildungsplatz erringen wollte.
»Das … kann ich nicht machen«, sagte Rose leise.
»Rose –«
»Vielleicht kann ich jemand anderen fragen!«, fiel Rose ihrer Tante ins Wort. »Vielleicht wissen die Gespenster, wo wir den Gegenzauber finden können.«
Das Bild auf dem Handy zuckte und blitzte auf. Tante Lily hatte ihr Handy fallen lassen.
»Es gibt *Gespenster* in der Schule?«, zischte Tante Lily, nachdem sie das Handy wieder aufgehoben hatte.
Rose schluckte und fuhr mit ihrer Geschichte fort.
»Das reicht«, sagte Tante Lily, als Rose fertig war. »Du musst *unbedingt* nach Hause kommen. Wir finden woanders einen Ausbildungsplatz für dich.«
Rose bedachte diese Möglichkeit. Klar, sie konnte abreisen. Es würde einfacher sein. Sicherer. Durchschaubarer. Aber Rose hatte sich noch nie für eine einfache, sichere, durchschaubare Lösung entschieden.
»Hallo?«, sagte Lily nach kurzem Schweigen. »Erde an Rose.«

»Ich bin noch da«, antwortete Rose. »Ich denke nur nach.«

»Über die Gespenster?«, fragte Lily. »Ich weiß, du kannst nicht widerstehen, jemandem in einer Notlage zu helfen, was ich auch sehr an dir bewundere. Aber was genau weißt du über diese Gespenster?«

Rose wusste, dass die Gespenster – wenn man an Professorin Macarons Geschichte dachte – mehr als nur ein bisschen verdächtig waren. Die Professorin hatte außerdem angedeutet, dass sie – und alle Geister generell – nichts Gutes im Sinn hatten.

Rose wusste allerdings auch, dass Nina und Julian kein bisschen böse gewirkt hatten. Im Gegenteil, sie waren richtig nett gewesen. Sie wusste nicht, was die beiden vorhatten, aber immerhin hatten sie es ja nicht darauf angelegt, dass Rose sie zu Gesicht bekam. Vielleicht waren sie einfach verlorene Seelen. Vielleicht wussten sie wirklich nicht, was mit Evangeline geschehen war, und was sie durch das Chalet geistern ließ. Vielleicht …

»Danke, dass du mir zugehört hast«, sagte sie leise zu ihrer Tante. »Ich habe es einfach loswerden müssen.«

»Und jetzt kommst du nach Hause?«, fragte Tante Lily hoffnungsvoll.

Rose schüttelte den Kopf. »Ich habe Lucy da reingeritten, und ich muss ihr wieder heraushelfen. Ich nehme mich vor den Gespenstern in Acht, versprochen. Aber Lucy ist definitiv ein lebendiges Wesen. Ich werde sie nicht im Stich lassen.«

Tante Lily seufzte. »Rose, ich wäre gerne böse mit dir, aber du machst es mir echt schwer. Sei bitte vorsichtig.«

»Ganz bestimmt«, sagte Rose. »Und keine Sorge, Nevika ist ja auch hier. Wir haben vor ein paar Monaten einen katastrophalen Schneesturm abgewendet. Ein paar Gespenster sind eine Kleinigkeit.«

»Unterschätze sie nicht«, sagte Lily. »Ich hab dich lieb, Rose.«

»Ich dich auch, Tante Lily.«

Rose beendete das Gespräch und schloss die Augen. Nachdem sie jetzt mit Tante Lily gesprochen hatte, war ihr leichter ums Herz. Sie wunderte sich kurz, warum Marie-Claire immer noch nicht aufgetaucht war, dann fielen ihr die Augen zu.

»Warum siehst du wie sie aus?«

Sie wurde hellwach und fuhr hoch, so dass Zippo fast vom Kopfkissen flog.

Sanft schimmernd saßen Nina und Julian am Kaffeetisch. Die körperlosen Arme der beiden Gespenster fuhren durch das Teegeschirr, und sie hatten ihre geisterhaft durchsichtigen Hände umklammert.

»Versuchst du, uns zu bestrafen?«, fragte Nina mit großen, wässrigen Augen. Ihre Stimme bebte, und ihre schmalen Schultern zitterten.

Rose hielt die Hände hoch. »Was? Nein! Das war nicht –«

Verängstigt fragte Julian: »Warum bist du so grausam? Warum verhöhnst du uns mit dem Gesicht derjenigen, die uns verraten hat? Nach all diesen Jahren?«

Kapitel 9
Soll sie doch Kuchen essen

»Es tut mir leid!«, rief Rose. »Ich habe damit gar nichts beabsichtigt! Es war purer Zufall, dass ich sie getroffen habe. Ich wusste nicht, *wer* sie ist – sie stand plötzlich vor mir!«

»Sie ist *hier*?!«, kreischten die Gespenster und verließen den Kaffeetisch blitzartig, wobei sie eine schimmernde graue Spur hinter sich herzogen. Sie schwebten an der Decke und hielten sich gegenseitig umklammert.

»Rose hat sie gesehen«, rief Julian. »Evangeline Bartok ist hier im Gebäude!«

»Ach, Julian, was sollen wir nur machen?«, jammerte Nina.

Rose stieg aus dem Bett, hielt aber diskret Abstand. »Vielleicht kann ich euch helfen? Warum habt ihr Angst vor Evangeline? Inwiefern hat sie euch verraten?«

Zippo schnarchte so laut, dass er davon aufwachte. »Was ist los? Ich habe den Strudel nicht gegessen, Euer Ehren!«

Rose legte den Finger auf die Lippen und bat die kleine Schildkröte, still zu sein, denn jetzt waren Nina und Julian wichtiger. Die Gespenster gingen jedoch nicht auf ihre Fragen ein.

»Vielleicht ist dies Grund zu Hoffnung?«, sagte Julian.

Nina biss sich auf die Lippe. »Aber wir haben schon so oft Hoffnung geschöpft. Was unterscheidet dieses Mädchen von den anderen?«

»Sie kann Evangeline tatsächlich *sehen, das* ist anders.«

Rose räusperte sich. »Bitte kommt runter und redet mit mir. Ich weiß nicht, warum ich mich von den anderen, wer immer sie auch sind, unterscheide, aber ich will versuchen, euch zu helfen, wenn ich kann.«

Die Gespenster zögerten, doch schließlich sagte Nina: »Okay. Wir … wir vertrauen dir.«

Sie und Julian schwebten von der Decke herab. Keiner der beiden sah Rose direkt an – ins Gesicht von Evangeline, um genau zu sein – aber immerhin schienen sie jetzt weniger Angst vor ihr zu haben.

Zippo hatte den Schokoladenmund aufgesperrt, während er Rose zugehört hatte. »Rose! Die Professorin hat gesagt, dass die Gespenster dich manipulieren würden«, brachte er schließlich hervor. »Planvoll und schlau und so!«

Julian nahm seinen Hut ab und fuhr sich mit der Hand übers Gesicht. »Hat Margaux Macaron das tatsächlich von uns gesagt?«, fragte er traurig.

Nina zupfte an einer Strähne ihres kurzgeschnittenen Haars. »Wir sind keine bösen Gespenster, ehrlich.«

Es war nicht leicht, die Warnungen von Professorin Macaron und Tante Lily einfach zu missachten. Bestimmt hatten diese beiden Frauen mehr Erfahrung mit Geistern und Erscheinungen als Rose.

Trotzdem, Rose konnte kaum glauben, dass *alle* Gespenster *überall* gleich waren.

»Ich halte euch nicht für böse«, sagte sie. »Ich glaube, ihr sitzt hier fest wegen etwas, das vor achtzig Jahren zwischen euch und Evangeline passiert ist.«

»Du bist gesandt worden, um uns zu erlösen«, sagte Nina hoffnungsvoll.

»Um unsere Geschichte zu erzählen«, setzte Julian hinzu, »damit keinem dasselbe wie uns widerfährt.«

»Vielleicht«, räumte Rose ein, »aber ich glaube auch, dass ich eure Hilfe brauche. Eine der anderen Meisterbäckerinnen hat eines der Rezepte an den Wänden benutzt, und ich muss ihr helfen, es wieder rückgängig zu machen.«

Nina und Julian nickten. »Deshalb sind wir zu dir gekommen. Wir haben entdeckt, wie sich Professorin Macaron um das Mädchen gekümmert hat. Der üble Gestank schwarzer Magie, der von dem Mädchen ausging, war bitter wie Rauch.«

Rose war verwirrt – hatte Professorin Macaron Lucy durchschaut? Doch dann fiel ihr ein, dass es wohl Nevika gewesen war, die ja noch immer in die Professorin verwandelt war.

»Meine Tante Lily glaubt, wenn ich das ursprüngliche Rezept finde, dann kann ich entdecken, welches andere verborgene Rezept den Zauber rückgängig machen kann.«

»Das Gewächshaus«, flüstert Nina Julian zu.

Julian kratzte sich den durchsichtigen Schädel. »Wir haben so etwas noch nie gemacht, Rosmarin Glyck, aber wie wär's, wenn wir Partner würden? Wir helfen dir, eure Freundin wieder normal werden zu lassen, und dann hilfst du uns? Eine Hand wäscht die andere.«

»Im übertragenen Sinn natürlich«, sagte Nina. »Ich

fürchte, unsere Hände würden einfach durch deine durchgleiten, und es heißt, dass das Gefühl ziemlich abschreckend ist.«

Rose zögerte und sah Zippo an. Die Schildkröte bedeckte ihre Augen mit den Vorderfüßen. Welche Wahl blieb ihr, als den beiden zu trauen, wenn sie Lucy helfen wollte?

»Abgemacht«, sagte Rose. »Wenn wir es schaffen, Lucy bis zum Morgen wieder normal zu machen, dann mache ich es mir zur Aufgabe, euch bei eurer Erlösung zu helfen.«

»Wunderbar!«, sagte Julian.

»Wirklich!«, pflichtete ihm Nina bei. »Wir treffen dich in einer Stunde am Gewächshaus.«

Die Gespenster lächelten rätselhaft, fassten sich bei den Händen und verschwanden durch die Zimmerwand. Sie waren so schnell weg, als seien sie nie da gewesen.

Zippo nahm die Vorderbeine von den Augen. »Rose, hast du gerade einen Pakt mit bösen Geistern geschlossen?«

Rose stieß die Luft aus. »Sie sind nicht böse, Zippo. Das würde ich schon merken.«

»Sagte die Person, die vor dem gestrigen Tag noch nie einen Geist gesehen hat«, erwiderte Zippo skeptisch. »Sei lieber vorsichtig.«

»Das verspreche ich«, sagte Rose. »Lass uns jetzt nach Nevika suchen. Ich bin bereit, unsere alte Lucy zu retten.«

Rose klopfte leise an die Tür des Zimmers, das Nevika mit Lucy teilte. »Nevika?«, flüsterte sie.
Einen Augenblick später flog die Tür auf, und es erschien eine große Frau mit silbernem Haar, das ihr über die Schultern fiel. Die Frau betrachtete Rose durch eine grüne Sonnenbrille. Professorin Macaron.
Rose stieß einen Schrei aus und wich zurück. »Frau Professorin! Ich wusste nicht, dass Sie –«
»Ich bin's doch, Nevika.« Sie legte die Finger auf die Lippen, dann nickte sie nach hinten. »Das Biest ist gerade erst eingeschlafen. Ich hatte schon befürchtet, sie würde die ganze Nacht singen.«
»Singen?«, flüsterte Rose. Hinter Nevika entdeckte sie das Stachelschwein Keith, das auf dem Bauch ausgestreckt auf dem Nachttisch lag und mit den Pfoten in die Luft stieß und murmelte: »Hoch die Tassen! Hoch die Tassen!« Offenbar träumte es.
»Lauter unfassbar ordinäre Lieder«, sagte Nevika und schloss behutsam die Tür hinter sich. »So viele Schimpfworte, die ich gar nicht kennen dürfte, und dann noch laut gebrüllt wie einen Fußballsong.«

»Komm«, sagte Rose. »Ich muss dir eine Menge erzählen.«

Auf dem Weg nach draußen in die kalte Februarnacht berichtete sie alles, was geschehen war. Gräser mit Raureif schimmerten im Mondlicht, so dass der Rasen unter ihren Füßen knirschte, als sie den Vorhof überquerten. Die baumelnden Lampen unter dem Dach des riesigen Baumes stöhnten, als die kalte Abendbrise zwischen ihnen hindurchfuhr.

In dem Gewächshaus war es jedoch so dampfig wie an einem heißen Augustnachmittag.

Nevika schaltete die Beleuchtung ein. »Ich dachte, das würde helfen, aber …« Der trübe Schein ließ den Dunst zwischen den Stauden und Bäumen noch undurchdringlicher wirken.

Wie versprochen warteten Julian und Nina bereits. Die beiden Gespenster waren in dem Nebel fast unsichtbar, als seien sie ebenfalls aus Wasser und Dampf. Ihre Beine verschwanden in den dichten Brombeergestrüppen.

»Hier drüben!« Nina versuchte Roses Hand zu nehmen, um sie mitzuführen, doch ihre Finger glitten durch Roses Hand hindurch. Rose riss ihre Hand weg – es fühlte sich an, als ob sie eine Faust voller Eiszapfen berührt hätte.

»Sind sie da?«, fragte Nevika mit der Stimme von Professorin Macaron.

»Jep«, bestätigte Rose. »Julian und Nina, das ist Nevika. Nevika: Julian und Nina.«

»Hallo«, sagte Nevika und winkte irgendwohin ins Leere.

»Normalerweise sieht sie nicht so aus«, sagte Rose. »Ist 'ne lange Geschichte.«

»Zeit haben wir genug!« Julian unterbrach sich und kicherte. »Ein Geisterwitz, versteht ihr? Weil wir –«

»Julian, es reicht«, sagte Nina. »Deine Scherze will kein Mensch hören.« Zu Nevika sagte sie: »Freut mich, Meisterbäckerin«, dann verbeugte sie sich leicht. »Das Rezept, das Lucy benutzt hat, ist hier drüben.«

Die Gespenster schwebten tiefer in das Gewächshaus, doch Rose hielt eine Hand hoch. »Warte, bist du sicher? Das Rezept, das wir heute Morgen gesehen haben, war genau hier.«

Sie deutete auf die grüne Glaswand beim vorderen Eingang. Kondenswasser verdeckte die eingeritzte Schrift, aber sie konnten das Rezept des *Transfigurations-Trifles* schwach erkennen.

»Stimmt«, sagte Julian, »aber das ist nicht das Rezept, das eure Freundin verwendet hat. Hier entlang, bitte.«

Die Gespenster schwebten einen der erdigen Wege entlang.

»Komm«, sagte Rose und nahm Nevikas Hand. »Anscheinend hat Lucy doch mehr *Anregungen* aus diesen Rezepten verwendet, als sie zugeben wollte.«

Durch das Dickicht und halb hinter einem mit Ranken bewachsenen Gestell entdeckten die Mädchen eine Eisenleiter. Sie lehnte an der Glaswand. Frische Spuren waren in der Erde zu sehen, wo jemand die Leiter offenbar vor kurzem bewegt hatte. Rose rieb sich den Schweiß aus dem Nacken. Die Wärme hier im Gewächshaus war ja ganz schön, aber Rose wurde davon auch ein bisschen schwindelig.

»Hier oben«, sagte Nina. Sie schwebte ein paar Meter in die Höhe und deutete auf einen Teil der Schrift in der Mitte der grünen Glaswand.

Die Leiter war gerade breit genug für Rose und Nevika. Rose wischte mit der Hand über das Glas, und hervor kam ein ganz neues Rezept.

»*Konversionskaramell*«, las Rose und überflog die Zutaten am Anfang der eingeritzten Schrift. »Scheint ganz normal zu sein, abgesehen von –«

»Abgesehen von den Konträren Cayenne-Chilis!«, fiel ihr Nevika ins Wort. »Echt scharf! Kein Wunder, dass Lucy aufmüpfig wurde.«

Julian schwebte neben Rose heran. »Die Konträren Cayenne-Chilis gehören zu den Nachtschattengewächsen.«

»Wie die meisten Peperonisorten«, fügte Nina hinzu.

»Natürlich«, sagte Julian. »Aber diese Schote ist eine magische Abart, die dazu beiträgt, dass die Nachtseite einer Sache am Tag erscheint und umgekehrt.«

Rose gab die Information an Nevika weiter. »Also hat Lucy davon etwas unter ihre Marmelade gemischt«, sagte Nevika, »was die Wirkung des Zaubers völlig verändert hat.«

»Wo sie diese Idee wohl herhatte?«, überlegte Rose. »Nevika, was meinst du – Nevika?«

Roses beste Freundin war verstummt und starrte die eingeritzte Schrift an.

»Äh, Rose, macht sie das öfters?«, fragte Zippo von ihrer Schulter.

Kit schlug mit seiner winzigen Pfote auf Nevikas silbernes Haupt ein. »Hallo? Alles in Ordnung?«

Aber wie am Vorabend, als Nevika die Geschichte in dem versteckten Zimmer im zweiten Stock vorgelesen hatte, war sie wieder in Trance verfallen. Sie fuhr die Schrift auf dem Glas mit einem ihrer runzeligen, gealterten Finger nach.

»*Drei Freunde*«, las sie vor, »*können keine Freunde blei-*

ben, wenn zwei von ihnen unheilvolle Geheimnisse bewahren.«

Während Nevika vorlas, formten sich Gestalten in dem Dunst. Der wabernde Nebel schien zu düsteren Personen zu gerinnen, und Schattenfiguren traten unter dem dichten Laubdach zusammen.

»Ich hatte den Verdacht, dass sich Julian und Nina verbündeten, denn es war klar, dass sie sich zugeneigt waren. Ich erwischte sie, wie sie flüsterten, wenn sie dachten, ich würde es nicht sehen. Sie wollten die Dritte im Bunde eindeutig loswerden. Aber ich musste Gewissheit erlangen. Ich musste mit Julian allein reden, aber dafür musste ich mich in Nina verwandeln.«

Eine der Gestalten löste sich aus dem Nebel und wurde deutlicher – sie wurde zu dem Gespenst, das Rose hinter der Geheimtür entdeckt hatte, eben zu dem Mädchen, das Rose in dem Handspiegel von Hans entdeckt hatte. Evangeline.

Die wabernde, schattige Gestalt tat, als ob sie von einem unsichtbaren Pudding aß, und unter einer kleinen Rauchfahne verwandelte sie sich in Nina.

»Ich hatte nicht begriffen, dass mein Konversionskaramell *all die Regungen hervorbringen würde, die ich sonst verborgen hielt. Trotzdem bin ich froh darüber. Nachdem ich das Joch meiner Hemmungen abgewor-*

fen hatte, erblickte ich die Wahrheit. Ich erkannte ihr Komplott!«

Die Schattengestalt der in Nina verwandelten Evangeline schwebte auf die schemenhafte Gestalt Julians zu. Rose hielt sich mit einer Hand an Nevikas Schulter fest und beobachtete die nun folgende Begegnung.

»*Danke, dass du gekommen bist*«, kam Julians Stimme durch den Nebel. Er klang weit weg und seine Stimme hallte, ganz anders als der jetzige Julian, der immer noch bei Rose und Nevika schwebte.

»*Aber gerne*«, sagte Evangeline-als-Nina. »*Wir müssen über Evangeline reden.*«

»*Ach, Nina, nicht schon wieder*«, seufzte Julian. »*Ich habe bereits die schlimmsten Gewissensbisse.*«

»*Aber ich glaube, sie hat den Verdacht –*«

»*Wenn sie etwas weiß, kann sie es nur durch dich wissen. Wenn sie es allerdings auf andere Weise herausgefunden hat … na ja, dann werde ich wahrscheinlich suspendiert.*«

»*Das werden wir nicht zulassen*«, sagte Evangeline-als-Nina. »*Vertraue mir, ich habe nie ein Wort zu ihr gesagt, aber wir können dafür sorgen, dass keiner von uns suspendiert wird. Ich finde ein Rezept dafür.*«

Der nebelige Julian löste sich auf, und nur Evangeline-als-Nina blieb zurück. Ihre Augen leuchteten wie rote Glut.

Nevika hatte die ganze Zeit weitererzählt. Während die schattenhafte Gestalt von Evangeline-als-Nina zum Ausgang des Gewächshauses schwebte, sagte sie: »*Mein Verdacht hat sich bestätigt. Ich muss Ninas Schlangenhaut abwerfen und zu mir selbst zurückkehren, dann werde ich Rachepläne schmieden …*«

Nevika hustete. Die Starre ihres Körpers löste sich, und ihre Hand fiel von dem Rezept, als habe man einer Marionette die Fäden durchtrennt.

Kit kletterte über ihre Stirn und spähte ihr kopfüber in die Augen. »Ist alles in Ordnung mit dir? Das ist doch nicht normal!«

»Mir geht es gut«, sagte Nevika und massierte sich die Schläfen. »Es ist so unheimlich – ich erinnere mich, alles gelesen zu haben, habe aber keine Ahnung, warum. Deine geisterhaften Freunde haben doch nichts mit mir angestellt, oder?«

Rose sah die beiden Gespenster an. Julian und Nina hielten sich umarmt und starrten zitternd auf den Fleck, wo die Vision stattgefunden hatte.

»Nein«, sagte Rose. »Ich bin mir nicht sicher, warum …«

Rose verstummte, als sie weiter unten eine Bewegung

bemerkte. Obwohl die Geschichte zu Ende war, konnte Rose immer noch die dunstige Gestalt von Evangeline durch den Nebel huschen sehen.

»Wir sollten ihr folgen«, drängte Rose und stieg bereits von der Leiter.

»Genau, lass uns der Nebelgestalt folgen, in die du dich verwandelt hast«, sagte Nevika sarkastisch und stieg ebenfalls hinunter. »Das klingt ganz sicher und wie die normalste Sache der Welt.«

Während sie rasch den Pfad entlanggingen und Rose aufpasste, dass sie nicht über irgendwelche Stauden stolperte, sagte sie: »Das ist kein Geist, es ist eine Erinnerung. Eine Erinnerung, die zu fliehen versucht.«

Die beiden Mädchen stürzten mit ihren Vertrauten aus dem Gewächshaus in die dunkle, kalte Nacht. Undeutlich konnte Rose sehen, wie die schemenhafte Gestalt zum Haupteingang schwebte.

Rose rannte los, und kurz darauf betraten beide Mädchen die dunkle Eingangshalle des Chalets, wo Rose sah, wie Evangeline, die sich rasch auflöste, auf die Küche zuhuschte.

»Dorthin!« Nichts als Mondlicht erleuchtete die Halle. Ein letztes Mal konnte Rose die neblig-schattige Gestalt ausmachen, wie sie etwas kritzelte, ehe sie endgültig verschwand.

Rose, die vorausgegangen war, sagte: »Hier ist sie stehen geblieben.«
Nevika kniete sich hin und entzifferte die dunkle Schrift auf der Tapete, auf die Rose gedeutet hatte. »Noch ein Rezept. Ein ganz normales, zum Glück nicht so eine verrückte Geschichte. Nur …«
»Was steht da?« Rose kauerte sich neben ihre Freundin.
»*Welkender Veilchenbiskuit*«, las sie.
»Dann bricht es abrupt ab«, sagte Nevika verärgert. »Ein Teil steht an dieser Wand –« Sie deutete auf die Stelle zwischen dem Fenster und der Fußleiste – »aber mittendrin hört es einfach auf.«
Die krakelige Kohleschrift ging bis in die Ecke der Eingangshalle – und dann nirgendwo weiter. Die Schriftzüge, die Rose bisher gesehen hatte, hatten ebenfalls bis an die Ecken gereicht und waren auf der nächsten Wand fortgesetzt worden. Rose lief es kalt den Rücken hinunter, und als sie sich umdrehte, sah sie Nina und Julian, die dort schwebten und sich bei den Händen hielten.
»Renovierungsarbeiten«, flüsterte Nina.
»Mitte des letzten Jahrhunderts«, setzte Julian hinzu. »Diese Halle ging hier noch weiter, aber …«
»Wir müssen uns mit dem begnügen, was hier steht«, sagte Rose, stand wieder auf und wandte sich an die Gespenster: »Danke, dass ihr uns gelotst habt.«

»Vergiss nicht«, sagte Nina, während die beiden Gespenster durchsichtiger wurden und hinter der neueingezogenen Wand verschwanden, »dass du uns auch helfen musst.«
»Ich vergesse es nicht«, sagte Rose. Sie sah Nevika an. »Lass uns dieses Rezept abschreiben und uns an die Arbeit machen. Meinst du, dass es in den Speisekammern *Welkende Veilchenblüten* gibt?«

In der Küche fanden die Mädchen tatsächlich alles, was sie brauchten. Obwohl keines der beiden Mädchen sich erinnern konnte, bisher ein ganzes Fach mit essbaren Zauberblumen gesehen zu haben, entdeckten sie jetzt in der dritten Speiskammer von links ein ganzes Regalbrett mit solchen Zutaten.
Es war geisterhaft still in der Küche – tatsächlich war es im gesamten Schulgebäude still während der Nacht. Rasch mischten die Mädchen das Grundrezept für Biskuit zusammen – eine einfache Sache, die darin bestand, Eier und Zucker mit Mehl und Backpulver zu vermischen. Jeder Schlag mit dem Schneebesen war so laut wie die Propeller eines Hubschraubers und hallte geräuschvoll durch die düstere Küche.
»Wann müssen wir die *Welkenden Veilchenblüten* hinzufügen?«, flüsterte Nevika, sobald der Teig fertig war.

Das Rezept an der Wand war ja kurz nach der Aufzählung der Zutaten abgebrochen.
Rose ließ die Finger durch die Schüssel mit den trockenen violetten Blüten gleiten, die sie gefunden hatten. »Vielleicht sollten wir sie besser vorher in der Milch einweichen?«, vermutete sie. »Zippo und Kit, habt ihr einen Tipp?«
Die beiden Vertrauten saßen neben der Rührschüssel auf der Arbeitsfläche. »Hmm, äh, habt ihr den Backofen vorgeheizt?«, schlug Zippo vor.
»Bereits erledigt«, sagte Rose und stellte einen Topf mit Milch auf den Herd.
»Die Form ausgebuttert?«, piepste Kit.
Nevika hielt die Kastenform hoch, die sie bereits mit reichlich Butter eingeschmiert hatte. »Auch schon fertig.«
Zippo zuckte mit dem Panzer. »Wir sind nicht allwissend, was geheime, versteckte Rezepte von bösen Geistern betrifft.«
»Klingt vernünftig«, sagte Nevika seufzend. »Dann liegt die Entscheidung wohl bei uns.«
»Einweichen also«, sagte Rose.
Während die Milch warm wurde, zerließ Rose ein Stück Butter darin und streute ein paar der *Welkenden Veilchenblüten* hinein. Die Milchmischung wurde gräu-

lich-violett, als sich die Farbe darin auflöste, aber ansonsten schien nicht viel zu passieren.

»Ich glaube, es braucht noch etwas Antrieb«, sagte Rose nervös. Die Zeit lief davon – wer weiß, wie lange sie noch hatten, ehe Lucys Transformation zum Dauerzustand wurde?

Rose lief in die Speisekammer und kam mit der erstbesten Zutat zurück, die ihr eingefallen war: ein Glas mit getrockneten Blüten des Sonnenhuts – Heilende Echinacea.

»Bist du sicher?«, fragte Nevika und rümpfte die Nase. »Das ist starker Tobak.«

»Der Zustand, in den sich Lucy verwandelt hat, braucht reichlich starken Tobak, um rückgängig gemacht zu werden«, sagte Rose. »Rühr du um, während ich das einrieseln lasse.«

Rose streute ein paar Blätter des Sonnenhuts in den Topf, als die Milch zu köcheln anfing. Ehe sie anbrennen konnte, zog Rose den Topf von der Flamme und goss sie in den Teig, während Nevika rührte.

Oder zu rühren versuchte, besser gesagt.

Nachdem Nevika mit dem Holzlöffel ein paar Kreise gezogen hatte, blähte sich der Teig mit einem Schlag auf. Er stieg an den Seiten der Schüssel hoch, wickelte sich um den Löffel und riss ihn Nevika aus der Hand.

Mit großen Augen sahen die Mädchen zu, wie die Teigmischung den Löffel völlig verschlang. Eine Blase auf der Oberfläche der Mischung zerplatzte und machte ein Geräusch, das wie ein Rülpsen klang.
»Soll das so sein?«, fragte Zippo.
»Das kommt von dem Backpulver!«, sagte Rose, die selbst unsicher war.
Ein dicker Strang des pflaumenfarbenen Teiges klatschte über den Schüsselrand, dann noch einer. Die Schüssel kippte um und die anschwellende Teigmischung schlabberte über die Arbeitsfläche.
»Der ist ja lebendig!«, kreischte Zippo.
Er und Kit brachten sich schnell in Sicherheit. Kit konnte auf einen Mixer klettern, doch Zippos Beinchen bewegten sich selbst für eine Schildkröte äußerst träge. Rose packte Zippo rasch. Der gurgelnde, blubbernde Teig klatschte mit seinen dicken Strängen über die Arbeitsfläche wie ein durchgedrehter, flüssiger Oktopus. Wie der Blitz war er bei der Schüssel mit getrockneten *Welkenden Veilchenblüten*. Er verleibte sich die ganze Schüssel ein und bebte vor Entzücken.
»Schnell, in die Form!«, schrie Rose.
Nevika ergriff die gebutterte Form und hielt sie an den Rand der Arbeitsfläche. Rose drehte sich um und packte das Erste, was sie finden konnte – einen großen hölzer-

nen Pizzaschieber, der an einem Haken über einem der Arbeitsplätze hing.

Indem sie den Schieber als Schaufel benutzte, schob sie die rasch anwachsende Mischung von der Arbeitsplatte in die Kuchenform. Ein Teil davon quoll über und spritzte zu Boden, denn der Teig wehrte sich standhaft, doch Rose erwies sich als die Stärkere.

»Schnell, schnell, schnell!«, schrie sie und rannte zum Backofen, um die Tür aufzureißen. Nevika hielt die Backform mit dem lebendigen Teig so weit von sich wie möglich, während sie herbeirannte und die Form in den Ofen schob.

Die beiden Mädchen schlugen die Ofentür zu und seufzten erleichtert auf.

»Vielleicht ein Hauch zu viel von der Heilenden Echinacea«, sagte Rose und wischte sich über die Stirn.

»Eine Spur vielleicht«, sagte Nevika nickend. »Sollen wir den braunen Zuckerguss machen?«

»Ja, los«, sagte Rose und steckte den Pizzaschieber durch den Griff der Ofentür, die damit verschlossen war. »Nur zur Sicherheit.«

Eine Stunde später hatten die Mädchen die Küche saubergeschrubbt. Der Teig hatte sich beruhigt und war, während er braun wurde, lebloser geworden. Sie hatten den Zuckerguss aufgepinselt und unter dem Grill karamellisiert, dann war der *Welkende Veilchenbiskuit* fertig.

Als die Mädchen schließlich nach oben schlichen, war es nach Mitternacht. Das Chalet war so still wie ein Friedhof, und bei jedem Knarren der Dielen biss Rose die Zähne zusammen. Auf den Ziertischen in dem Korridor standen kleine weiße Statuen, die in dem trüben Licht aussahen, als würden sie die Mädchen beobachten.

Nein, sie wurden doch bestimmt nicht beobachtet. Außer vielleicht von den Gespenstern. Rose fröstelte.

An der Tür zu Lucys Zimmer zögerten sie. Drinnen lagen Lucy und Keith mit weit aufgesperrten Mündern schnarchend da. Im Schlaf sah Lucy ganz harmlos aus. Vielleicht würde sie sich doch nur ordentlich ausschlafen müssen.

»Was ist denn hier los?«, ertönte eine Stimme hinter den Mädchen.

Die Mädchen und ihre Kuchenfreunde fuhren zusammen. Rose griff sich an die Brust. Hinter ihr stand Marie-Claire, wieder ganz die Alte. Sie trug einen rosa Seidenmorgenrock und hatte die Haare in ein Handtuch gewickelt.

»Äh«, sagte Rose mit einem Blick auf Nevika. »Wir haben einen, äh, Kuchen für Lucy gemacht.«

»Sie schläft«, sagte Marie-Claire mit eingestemmten Händen.
»Es ist eine Überraschung«, sagte Nevika. »Nur so zum Spaß zwischen Mitbewohnern.«
Marie-Claires blaue Augen leuchteten auf. »Ein Schabernack! Ich liebe Streiche! Aufzuwachen und ganz plötzlich Kuchen im Gesicht zu haben! Ha, ihr beide überrascht mich immer wieder!«
»Es ist kein –«, wollte Rose gerade sagen.
Marie-Claire riss Nevika den Kuchen aus den Händen und drängte sich an den Mädchen vorbei ins Zimmer. Ehe eines der beiden Mädchen irgendwas sagen konnte, packte Marie-Claire Lucys Kinn und klappte ihr den Mund auf.
»Aufgewacht, *ma tendre*!«, rief Marie-Claire – und stopfte dem schlafenden Mädchen ein Stück des Kuchens in den Mund.

Kapitel 10
Hört, hört!

Ein erstickter Schrei drang Lucy aus dem Mund, doch Marie-Claire lachte nur und stopfte ihr das Kuchenstück tiefer in den Schlund. »Iss, iss!«, quietschte sie.

»Hör auf!«, schrie Rose. »Sonst erstickt sie noch!«

»Sie *muss* ihn doch essen, Rose!«, entgegnete Nevika und trat zu Marie-Claire, um Lucys Schultern festzuhalten. »Wir haben keine andere Wahl.«

Da ihr nichts anderes übrigblieb, fing Lucy zu kauen an. Sonst wäre sie womöglich wirklich erstickt. »MMMM-RRR!«, knurrte sie und schluckte.

»Es gefällt mir auch nicht«, sagte Rose und starrte in die wütenden Augen des Mädchens. »Aber es ist zu deinem Besten, Lucy.«

»Iss ihn auf!«, verlangte Marie-Claire und setzte sich Lucy auf die Brust. »Du musst ein ganz braves Mädchen sein und den Kuchen aufessen, sonst gibt's keinen Nachtisch! Hahaha!«

Keith, der auf dem Nachttisch saß, begann sich zu rühren. Rose setzte Zippo schnell neben ihn, dann holte sie Kit aus Nevikas Haar und setzte ihn auf die andere Seite von Keith. »Ihr zwei passt schön auf, dass er keinen Unsinn macht«, sagte sie.

Der größte Teil des Kuchens war in Lucys Schlund verschwunden, aber eine ganze Menge klebte ihr auch im Gesicht.

»So ein schmuddeliges Kind«, sagte Marie-Claire und wischte Lucy mit dem Saum ihres Morgenrocks sinnlos auf dem Gesicht herum. »So viel Spaß habe ich seit Tagen nicht mehr gehabt!«

Rose war ganz anderer Meinung. Sie stellte sich vor, wie es war, aufzuwachen und von drei Leuten, die sie nur flüchtig kannte, gezwungen zu werden, irgendeinen komischen Kuchen zu essen. *Sehr unschön.*

Aber die Alternative war viel schlimmer. Lucy hätte aufwachen können, und die Auswirkungen des Konträren Cayenne-Chilis hätten immer noch in ihr rumort. Dieser *Welkende Veilchenbiskuit* musste das schlimme Gewürz in ihr rückgängig machen. Es *musste* einfach.

»Wir können dieses Stachelschwein nicht viel länger bändigen«, sagte Kit vom Nachttisch.

»So viele spitze Dinger!«, klagte Zippo.

Keiths' Schokoladenaugen waren wütende, dünne Schlitze. »He, was macht ihr da? Lasst mich los!«

Die Teigstacheln des Stachelschweins schwollen an – doch dann wurde er still und bewegte sich nicht mehr.

Im selben Moment hörte Lucy auf, sich zu wehren. Ihr Körper entspannte sich, und sie begann erschrocken zu husten.

»Ist es endlich vorbei?«, murrte Marie-Claire und kletterte von Lucys Brust. »Hat eine von euch hoffentlich ein Video von der Szene gemacht, *oui*? Irgendwie könnte ich mir vorstellen, dass ich es immer wieder abspielen würde – ist schließlich so eine Schlüsselszene.«

Nevika ließ Lucys Fußgelenke los. »Geht es – geht's wieder gut?«

Lucy traten Tränen in die Augen, ihre Wangen blähten sich auf, und ein gewaltiger Rülpser entfuhr ihren Lippen, gefolgt von purpurfarbigem Dunst, der wie eine gefährliche rote Wolke in der Luft hing. Die Wolke verwandelte sich schemenhaft in Klauen, die durch die Luft krallten.

Aber im Nu war die Dunstwolke verflogen.

Lucy zog sich die Decke bis ans Kinn. Schweiß bedeckte ihre Stirn.
Vom Nachttisch her schrie Kit: »Rupert! Da bist du ja wieder!«
Das fiese Stachelschwein mit dem Zahnstocher zwischen den Zähnen war fort. Stattdessen saß da wieder der kleine Igel. Er wimmerte: »Was geht hier eigentlich vor sich?«, während Zippo und Kit seinen goldbraunen Blätterteigrücken tätschelten.
Rose kniete sich neben das Bett und strich Lucy eine feuchte Haarsträhne aus den Augen. »Lucy, bist du wieder du selbst?«
Nevika trat hinter sie. »Es tut uns leid, dass wir dir Angst gemacht und dich gezwungen haben, den Kuchen zu essen, aber wir wussten nicht, wie wir dich sonst hätten zurückholen können.«
»Sie *zurückholen*?«, sagte Marie-Claire und stampfte auf. »Ging's nur darum?«
Rose und Nevika überhörten sie einfach.
»Ich …«, schniefte Lucy schließlich. »Ich will zu meiner Mami.«
Rose tätschelte ihr die zitternde Hand. »Wir waschen dich jetzt und bringen dich zurück ins Bett. Morgen geht es dir schon wieder besser, versprochen.«
Hinter Rose ertönte ein theatralischer Seufzer, und als

sie einen Blick über die Schulter warf, sah sie Julian und Nina. Sie saßen auf Nevikas Bett und sahen zu.
Beide schüttelten die Köpfe.
Dann verschwanden sie.

Wie versprochen waren am nächsten Morgen alle wieder die Alten.
Falls die anderen das nächtliche Rumoren im Zimmer von Nevika und Lucy gehört hatten, erwähnten sie es nicht.
Emil kam in der Eingangshalle an Rose vorbei und winkte ihr kurz zu. Dabei verschlang er als Schnellfrühstück ein Eibrötchen. Die Stimmen von Milo und Gustavo hallten durch die Gänge. Sie sangen etwas Italienisches und Spanisches, das Rose nicht verstehen konnte. Selbst Cixan, den Rose am Esstisch sitzen sah, schien ganz entspannt zu sein.
In der Nacht war ihr die Schule so voller Schatten und Geheimnisse vorgekommen, doch im Tageslicht wirkte sie fröhlich, fast märchenhaft. Frische Blumensträuße standen auf den Tischen, und der Duft nach Scones und Schokosirup wehte durch die Gänge. Die Schule passte auf einmal wieder zu ihrem heiteren Äußeren, das wie eine bunte Torte aussah.
Die Gespenster brauchten natürlich immer noch Hilfe,

und die geheimnisvolle Schrift überall war geblieben. Aber Lucy war wieder in Ordnung, und darüber war Rose ungeheuer erleichtert. Vielleicht konnte sie sich jetzt auf das konzentrieren, was sie am besten konnte: Backen. Sie wollte alles dafür geben, den Ausbildungsplatz zu erringen.

Es gab allerdings doch noch ein Problem, und zwar, wen Rose *nicht* sah, als sie an diesem Vormittag die Lehrküche betrat.

Obwohl viele Schüler mit ihren Vertrauten an ihren Arbeitsplätzen standen und auf die nächste Aufgabe warteten, fehlte eine Person.

Lucy.

Rose winkte Nevika zu sich, während alle darauf warteten, dass die Lehrmeister auftauchten. »Wo ist Lucy? Geht es ihr gut?«

Nevika warf einen Blick in die Runde, um sicherzugehen, dass keiner – vor allem Marie-Claire nicht – zuhörte. »Ich konnte sie nicht zum Aufstehen bewegen«, flüsterte sie. »Sie hat sich unter der Decke verkrochen und ruft nach ihrer Mutter. Als ob der Kuchen den restlichen Funken aufgezehrt hat, der noch in ihr steckte.«

»Arme Lucy«, sagte Rose. »Vielleicht war der Heilende Sonnenhut doch keine so gute Idee.«

»Möglich«, sagte Nevika, »oder vielleicht war es eine Nebenwirkung der vielen *Welkenden Veilchenblüten*, die sich der Teig einverleibt hat.«
»Es wird schon abklingen«, sagte Rose. »Wenn nicht, dann finden wir sicher noch ein Mittel, um auch das wieder zu beheben.«
»Es erinnert mich an das Kindergedicht von der alten Frau, die eine Fliege verschluckt hat und dann eine Spinne, die die Fliege verschluckt und dann einen Vogel und eine Katze«, sagte Nevika, die sich wieder an ihren Arbeitsplatz begeben hatte. »Wenn wir zu dem Punkt kommen, wo wir Lucy ein Pferd einzutrichtern versuchen, dann sollten wir lieber doch alles Professorin Macaron beichten.«
»Was war das mit Professorin Macaron?«
Die Stimme war tief und sein Akzent klang hart. Hans stand übergroß unter der Tür in die Küche. Seine zugeknöpfte Kochjacke spannte über seinem Bauch. Thierrys schmales, spitzes Gesicht blickte ihm über die Schulter.
»Nichts weiter!«, sagte Rose. »Guten Morgen!«
Das Geplänkel der Schüler verstummte.
»Und – was steht heute an, Meister?«, brüllte Gustavo. »Ich bin bereit, meinen guten Namen zu verteidigen und einen Quirl zu erringen!«

»Träum weiter, Kleiner!«, sagte Marie-Claire und musterte ihre lackierten Fingernägel.

Thierry und Hans nahmen ihre Plätze vorne in der Küche ein. Hans runzelte die Stirn, als er den Blick über die Schüler gleiten ließ. »Wo ist Lucy?«

»Krank!«, sagte Nevika. »Nichts Ernstes, nur ein paar Nachwirkungen von ihrem Trifle.« Sie rieb sich bedeutungsvoll den Bauch.

»Ah«, meinte Gustavo vielsagend. Er presste die Lippen zusammen und machte ein furzendes Geräusch.

»Iiie«, sagte Cixan und wedelte mit der Hand vor seinem Gesicht.

»Das war doch nur ein nachgemachtes Geräusch, Cixan«, sagte Milo lachend.

Thierry saugte die Luft durch die Zähne ein. »Lasst euch das eine Lehre sein! Magische Gerichte können immer Verdauungsprobleme nach sich ziehen. Miss Banerjee hat Glück, dass sich die heutige Aufgabe bis in den späten Abend hinzieht. Sie und ihr anderen habt den ganzen Tag und den Abend Zeit, um das anstehende Rezept zu bewältigen.«

»Und diese Zeitverlängerung benötigt ihr auch!«, sagte Hans. »Eine der entscheidenden Zutaten blüht nur unter dem vollen Mond. Glücklicherweise ist heute Abend Vollmond.«

»Ah, wie die Königin der Nacht«, sagte Milo anerkennend.

Cixan verschränkte die Arme. »Der Lehrer spricht von Blüten. Was soll denn das mit diesem Unsinn von einer Nachtkönigin zu tun haben?«

Hans gluckste. »Er spielt auf *Selenicereus grandiflorus* an, eine Kaktusart, die nur nachts blüht. Aber um so eine alltägliche Pflanze geht es nicht. Ich hoffe doch, ihr alle seid sehr vertraut mit dem Baum im Vorhof und seinen Hunderten von blauen Hängekapseln?«

Alle nickten. Der riesige Baum war ja wohl kaum zu übersehen.

»Dieser Baum ist der *Gigantische Dämmerungsbanyan*. Er ist eigentlich nicht ein Baum, sondern Hunderte von Trieben, die zusammengezwirbelt und verschlungen sind zu einer Einheit. Er steht weit von seinem Ursprungsland Indonesien entfernt, aber als entdeckt wurde, dass die Schoten, die aus dem Blätterdach hängen, in Wirklichkeit Blüten mit besonderer Zauberkraft sind, entschied man, ihn hier in der Akademie zu belassen.«

»Das sind *Blüten?*«, fragte Nevika. »Ich dachte eher, dass es sich um Schmetterlingspuppen oder so was handelt.«

»Nicht direkt«, sagte Thierry. »Die Knospen wachsen

langsam während eines Jahres heran, in der Erwartung, sich unter dem Vollmond zu entfalten und bestäubt zu werden.«
»Aber es ist doch so kalt«, sagte Emil, »und so dunkel. Da kommen doch keine Bienen.«
Thierry hob einen Finger. »Ah, aber diese Blüten werden nicht von Bienen bestäubt, sondern von Wichteln.«
»Wichtel?«, wiederholte Gustavo fragend.
Hans schnippte mit den Fingern. In einem Schwall von Feuerfunken erschien ein Poster an der Wand hinter ihm. Darauf war ein buntes, mit Tusche gezeichnetes Bild von einer winzigen Person mit hinterhältigen Zügen, gekleidet in ein altmodisches Gewand aus Blättern. Auf dem lockigen schwarzen Haar saß eine Eichelkappe. Schillernde Flügel wuchsen dem Wichtel aus den Schulterblättern.
»Ein Naturgeist, ein Elf«, sagte Rose. Sie hatte schon eine Begegnung mit magischen Elfen hinter sich, auch mit Kobolden, die ihre kleine Schwester hatten fressen wollen.
»Elf ist eine ihrer Bezeichnungen«, sagte Thierry. »Sie haben viele Namen. Hier nennen wir sie schlicht Wichtel.«
Hans ging an den Arbeitsplätzen vorbei. »Und das führt uns zu eurer Aufgabe. Sobald der Vollmond am

Himmel steht und sich die Blüten öffnen, müsst ihr eine Blütenkapsel pflücken – aber erst, nachdem sie von den Wichteln bestäubt worden ist. Holt ihr sie euch zu früh, dann hat sie keine Zauberwirkung. Zu spät, dann hat sie sich so fest geschlossen wie eine Faust.« Hans machte das mit seinen Händen vor, die er zu Fäusten ballte.

»Jeder von euch braucht eine bestäubte Blüte, um einen *Floreszenz-Pudding* zu machen«, sagte Thierry. »Dazu jedoch mehr, sobald ihr die Ernte erledigt habt.«

»Wie sollen wir denn diese Wichtel finden und beobachten?«, fragte Gustavo. »*Mi madre* hat mir Geschichten von ihnen erzählt. Sie sind zu winzig, als dass man sie sehen könnte.«

Marie-Claire seufzte theatralisch auf. »Wieder so ein Visions-Zauber, wie ich annehme? Es gibt doch auch noch andere Arten von Magie!«

Thierry sah das französische Mädchen abschätzig an. »Ich will ja nicht langweilig wirken, Miss Dufour, aber ihr sollt die Wichtel nicht *erspähen*, wenn es Nacht wird. Ihr sollt sie *erlauschen*.«

»Sie sind ganz unglaubliche Quasselstrippen«, sagte Hans. »Die beste Art, um sie bei der Erledigung ihrer Arbeit zu ertappen, ist die, auf das Geräusch der Bestäubung zu hören.«

»Und wie klingt das?«, fragte Cixan.
»Ihr erkennt es, wenn ihr es hört«, sagte Hans mit einem geheimnisvollen Lächeln.
»Und um es zu hören, müsst ihr ein knuspriges Schweineohr backen, das euch sicher ein Begriff ist.«
»Ein bestimmtes Rezept?«, fragte Rose.
Thierry grinste. »Aber sicher, und wir könnten es euch auch geben. Aber wo wäre da die Herausforderung?«
Und in einem bunt aufleuchtenden Bonbonregen verschwanden Hans und Thierry, wie es ihre Art war.
»Die Hausmeister hier tun mir leid«, sagte Nevika. »Ständig müssen sie die ganzen Liebesperlen auffegen, die die Lehrer bei ihren dramatischen Abgängen hinterlassen.«
Rose lachte über den Scherz ihrer Freundin, aber schon bald verging ihr das Lachen – vor dem Eintreten der Dunkelheit gab es viel zu tun, und um diese Jahreszeit wurde es schnell dunkel. Ganz abgesehen davon, dass sie sich noch um Lucy und die Gespenster kümmern musste.
Aber erst mal: Schweineohren backen.

Den Blätterteig für die Schweineohren zuzubereiten nahm die gesamte Mittagszeit ein und dauerte noch bis in den Nachmittag.

Während der Backexperimente lärmte es in der Küche vor lauter Geschrei, Gegröle und albernem Gejammer. Emil stellte ein *Waffeltüten-Ohrenhorn* her, was zwar augenscheinlich brauchbar war, jedoch keineswegs als Schweineohr bezeichnet werden konnte.
Gustavo war anscheinend als Erster fertig, doch sein Triumph hielt nicht lange an, als sich herausstellte, dass er statt eines Lauschorgans eher etwas wie ein Megaphon konstruiert hatte, das Gedanken übertragen konnte. Als er sein Backwerk ans Ohr hielt, stoben seine Gedanken aus dem Schweineohr und plärrten durch den Raum. Sie kamen auf Spanisch heraus, daher verstand Rose nicht viel, doch Gustavo wurde rot vor Scham und warf sein Machwerk schnell in den Müll.
Rose stöhnte auf und warf auch ihren Teig in den Abfall. »Das klappt nicht. Wenn ich gestern Abend nur nicht den ganzen Heilenden Sonnenhut verwendet hätte!«
Zippo hatte sich auf ihre Arbeitsfläche geflätzt und den daumenförmigen Kopf auf die Vorderbeine gelegt. »Mir fällt auch rein gar nichts dazu ein, Schätzchen.«
»Vielleicht sollte ich einen Plätzchenteig machen statt einem Blätterteig«, überlegte Rose. »Ob es in der Speisekammer wohl *Plaudernde Pinienkerne* gibt?«
Hinter ihr ertönte ein explosionsartiges Geräusch. Als

sie sich umdrehte, sah sie, wie Cixan wütend in seine Rührschüssel starrte. Gustavo und Milo bogen sich vor Lachen.

»Du solltest *Entschuldigung* sagen«, meinte Emil grinsend.

»Das war der Teig«, behauptete Cixan. Seine sonst so ruhige Stimme verriet eine Spur von Panik.

Die drei anderen Jungen sahen sich an und lachten noch lauter. »Na klar, schieb es auf den Teig!«, kicherte Gustavo. »Gleich behauptest du noch, dass es dein Gecko war!«

Nevika kam in die Küche. Sie biss sich auf die Lippe und steuerte schnurstracks auf Rose zu.

»Wie geht es Lucy?«, flüsterte Rose, die bereits neue Zutaten in einer frischen Rührschüssel vermischte.

»Immer noch unter der Decke«, sagte Nevika. »Was passiert, wenn sie das Rezept heute nicht schafft? Ich weiß, du willst nicht, dass sie ausgeschlossen wird, aber na ja …«

Rose seufzte. »Lass uns schnell mit unserem Schweineohr fertig werden, okay? Wenigstens ist Lucy nicht hier unten und redet uns in alles rein. Und Rupert ist ganz der Alte. Das ist doch ein gutes Zeichen, oder?«

Nevika sah nicht überzeugt aus. »Möglich.«

Rose versuchte Nevikas offensichtliche Besorgnis abzutun. Dennoch war ihr klar: Wenn der *Welkende Veilchenbiskuit* Lucys Zustand verschlimmert hatte, war das ihre Schuld und sie würde das Problem beheben müssen. Und außerdem waren irgendwo in den Gängen ja auch noch Nina und Julian, die immer noch auf ihre Hilfe warteten.

Auf einmal wurde alles zu viel. Alles gleichzeitig zu bewältigen behinderte Rose in ihrer Fähigkeit, ein einfaches Rezept wie ein Schweineohr hinzukriegen. Sie musste sich konzentrieren und etwas – irgendetwas – zustande bringen. Dann konnte sie sich um die anderen Probleme kümmern.

Eine Speisekammer war bis an die Deckenbalken mit Brettern voller verschiedener Nüsse und Kerne gefüllt: Walnüsse und Mandeln, Haselnüsse und Cashewkerne. Es gab sogar eine riesige Pekannuss, die so groß wie ein Wachtelei war und brummte wie ein Automotor, außerdem gab es winzige Pilinüsse, die in ihrem Korb herumhüpften wie Popcorn im Kochtopf.

Seltsamerweise war sich Rose *ziemlich* sicher, dass ebendiese Speisekammer diejenige war, in der sie am Abend zuvor die essbaren Blüten gefunden hatte. Aber sie nahm an, dass Hans, der Verwalter des Lagerbestandes, die Vorräte am Morgen umgeschichtet hatte.

Rose holte sich ein Körbchen voller *Plaudernder*

Pinienkerne und kehrte an ihren Arbeitsplatz zurück. Die Kerne waren empfindlich und zerfielen selbst bei vorsichtigstem Zermahlen zu Staub. Gleichzeitig klang es, als ob Dutzende von Glasscheiben auf einmal zerbarsten. Rose zog eine Grimasse und entschuldigte sich schulterzuckend bei den anderen Schülern.

Rose hob das glänzende Nussmehl unter die anderen Zutaten, dann knetete sie einen Teig, den sie zu einer langen Wurst rollte. Daraus formte sie zwei Spiralen, die sie herzförmig aneinanderklebte – zwei Schnecken, die zu einem Schweineohr wurden. Schließlich schob sie das Gebäckstück in den Ofen.

Halb fürchtete sie, das Schweineohr könnte lebendig werden und aus dem Backofen springen – Rezepte benahmen sich in dem Chalet anders als gewohnt. Aber dieses Rezept reagierte ganz normal, und nachdem der Timer *pling* gemacht hatte, zog sie das Blech aus dem Ofen und ließ das Gebäckstück auskühlen.

Nun musste es noch getestet werden.

»Also los«, sagte Rose, hob das Blätterteigherz hoch und hielt das warme, klebrige Loch, das sie in der Mitte hatte stehen lassen, ans Ohr.

Eine ganze Geräuschsymphonie drang auf Rose ein, eine chaotische und doch verführerische Mischung der verschiedensten Klänge: Sneakers, die auf Fliesen

quietschten, vor Aufregung klopfende Herzen, heftiges Atmen, das von der Anstrengung des Backens verursacht wurde.
Aber neben diesen zu erwartenden Lauten ertönte eine unterschwelligere Frequenz: das Brutzeln von Fett, das von den in den Öfen ausgebackenen Gebäckstücken kam; das Murmeln der Brise, die durch die Ritzen und Ecken des Chalets pfiff; Insekten, die vor dem Fenster summten; das Rauschen des Rheins, der an dem Grundstück vorbeifloss.
Alles um sie herum wurde wie mit einem Lautsprecher verstärkt. Rose grinste Zippo zu. Dieses Schweineohr würde funktionieren.
»Ich zeig's ihnen.«
Rose erstarrte. Die Stimme war leise und schwach, als käme sie von einem sehr undeutlichen Radiosender. Sie drückte die Schnecke fester ans Ohr.
»Ich werde die Beste sein. Das Biest. Die Rezepte – ich mache weitere Rezepte. Erbsen. Nein. Keine Erbsen. Was wollte ich … Ich muss es allen zeigen …«
Das Geflüster war so leise und verzerrt, dass Rose keinen Akzent oder keine Stimme erkennen konnte. Sprach da überhaupt jemand? Waren es die Gedanken einer Person?
»Lucy?«, flüsterte Rose. »Evangeline?«

»Mehr, mehr, mehr, mehr, MEHR, MEHR, MEHR –«

Die Stimme kam aus dem Inneren des Chalets. Sie musste etwas mit Nina und Julian oder Lucy zu tun haben. Rose hielt das Schweineohr weiter ans Ohr und ging auf die Küchentür zu.

»AUFGEPASST, MEISTERBÄCKERINNEN UND MEISTERBÄCKER.«

Rose schrie auf und riss das Schweineohr vom Kopf. Hans' Stimme hatte so laut gedröhnt, dass ihr die Ohren klingelten. Sie machte kehrt und sah Zippo auf ihrem Arbeitstisch. Sein Mund war zu einem großen O aufgesperrt.

»ES WIRD NACHT«, fuhr Hans fort, »UND DIE WICHTEL WERDEN BALD AUFTAUCHEN. KOMMT IN DEN VORHOF UND ZEIGT EURE ARBEITSERGEBNISSE!«

Ein rascher Blick aus dem Fenster bewies, dass es tatsächlich schon dunkel geworden war. Rose war so eingehend mit ihrem Rezept beschäftigt gewesen, dass sie kaum gemerkt hatte, wie die Zeit verstrichen war.

Die anderen Schüler schwatzten miteinander und holten ihre Backwerke. Nevika trat neben Rose und knöpfte sich die Jacke zu. »Fertig?«

»Jep«, sagte Rose geistesabwesend. Sie hielt ihr Schweineohr ein letztes Mal an den Kopf.

Alle anderen Geräusche waren wieder da, verstärkt von dem Zaubergebäck.
Aber die Stimme, die so seltsame Sachen gesagt hatte, war völlig verstummt.

Kapitel II
Gute Wichtel, böse Wichtel

Die sieben Schüler drängten in den Vorhof.
Es hatte gerade erst fünf geschlagen, aber draußen war es bereits Nacht. Der Mond stand fett und rund am dunklen Himmel, und alles war in silbernes Licht getaucht.
Die Luft wurde erfüllt von einem feuchten, tauartigen Duft, der von dem riesigen Baum mitten im Hof ausströmte, und die vielen verschlungenen Stämme des Baumes glänzten. Vielleicht täuschte einen das Mondlicht, aber es sah fast so aus, als ob sich die Stämme *bewegten* und aneinander entlangglitten wie lauter Schlangen.
Die drei Lehrmeister standen erwartungsvoll vor dem

Gigantischen Dämmerungsbanyan. Obwohl die Nacht wolkenlos war, hatten sie alle leuchtend gelbe Regenjacken und die dazugehörigen Südwester an. Hans und Thierry hatten Schutzbrillen auf, und Professorin Macarons Sonnenbrille hatte besonders große Gläser, die ihr halbes Gesicht verdeckten. »Willkommen, willkommen!«, sagte Hans mit weit ausgebreiteten Armen. »Wir haben die Symphonie eurer Backgeschäftigkeiten den ganzen Tag gehört, daher sind wir guter Hoffnung, dass ihr bereit seid, die Wichtel zu hören?«

Marie-Claire hielt ihr ohrförmiges Backwerk hoch, das sie mit rosafarbenem Zuckerguss verziert hatte. »Ich bin seit Stunden fertig. Beziehen Sie das bitte in Ihre Benotung ein.«

»Ist vermerkt«, sagte Thierry trocken.

Professorin Macaron sah auf eine Taschenuhr, die aus dem Nichts aufzutauchen schien.

»Die Zeit läuft, Meisterbäcker! Sammelt eure Blüten.«

»Du schaffst es, Schätzchen!«, raunte Zippo nahe bei Roses Ohr. »Ich halte Ausschau nach – hey! Was soll das!«

Rose, die gerade ihr Ohr anlegen wollte, fuhr erschreckt zusammen, weil Thierry ihr Zippo von der Schulter nahm. »Eure Kuchenfreunde bringe ich mal hin-

ein«, sagte der lange Mann. »Ihr werdet es mir später danken.«
»Was soll das denn jetzt?«, sagte Nevika und sah Thierry mit einem Arm voller zappeliger Kuchentiere davonhumpeln. Hans und Professorin Macaron hielten ihm die Tür auf und schlossen sie, als alle drei dahinter verschwunden waren. Die Kinder waren allein.
Die anderen Schüler horchten bereits eingehend in ihre Schweineohren. Gustavo runzelte die Stirn und schüttelte sein Gebäck, als wolle er ein stehengebliebenes Uhrwerk anschubsen. Emil hingegen lächelte verwundert, während er in sein eigenes knuspriges, flaches Backwerk horchte.
»Glaubst du, dass wir Ärger bekommen, wenn wir auch eine Blüte für Lucy pflücken?«, fragte Rose.
Nevika zuckte mit den Schultern. »Das wäre noch das geringste Vergehen, weswegen wir Ärger bekommen könnten. Lass es uns also machen.«
»Stimmt. Also los.«
Rose hielt ihr Schneckengebäck ans Ohr.
Ein Schwall von Stimmen überfiel sie wie eine Welle, die an felsige Gestade schlug.
Zuerst war es einfach nur Krach – als sei sie in eine lärmende Geburtstagsparty getreten. Hunderte und Aberhunderte von vermischten Gesprächen kamen von

allen Seiten. Doch dann schloss sie die Augen und konzentrierte sich, und schon bald konnte sie die Stimmen auseinanderhalten.

»Habt ihr schon euer Zielwasser getrunken?«, piepste ein Kobold.

Zwei bimmelnde Stimmen lachten. »Ich schaffe heute mindestens ein Dutzend, Butterbärtchen!«

»Komm schon, Klebematz, lass ein paar für uns übrig!«

»HUUUHUUU!«, rief ein besonders heiserer Elf. »HABE MICH NOCH NIE SO – *hick* – LEBENDIG GEFÜHLT!«

Zuerst schienen die Stimmen alle auf einmal von überallher zu kommen, aber als Rose ihr Schweineohr hin und her drehte und wie eine Antenne ausrichtete, konnte sie die Wichtel an einer bestimmten Stelle im nördlichen Teil des großen Banyanbaumes ausmachen. Sie waren unsichtbar – darauf hatten sie sich ja eingestellt –, Rose konnte aber dennoch sehen, dass da *irgendwas* geschah: Die glänzenden blauen Schoten auf jener Baumseite waren in Bewegung, angestupst von unsichtbaren Händen.

»Hier drüben«, zischte Rose und winkte Nevika herbei.

»Ich kann sie auch hören«, sagte Nevika. »Aber sie reden nur. Woher sollen wir wissen, wann sie bestäuben?«

Wie zur Antwort auf Nevikas Frage vibrierte eine Blüte über ihrem Kopf – und öffnete sich.

Die äußere Hülle spaltete sich in vier Teile, entfaltete sich und enthüllte eine zarte himmelblaue Blüte aus vielen hauchdünnen seidigen Blütenblättchen. Das Mondlicht traf auf die Blüte, und sie schwoll vor ihren Augen auf die doppelte Größe an.

»Die erste Blüte!«, rief einer der unsichtbaren Wichtel.

Die Elfengemeinschaft jubelte so laut auf, dass Rose wankte. Sie hatte das Gefühl, in einem Fußballstadion zu sein.

Eine zarte Silberwolke blitzte vor der Blüte auf, begleitet von einem Ton, der wie von einer angeschlagenen Klaviertaste klang.

Wie zur Antwort ging eine weitere Schote in ihrer Nähe auf, dann immer mehr. Es klingelte jetzt in verschiedenen Tönen und Klanghöhen, bis die Luft von einer seltsamen, schönen Melodie erfüllt war, als spiele jemand eine spritzige Klavierkomposition.

»Diese Musik!«, sagte Rose begeistert zu Nevika. »Die Klänge bedeuten wohl, dass die Blüten bestäubt worden sind!«

Sie griff nach der ersten Blüte – doch sie kam zu spät, die Schote klappte zu und schnappte dabei nach Roses Fingern, sie konnte sie gerade noch wegziehen.
»Wow, das ging aber schnell.« Nevika packte Rose bei der Hand und zerrte sie zur östlichen Seite des Baumes. »Die Musik bewegt sich in diese Richtung, komm mit!«
Die sich öffnenden Schoten wiesen den Mädchen den Weg und sie rannten um den Baum herum. Der Boden unter ihren Füßen war schwammig, und Rose spürte ein tiefes Rumpeln unter den Fußsohlen. Sie war jetzt sicher, dass sich die verschiedenen Stämme des Baumes bewegten, bis hinab zu den Wurzeln.
Rose und Nevika suchten sich eine Traube von Schoten aus, die sich noch nicht geöffnet hatten und postierten sich darunter. Am anderen Ende des Baumes entstand Unruhe – sie konnte Gustavo und Milo rufen hören –, doch die Mädchen konzentrierten sich zu sehr auf ihre Aufgabe, um sich darum zu kümmern.
»Wir dürfen es nicht verpassen«, sagte Nevika, ohne den Blick von den Schoten zu nehmen, und legte Rose eine Hand auf die Schulter.
Sie warteten gespannt. Dann öffneten sich drei der Schoten, gefolgt von drei neuerlichen Klavierklängen.
»Jetzt!«, rief Rose.

Die Mädchen sprangen vor, und jede pflückte schnell, aber vorsichtig eine Blüte. Rose gab ihre an Nevika weiter und fasste blitzschnell nach einer weiteren Blüte. Die Schote klappte zu wie eine fleischfressende Pflanze, die ein Insekt fangen wollte – Rose ließ sie fast fallen vor Schreck, aber sie hatte sie.

»Geschafft!«, sagte Rose lachend. Die Musik und das Geplapper setzten sich fort, und es war unmöglich, sich von der guten Laune der Wichtel nicht anstecken zu lassen. Die Mädchen hielten ihr Gebäck noch an die Ohren und hakten sich mit dem anderen Arm ein.

Aber ihre Freude währte nicht lange.

Das Geheul eines Wichtels durchdrang das trunkene Singen seiner unsichtbaren Genossen. »Diese Kinder mit den komischen Ohren ruinieren uns *alles*!«

»Unsere geheiligte Nacht!«, hörte Rose eine andere Gestalt jammern. »Wie können sie es wagen!«

»Sie stehlen unsere Blüten!«

»SCHNAPPT SIE EUCH!«

Rose sah Nevika verblüfft an. »Äh, meinen die uns?«

Im selben Moment sahen sie, wie Emil um sich schlagend auf die Tür des Chalets zustürzte.

Marie-Claire kam gebückt angelaufen. Ihr blondiertes Haar war ein wirrer Knoten auf dem Kopf, und ihre Augen tränten. »Lauft, ihr Dummköpfe! LAUFT!«

»Jippeee!«, kreischte einer der Wichtel so nahe bei Roses Kopf, dass sie fast ihr Blätterteigohr *und* ihre Blüte fallen gelassen hätte.

Ein schillerndes Wölkchen in fauligem Grün tauchte vor ihr auf. Erschrocken versuchte sie zurückzuweichen, aber es war zu spät.

Der übelriechende Geruch war ihr bereits in die Nase gestiegen. Es stank nach brütenden Mooren, längst überfälliger saurer Milch und verbrannten Gummireifen. Rose hustete heftig und versuchte, ihr Gesicht in der Armbeuge zu verstecken.

Ein weiteres Wölkchen tauchte vor Nevika auf, dann waren sie von ganz vielen umgeben, von schillernden grünen Wolken, die die Nacht in stinkendem grünen Neongas aufleuchten ließen. Die herrliche Musik hatte urplötzlich aufgehört. Es war nur noch das Kreischen und Fluchen der Wichtel zu hören.

»TOD DEN DIEBEN!«

»BESPRÜHT SIE ALLE!«

»DIE GÖTTIN MÖGE SIE SCHÜTZEN!«

»DAS IST TROTZDEM – *hick* – DIE BESTE NACHT MEINES LEBENS! JUHU!«

Rose, deren Wangen zu platzen drohten, weil sie verzweifelt die Luft anhielt, ergriff Nevikas Arm und rannte auf die Schultür zu.

Das Gras unter ihren Füßen war rutschig, aber sie wagten nicht, langsamer zu laufen – das Summen Tausender unsichtbarer Elfenflügel hallte ihnen in den Ohren, und weitere grüne Wölkchen zerplatzten um sie herum.
Sie erkannten die Silhouette von Hans in der Tür, der die Mädchen heranwinkte. »Schnell, schnell, ihr seid die Letzten!«
Rose und Nevika sprangen über die Türschwelle und ließen sich in der Halle auf den Boden sinken. Hans knallte die Tür zu. Von der Außenseite der Tür hörten sie harte kleine Schläge, als würde ein Hagelschauer dagegenprasseln.
Hustend ließen sie ihre Schweineohren sinken. Durch einen Tränenschleier konnte Rose Emil sehen, der auf der untersten Stufe der Treppe saß. Milo und Gustavo spülten ihm die Augen mit Wasser aus einem Krug. Cixan stapfte wütend in Kreis herum und wedelte wild mit den Händen, als würde er Fliegen verscheuchen.
Marie-Claire stand mit verschränkten Armen vor Professorin Macaron und Thierry. Ihr Haar war ein wirres Nest auf dem Kopf. »Wie fies von Ihnen! Warum haben Sie uns nicht gewarnt?«
»Wenn ihr vorher gewusst hättet, was auf euch zukommt, hättet ihr euch vielleicht nicht getraut«, sagte Professorin Macaron und zuckte entschuldigend mit

den Schultern, »und dann wäre keine einzige Blüte eingesammelt worden.«

Nevika fuhr sich mit dem Ärmel über die Zunge und versuchte, den ekligen Geschmack loszuwerden. »Sie hätten uns wenigstens Schutzbrillen und Regenjacken zur Verfügung stellen können – wie Sie sie tragen.«

»Viel zu hinderlich«, sagte Hans. »Habt ihr schon mal versucht, etwas so Kniffliges zu machen, wenn ihr in Gummi gewickelt seid? Allein das Quietschen hätte die Wichtel auf euch aufmerksam gemacht, ehe ihr den Blüten auch nur *nahe* gekommen wärt. Nein, es ging nur auf diese Weise.«

Rose hustete wieder. Der Gestank klebte an ihr wie Pech. »Wenigstens haben wir die Blüten«, sagte sie benommen. »Aber sagen Sie uns doch bitte, dass man sich diesen … ich-will-gar-nicht-wissen-was-es-ist … *abwaschen* kann?«

»Aber natürlich!«, sagte Professorin Macaron und ging auf die Treppe zu. »Ein kurzes Bad in Löwenzahnmilch sollte reichen. Wir halten einen Vorrat davon bereit für solche Fälle.«

»Und macht euch keine Sorgen um eure Vertrauten«, setzte Thierry hinzu. »Ich habe dafür gesorgt, dass sie verschont bleiben.«

»Da hat Reynard, dieser Feigling, ja Glück gehabt«,

fauchte Marie-Claire. »Wenn ich wie ein nasses Handtuch rieche, sollte er das auch tun!«
»Wenn du nur wie ein nasses Handtuch riechen würdest, könntest du dich glücklich schätzen«, sagte Nevika und hielt sich die Nase zu.
Rose war froh, dass Zippo in Sicherheit gebracht worden war – sie konnte sich nicht vorstellen, wie sie den schrecklichen Gestank von dem kleinen Kuchentier hätte entfernen können.
Sorgfältig verbarg sie die zweite Blüte, die sie für Lucy mitgebracht hatte, und folgte Professorin Macaron. »Löwenzahnmilch, wirklich? Nehmen wir sie als Seife?«, fragte sie.
»Nicht ganz«, sagte Professorin Macaron.

In jedem der Bäder oben stand eine große weiße Wanne, gefüllt mit einer berauschenden, übelriechenden weißen Flüssigkeit. Es gab nur vier Badezimmer, aber sieben Schüler, daher wurden Cixan, Emil und Marie-Claire einen Stock höher gebracht, wo man in den dortigen Bädern und dem Schwesternzimmer weitere Zuber aufgestellt hatte.
Immer noch hustend und schniefend, brachte Rose ihre Blüten und ihr Schweineohr in ihr Zimmer. Sie hatte sich schon fast an den ekligen Wichtelgestank gewöhnt,

doch der schwere Duft der Löwenzahnmilch wallte durch die Gänge wie ein dichter, aufdringlicher Parfümnebel.

Rose und Nevika, beide in weiße Bademäntel gehüllt, trafen sich bei den beiden Badezimmern, die sie nutzen sollten. »Ich weiß nicht, was schlimmer ist«, sagte Nevika. Ihre Augen waren ganz gerötet. »Das Wichtelzeug oder diese stinkende Milch.«

»Ich hoffe, dass sie wirkt«, sagte Rose. »Kann Lucy uns riechen?«

Nevika zuckte mit den Schultern. »Sie liegt immer noch unter der Decke. Da ist sie wohl geschützt.«

»Ist wahrscheinlich auch das Beste! Dann bis nachher!«

Rose schloss die Badezimmertür hinter sich und warf den Bademantel ab. Sie steckte eine Zehe in die weiße Flüssigkeit und stellte überrascht fest, dass sie eine angenehme Temperatur hatte. Etwas von der Milch schwappte über den Rand, als Rose hineinstieg. Zu ihrer Freude merkte sie, dass die beiden widersprüchlichen Gerüche sich sofort gegenseitig neutralisierten. Sie rieb sich mit einem Luffa-Handschuh ab, und die grünen Überreste der Sprühwolken lösten sich in der Löwenzahnmilch auf.

Schon bald hatte sich Rose alles abgewaschen. Nachdem sie sich noch kurz abgeduscht hatte, fühlte sie sich wie neu. Der Löwenzahnsud hatte einen blumigen Duft hinterlassen, ein bisschen wie die Lotion, die ihre Mutter für spezielle Anlässe verwendete. Nicht zum ersten Mal wünschte sich Rose ihre Mutter herbei. Nach allem, was passiert war, fühlte es sich so an, als sei sie schon Monate von Calamity Falls fort, nicht erst zwei Tage.

Sie zog einen frischen Bademantel an und tapste in ihr Zimmer zurück. Sie konnte das Planschen aus den anderen Badezimmern hören, wo sich die anderen Meisterbäcker sauberschrubbten. Sie war als Erste fertig geworden.

Noch war sie allein im Zimmer – Thierry hatte Zippo noch nicht zurückgebracht. Als sie sich das Haar trockengerubbelt hatte, berührte sie eine der Blüten auf ihrem Nachttisch mit den Fingern. Dort lag auch ihr schneckenförmiges Schweineohr, unversehrt. Trotz der ganzen Aufregung war kein Stück abgebrochen.

Nachdem sich die ganze Aufregung nun gelegt hatte, erinnerte sich Rose an die Stimme, die sie gehört hatte, ehe sie nach draußen gerufen wurden. Sie hatte so verzweifelt, so verwirrt geklungen – vielleicht ein Wichtel, der ein bisschen zu viel von dem, was Wichtel so tranken, zu sich genommen hatte?

Vielleicht. Oder vielleicht war es auch jemand anders gewesen.
Rose ließ ihr Handtuch fallen und hielt sich das Schweineohr ans Ohr.
Das entfernte Planschen der anderen Schüler veränderte sich – Meereswellen schienen an einen Strand zu schlagen. Aber inzwischen wusste sie, wie sie ihr Hörgerät ausrichten musste, und sie blendete das Geräusch aus. Plötzlich konnte sie Milos Bariton hören, der vor sich hinsang, und Marie-Claire, die seufzte und vor sich hin jammerte, während sie oben badete.
»Die beiden sind diejenigen, die gelogen haben. Sie! Nicht ich!«
Rose zog scharf die Luft ein.
Dieselbe Stimme wie zuvor. Deutlicher jetzt. Weiblich. Und eindeutig niemand von den krächzenden Wichteln.
»Sie wollen Rezepte? Ha! Versucht mal dieses. Probiert es aus!«
Roses Haut begann zu prickeln. Ohne sich darum zu kümmern, dass sie nur einen Bademantel anhatte, schlüpfte sie hinaus in den Korridor und folgte der Stimme.
Der erste Stock war leer, genauso die Treppe und die Eingangshalle. Die Beleuchtung war gedimmt worden.

Rose konnte zwar die Stimmen der Küchenangestellten hören, die das Abendessen vorbereiteten, aber es war keiner zu sehen.

Die Stimme machte jedoch weiter. »*Hier schreibe ich es hin. Das ist der Platz heute. Das werden sie sehen. Das werden sie machen.*«

Rose schlich durch die Halle. Die Dielen knarrten unter ihren nackten Füßen. Sie spähte in den Bogendurchgang, der zum Speisesaal führte.

Eine schemenhafte Gestalt war hinter dem langen Tisch, kauerte dicht am Boden. Rose konnte etwas kratzen hören, wie eine Ratte, die über Holzdielen trippelte.

Leise schlich sie um den Tisch, um besser sehen zu können. Die Stimme war jetzt lauter und kam eindeutig von der Gestalt, die vor der Wand kauerte.

»*Sie haben mich angelogen, und* ich *muss jetzt leiden. Kann das fair sein? Nennt man das Gerechtigkeit?!*«

Die Gestalt war verschwommen und grau und durchsichtig – ein Gespenst wie Nina und Julian. Rose konnte ungenau das Profil einer hübschen jungen Frau mit hellen Haaren und vollen Lippen erkennen. Sie hatte Ringe unter den Augen, und ihre Haare lagen wirr über der Stirn.

Rose erkannte sie wieder: Es war die Erscheinung, die

sie hinter der Geheimtür oben gesehen hatte. Und die, die sie aus Hans' Handspiegel kannte:
Evangeline.
Die Erscheinung kratzte verzweifelt in die Fußleiste, dunkle Schrift wurde sichtbar. Sie schrieb ein neues Rezept auf das Holz. Ihre durchsichtigen Fingerspitzen waren vom Kohlestift geschwärzt.
Rose blieb wie erstarrt stehen, sie wusste nicht, was sie tun sollte. Sie hatte keine Ahnung, was Evangeline gemacht hatte, nachdem sie Ninas Gestalt angenommen und Julian irgendeinen Verrat vorgeworfen hatte. Aber was Evangeline auch getan hatte, es hatte sie verschwinden und jahrzehntelang in der Schule herumspuken lassen – bis zu diesem Tag.
Ein panikartiger Schrei hallte von Ferne durch das Schweineohr. Erschrocken ließ Rose es fallen. Auf dem harten Boden ging es in Stücke und zerbarst.
Evangeline hatte den Schrei auch gehört, fuhr hoch und erschrak, als sie Rose sah. Die geisterhafte Frau fauchte und stieß ein Knurren aus. Dann verschwand sie und ließ ein halbfertiges Rezept zurück.
Aber Rose hatte keine Zeit, sich jetzt um Geister zu kümmern.
Sie hatte den Schrei erkannt.
Nevika.

Ohne weiter an die Geisterfrau und das zerbrochene Schweineohr zu denken, rannte sie aus dem Speisesaal und die Treppe hinauf in den ersten Stock. Die Tür zu Nevikas Zimmer stand offen, das Licht war an.

Rose stürzte hinein. »Was ist passiert? Alles in Ordnung?«

Nevika saß auf ihrem Bett und hielt ihren Bademantel vor der Brust umklammert. Mit aufgerissenen Augen deutete sie auf Lucys Bett. »*Schau mal*«, sagte sie zitternd.

Mit pochendem Herzen drehte sich Rose um.

Lucy lag immer noch unter der Decke, die sie bis zum Kinn hochgezogen hatte. Aber die Wölbung ihres Körpers unter der Decke war nicht größer als die eines Babys. Was von ihrem Kopf zu sehen war, hatte die Größe eines Puppenkopfes. Ihre verängstigten Augen waren unnatürlich groß und fremdartig.

Der *Welkende Veilchenbiskuit* hatte nicht nur Lucys dunkles, verwandeltes Ich welken und somit schrumpfen lassen, sondern Lucy *selbst* ebenfalls!

Kapitel 12
Der Pudding bringt es an den Tag

»Lucy!« rief Rose. »Du armes kleines Ding!«

»Spar dir deinen merkwürdigen amerikanischen Humor!« Die puppenhaft kleine Gestalt zitterte unter der Decke, und Schweißperlen standen ihr auf der Stirn. »Das ist nicht witzig, Rosmarin Glyck!«

»Es sollte kein Witz sein«, sagte Rose. »Ehrlich.«

»Dann war es aber keine gute Wortwahl«, beklagte sich Lucy. Ihre Stimme war hoch und piepsig. »Oje, mir geht es nicht besonders gut.«

»Mir auch nicht«, ertönte eine leise Stimme – Rupert, der Igel. Lucys Vertrauter kauerte sich am Fußende auf die Decke. Er war auch geschrumpft und war nicht größer als ein Schokoladenkeks.

»Als ob wir sie zu lange im Wäschetrockner gelassen hätten«, flüsterte Nevika.
»Ich kann dich hören«, sagte Lucy und verdrehte ihre abartig großen Augen. »Auch nicht witzig.«
Rose tupfte Lucys Stirn mit dem Ärmel ihres Bademantels ab. »Mach dir keine Sorgen! Das können wir ganz schnell wieder beheben.« Zu Nevika sagte sie: »Wir müssen nur *dieses* Rezept umkehren, so wie das Chilirezept.«
»Dafür haben wir ja auch kaum einen Gegenzauber gefunden«, hielt ihr Nevika entgegen. »Wie sollen wir einen Gegenzauber zu diesem Gegenzauber finden, ehe Lucy so winzig wird, dass wir sie nicht mehr sehen können?«
Lucy schluchzte auf und zog sich die Decke übers Gesicht. »Ich bin so klein, dass ich auf dem Rummel nicht mal in ein Karussell steigen könnte.«
»Das sollte jetzt erst mal nicht deine größte Sorge sein«, sagte Rose.
»Nicht meine *größte* Sorge«, brüllte Lucy, »aber immerhin eine Sorge! Helft mir, ehe ich zu einem Nichts werde! Zu einem Stäubchen!«
Schnell antwortete Nevika: »Das wird nicht passieren!«
»Ich habe Bauchweh!«, jammerte Rupert.

»Wir müssen es jemandem erzählen«, beschloss Rose. »Professorin Macaron.«

»Wir werden mit Sicherheit rausgeschmissen.« Nevika biss sich auf die Lippe und blickte hinunter auf das puppenhafte Wesen unter der Decke. »Aber es gibt Schlimmeres, als rausgeschmissen zu werden.«

»Nein!«, quiekte Lucy und schlug die Bettdecke zurück. »Nach allem, was ich durchgemacht habe, gehe ich hier nicht ohne den Ausbildungsplatz fort! Ihr müsst einen anderen Ausweg finden.«

So, wie die letzten drei Tage abgelaufen waren, konnte Rose sich ohnehin nicht vorstellen, dass Lucy einen Ausbildungsplatz bei einem Großmeister erringen würde. Zumindest nicht in dem diesjährigen Wettbewerb. Aber zum Glück wurde die Tür aufgestoßen, ehe sie das sagen konnte.

Marie-Claire kam herein. Sie trug wieder ihre rosa Klamotten, und ihr blondiertes Haar war perfekt frisiert. Beim Anblick von Lucy grinste sie höhnisch.

»Ah, *oui*, das Kuchenmädchen ist geschrumpft!« Sie klatschte in die Hände. »Wieder ein guter Streich von euch.«

Nevika machte einen Schritt und versperrte Marie-Claire den Blick. »Verschwinde«, sagte sie. »Das hier geht dich nichts an.«

Marie-Claire seufzte. »Das bekomme ich als Dank für meine Freundlichkeit. Ich bin hier, um euch zu informieren, dass wir in die Küche kommen sollen, um unsere Aufgabe zu vollenden.«

Mit ihrer piepsigen Stimme rief Lucy: »Ihr müsst die Aufgabe zu Ende bringen, sonst merken die Lehrer, dass etwas nicht stimmt!«

»Aber –«, sagte Rose.

»Bitte!«, flehte Lucy.

»Die Lehrer werden sowieso dahinterkommen«, sagte Nevika mit einem Blick auf Marie-Claire.

Marie-Claires Hand griff sich an die Brust. »*Moi*? Ich kann ein Geheimnis bewahren. Ich liebe Intrigen und Verschleierungen. Wie ein Spion oder Doppelagent. Übrigens, wenn ich euch diesen Gefallen tue, dann habe ich etwas gut bei euch.«

Die Bemerkung gefiel Rose zwar nicht, aber sie konnte keinen anderen Ausweg sehen. »In Ordnung«, sagte sie. »Wir gehen hinunter und machen unseren Pudding und überlegen uns dabei einen Gegenzauber. Aber die Vorstellung, dich hier allein zu lassen, gefällt mir nicht, Lucy.«

Lucy antwortete, was Rose jedoch nicht hören konnte, denn jemand anders flüsterte ihr direkt ins Ohr: »Was ist denn mit eurer Freundin passiert?«

Rose sah sich um und entdeckte zwei geisterhafte Gestalten, die auf Nevikas Bett saßen.
Nina und Julian.
»Ihr habt mich erschreckt«, sagte Rose.
»Ich?«, fragte Lucy.
»Ich glaube, sie redet mit mir«, sagte Marie-Claire und wedelte mit der Hand. »Ich bin hier drüben, Rosmarin Glyck!«
Doch Rose ging nicht auf die anderen Mädchen ein. »Ich bin so froh, euch zu sehen!«, sagte sie zu dem schimmernden grauen Gespenstern. »Wir brauchen dringend eure Hilfe.«
»Wir haben dir bereits geholfen«, sagte Julian brummig.
»Ja, aber ich brauche eure Unterstützung ein weiteres Mal«, sagte Rose.
»Du hast gesagt, du würdest unsere Geschichte erzählen«, warf ihr Nina vor. »Aber die Geschichte ist immer noch nicht enthüllt.«
»Was sehr enttäuschend ist«, fügte Julian hinzu.
»Ich arbeite daran, versprochen!« Rose verschränkte die Hände. »Aber erst mal benötigen wir ein neues Rezept, eines, das die Auswirkungen des Kuchens rückgängig machen kann, den ich gestern Abend gebacken habe. Wisst ihr von so einem Rezept?«

Nina und Julian wechselten Blicke.
»Sie ist verrückt geworden«, sagte Marie-Claire zu Nevika. »Mit wem redest du da, Rose?«
»Pscht!«, zischte Nevika. »Es sind Gespenster. Nur Rose kann sie sehen.«
»Aha. Warum habt ihr das nicht gleich gesagt?«, sagte Marie-Claire, als ob es das Natürlichste der Welt war, wenn jemand mit Gespenstern sprach.
»Bitte«, sagte Rose. »Sobald Lucy wieder normal ist, kann ich durchatmen und mich damit beschäftigen, euch zu helfen. Aber vorher brauche ich selbst etwas Hilfe.«
»Wir suchen die Wände ab nach einem Rezept, mit dem man …«
»… das Verwelken und Schrumpfen rückgängig machen kann«, beendete Julian ihren Satz.
»Es wird uns eine Ehre sein, dir nochmals zu helfen«, sagte Nina und legte die Hand auf ihre durchsichtige Brust, »damit *du* uns dann endlich helfen kannst.«
»Danke«, sagte Rose.
Ohne den Blick von ihr zu wenden, schwebten die Gespenster rückwärts und verschwanden durch die Wand.
»Sie sind jetzt fort«, erklärte Rose den anderen. »Sie suchen nach einem Gegenmittel für Lucys, äh, *Unpäss-*

lichkeit, während wir inzwischen unsere Arbeit unten zu Ende führen. Damit gewinnen wir etwas Zeit.«

»Ach, dem Himmel sei Dank«, sagte Lucy. »Aber beeilt euch. Und bitte keine Scherze mehr.«

»Wir machen schnell«, versprach Rose.

»Komm«, sagte Nevika und stieß sie an. »Wir müssen los.«

»Keine Sorge, *ma petite amie minuscule*«, sagte Marie-Claire und warf Lucy eine Kusshand zu, dann verließen die drei Mädchen das Zimmer. Während Marie-Claire die Tür hinter sich zuzog, konnten sie noch hören, wie Lucy sagte: »Ich kann Französisch, Marie-Claire! Das war nicht witzig –«

»Von nun an halte ich mich an euch zwei«, sagte Marie-Claire zu Rose und Nevika. »Euer Gerede und eure Kleider sind zwar langweilig, aber eure Streiche sind –« Sie küsste ihre Fingerspitzen wie ein Chefkoch, der seine Freude über eine gelungene Speise ausdrückte. »*Merveilleux!*«

Unten in der Küche hatten sich die Jungen sowie Hans und Thierry bereits eingefunden, samt allen Vertrauten, die auf den Arbeitstischen saßen, wohin sie vor den stinkenden Sprühwolken der Wichtel in Sicherheit gebracht worden waren.

Alle sahen nach ihrem Löwenzahnbad sauber und erfrischt aus.
Oder *fast* alle.
»Was ist denn mit *ihm* passiert?«, fragte Marie-Claire mit ausgestrecktem Finger.
Milo sah eher wie eine zu dick gepresste Wurst aus, nicht so ansehnlich wie sonst. Seine Gliedmaßen waren wie aufgeblasen und seine Wangen dick wie die eines Hamsters. Rose konnte kaum das Weiß seiner Augen sehen, so geschwollen waren seine Lider.
»Eine bedauerliche allergische Reaktion«, erklärte Thierry, der vor der Klasse stand. »Entweder auf das Spray der Wichtel oder auf das Löwenzahnbad. Da sind wir nicht ganz sicher.«
»Und dennoch hat Milo beschlossen weiterzukämpfen!« Hans ballte die Hände zu Fäusten. »Guter Junge!«
Milo ließ ein ersticktes, trauriges *Juhu* hören.
Gustavo tätschelte seinem Freund den Rücken. »Keine Sorge, ich helfe dir bei der Feinarbeit. Meine Finger sind noch ganz normal.« Er spielte demonstrativ mit seinen Fingern.
»Ist das erlaubt?«, fragte Cixan. »Jeder sollte nur seine Arbeit tun.«
Cixans Gecko zischte: »Cixan gibt *immer* sein Bestes und immer ganz allein!«

Marie-Claire schnaubte abfällig. »Cixan«, sagte sie, »sag deinem Gecko, er soll das Maul halten.«
»Wir berücksichtigen alle Faktoren eurer Arbeit«, sagte Thierry. »Nun an die Plätze, ja?« Während die Mädchen ihren Tischen zustrebte, fügte er hinzu: »Oh, ist Lucy immer noch unwohl?«
»Sie hat gesagt, wir sollen schon mal ohne sie anfangen«, sagte Rose mit einem Achselzucken, als wolle sie sagen: *das dumme Ding!*
Thierry zog eine Augenbraue hoch. »Hat sie etwas Wichtigeres vor?«
»Sie, äh –«, sagte Rose und suchte nach einer Lüge.
»Führt Rupert spazieren!«, sagte Nevika, dann zog sie eine Grimasse.
Hans lachte. »Sie führt ihren Vertrauten spazieren? Mitten in der Nacht?«
»Als ob du das noch nie gemacht hättest!«, trällerte Thierry, dann wandte er sich wieder den Schülern zu. »Also fangen wir wohl mal ohne Lucy an. Ich gehe davon aus, dass ihr alle eure hart erkämpften Blüten dabeihabt?«
Die Schüler nickten. Rose hatte sogar zwei – sie hatte die Blüte, die sie für Lucy gestohlen hatte, mit nach unten gebracht.
»Ausgezeichnet!«, sagte Hans. »Dann kommen wir nun

endlich zu unserer abschließenden Aufgabe für den heutigen Tag. Tief in jeder Blüte findet ihr eine Kapsel, die mit Samen gefüllt ist. Mit diesen Samen sollt ihr den *Floreszenz-Pudding* machen.«

»Wir sind sicher, dass ihr alle schon mal einen einfachen Pudding gemacht habt.« Thierry sah an seiner langen Nase entlang auf die Kinder hinunter. »Macht irgendeinen Pudding nach eurer Vorstellung und denkt dran, dass *dieser* Pudding besonders sein wird – dank dieser einen besonderen Zutat.«

»Und wenn eure Puddinge dann fertig sind«, sagte Hans, »werden wir sie einem Test unterziehen.«

»Was für ein Test soll das –«, wollte Nevika fragen.

Doch ehe sie enden konnte, zerbarsten Hans und Thierry in Tausende bunter Liebesperlen. Die kleinen Bonbons regneten mit leisem Prasseln zu Boden.

Nevika seufzte. »Betrifft das nur mich oder habt ihr anderen dieses angeberische Schauspiel auch satt?«

Nevika, Marie-Claire und Cixan rannten in die Speisekammern, während sich Gustavo und Emil zu dem armen Milo gesellten. Der große Junge sah bedrückt zu, wie ihm seine kleineren Freunde bei der schwierigen Aufgabe halfen, die Samen aus den Kapseln der Banyanbaumblüten zu puhlen.

»Zweierlei, Schätzchen«, sagte Zippo zu Rose. »Erstens,

warum führst du mich nie spazieren, wie Lucy es mit Rupert macht? Hast du Angst, dass ich so schnell laufe und dich auf einmal hinter mir herziehe?«

»Na klar«, sagte Rose und bückte sich, um eine Rührschüssel unter ihrer Arbeitsplatte hervorzuziehen. »So könnte man sagen.«

»Zweitens«, fuhr Zippo fort und spähte mit seinem kleinen goldbraunen Kopf über die Fläche. »Wie sieht deine Strategie aus?«

Rose hatte die zierliche Kapsel, die unten in ihrer Blüte saß, bereits aufgeschlitzt. Die Samen darin waren kleine schwarze Körner, die sie an Wildreis erinnerten.

Was sie wiederum an Nellas Lieblingsnachtisch erinnerte.

»Wir machen Reispudding«, sagte Rose und setzte einen Topf Wasser auf den Herd. »Und eine doppelte Portion, wegen Lucy.«

»Ah, Mist«, sagte Zippo und sein Kuchengesicht furchte sich nachdenklich. »Liege ich richtig, dass sie Rupert nicht wirklich spazieren führt?«

»Das bleibt unter uns.«

Rose verkroch sich in die Arbeit und bemühte sich nach Kräften, die zur Puppe geschrumpfte Lucy und die wild dreinblickende Evangeline aus dem Kopf zu bekommen. Sie schüttete Reis in das siedende Wasser und rührte

Milch, Zucker und eine Prise Salz hinein. Sonst gab sie meistens noch etwas Vanillezucker dazu, doch jetzt beschloss sie, sich für zusätzlichen Geschmack auf die Banyansamen zu verlassen.

Überall in der Küche wurden ähnliche Machwerke zubereitet. Von Nevikas Arbeitsplatz kam der leicht bittere Duft von dunkler Schokolade; von Emil der zuckrig-süße Duft von Buttertoffee. Milo, der mühsam einen Holzlöffel in der geschwollenen Faust hielt, rührte gewissenhaft seine Puddingmasse. »Uff«, murmelte er ständig, »uff, uff.«

Schließlich war es für Rose an der Zeit, ihre Banyanblütensamen einzurühren. »Dann mal los«, flüsterte sie Zippo zu.

Die kleine Schildkröte versteckte sich hinter der Rührschüssel. »Ich bin bereit.«

Rose streute die Samen über die Oberfläche der köchelnden, blubbernden Reismasse. Sie landeten sanft wie Regentropfen in einer Pfütze, dann sanken sie langsam ein.

Sofort sprossen unzählige grüne Schösslinge aus der Oberfläche des Puddings.

»Oh!«, stieß Rose hervor, verblüfft darüber, dass sich auf ihrem Pudding plötzlich ein kleiner Wald gebildet hatte. »Nevika, hat dein Pudding auch gerade –?«

»Jep«, sagte Nevika, ohne den Blick von ihrem Schokoladenpudding zu nehmen.

Als habe jemand mit Zeitraffer die ersten Frühlingstriebe aufgenommen, wuchsen die Sprösslinge empor. Dann wurden sie von schmalen Stielen zu langen, dicken Ranken.

Im ganzen Raum stießen die anderen Kinder ebenfalls Schreie aus und fuhren zurück, denn Triebe wie kräftige Schlangen wanden sich aus ihren Kochgefäßen.

Roses Ranken waren die kräftigsten von allen. Wie die Beine einer riesigen grünen Tarantel tasteten sie auf der Herdplatte nach Halt. Dann hievten sie sich hoch. Mit einem hörbaren Schmatzen zogen ihre Wurzeln die Puddingmasse mit sich. Die Ranken umwickelten den Pudding so dicht, dass das Ergebnis fast wie ein grüner Kürbis aussah.

Roses Rankenkürbis kullerte auf die Arbeitsfläche und kam auf sie zu, dann rollte er sanft aus.

»Haben die Samen etwa gerade meinen Pudding verschlungen?«, fragte Emil, der sich halb unter die Arbeitsplatte duckte. »Ich habe ihn nicht mal probieren können!«

Die Antwort war ein schillerndes Vibrieren der Luft, gefolgt von einem Schauer sternförmiger Tropfen und dem darauffolgenden Erscheinen von Thierry und Hans in der Küche.

»Glückwünsche, Meisterbäcker! Eure Puddinge sind vollendet«, sagte Thierry mit einem Lächeln, bei dem er seine Zähne zeigte. »Ich freue mich, dass dieser erste Schritt so gut geklappt hat.« Er warf einen Blick auf Roses übergroßen Rankenkürbis. »Bei einigen besser als bei anderen.« Bewusst blickte er *nicht* zu Milo, dessen Pudding eher wie eine große Tomate aussah.

»Was kommt jetzt?«, fragte Gustavo eifrig.

»Jetzt kommt der Test!« Hans rieb sich die Hände. »Ich hoffe, eure Vertrauten haben Hunger!«

»Wir sollen diese lästigen Dinger füttern?«, fragte Marie-Claire und sah Reynard an. »Ich habe dieses Backenhörnchen bisher noch keinmal gefüttert. Trotzdem lebt es noch.«

»Äh, ich bin ein *Gleithörnchen, ma chère*«, sagte Reynard. »Wie ich schon des Öfteren erwähnte.«

»Eichhörnchen, Backenhörnchen, sind doch alles nur Nager«, sagte Marie-Claire verächtlich.

An Nevikas Tisch betastete Kit ihren Schokoladenmund. »Kann ich den überhaupt aufmachen?«

»Keine Sorge«, sagte Hans und trat an Roses Arbeitsplatz, »sie sind alle in der Lage, die Desserts zu essen. Lasst es uns an Roses äußerst voluminösem Pudding testen, ja?« Mit dem Rücken zu den übrigen Kindern flüsterte er Rose zu: »Und woher hast du das Rezept für solch ein riesiges Ergebnis?«

»Es stammt ganz allein von mir, Sir«, sagte Rose, die merkte, dass er sie verdächtigte, eines der Wandrezepte verwendet zu haben.

Hans sah sie skeptisch an, dann zog er ein großes Tranchiermesser hervor und wandte sich wieder der Klasse zu. Er nahm Roses Puddingball und setzte das Messer an. Mit Mühe gelang es ihm, die dicke Hülle aus Ranken zu durchschneiden, als würde er eine Wassermelone zerteilen. Denn die Ranken hatten doch tatsächlich eine Rinde um den Pudding gebildet, der fest geworden war und außerdem ganz leicht glühte.

Hans stellte eine dicke Scheibe vor Zippo. »Schlag zu, meine kleine Schildkröte.«

»Melionen Dank!«, versuchte Zippo einen misslungenen Scherz. »Meine erste Mahlzeit!«

Das Schokoladen-O von Zippos Mund ging weit auf und er grub den knotigen Kopf in den Pudding. Auch wenn sich sein kleines Maul nicht wirklich öffnen konnte, gelang es ihm doch irgendwie, einen winzigen Bissen zu nehmen.

Zippo schluckte und seine Augen wurden von Punkten zu hypnotischen Spiralen. »Wow, wow, wowieee!«, rief er. »Der schmeckt köstlich. Ich will ihn ganz aufessen! Ich will alles essen! Ich – WAOOO!!«

Mit einem Schlag wurden Zippos Hinterbeine viermal so groß wie zuvor, so dass er mit dem vorderen Teil seines Körpers schubkarrenartig über die Tischfläche glitt. Sofort geschah dasselbe mit seinem Panzer, der sich von Croissantgröße zu der eines Fußballs aufblähte. Mit einem Knall schoss sein Kopf hervor wie ein Maiskorn, das zu Popcorn gemacht wurde.

Zippos plötzliches Wachsen schubste Roses Geräte und Schüsseln von der Arbeitsfläche. Rose sprang aus dem Weg, die anderen Kinder, die herbeigekommen waren, um zuzusehen, ebenfalls.

Mit großen Augen musterte Zippo seine plötzlich angeschwollenen Vorderbeine. »Ich bin ja so *groß*. Jetzt kann ich *noch* schneller gehen!«

»Unglaublich!«, pflichtete ihm Thierry bei. »Rose, dein Rezept hat Zippo von einem Badewannenspielzeug in eine lebensgroße argentinische Landschildkröte verwandelt!«

Alle Schüler bis auf Cixan klatschten Beifall. Sogar Marie-Claire applaudierte ein paarmal anerkennend, während Zippo die Muskeln anspannte und seinen angeschwollenen und inzwischen viel schöner gemusterten Panzer vorführte.

»Ich hole Professorin Macaron«, sagte Hans. »Sie möchte sicher dabei sein und die Ergebnisse beobachten!«
Während die Kinder an ihre Arbeitsplätze zurückgingen, um jetzt ihre umhüllten Puddinge aufzuschneiden, kam Nevika heimlich näher. »Hast du vielleicht die Gespenster gesehen?«, flüsterte sie. »Sie brauchen ja echt lange, um den Gegenzauber zu finden.«
Rose schüttelte den Kopf. »Noch nicht.«
Nevika packte den Rest der Reispuddingscheibe, die Zippo angebissen hatte.
»He!«, beklagte sich Zippo. »Das ist mein Rest!«
»Nevika braucht ihn wahrscheinlich«, sagte Kit leise von Nevikas Schulter. »Stimmt's?«
Nevika sah Rose an. »Wenn dein Pudding Zippo hat wachsen lassen, vielleicht macht er dann auch Lucy größer?«
Rose biss sich auf die Lippe und musterte den sanft glühenden Pudding. »Möglicherweise. Allerdings ist er kein echter Gegenzauber.«
»Aber zumindest verhindert er, dass sie klein wie ein Atom wird«, sagte Nevika zuversichtlich. »Bin gleich wieder zurück.«
Ehe Rose etwas einwenden konnte, war Nevika davongerannt.
Im ganzen Raum fanden Verwandlungen statt. Milos

Äffchen wurde so groß wie ein Kleinkind. Es hockte auf dem Arbeitsplatz des italienischen Jungen und strich sich über die Karamellfäden, die seinen federweichen Bart bildeten. Drüben an Emils Arbeitsplatz hatte der Oktopus Stella jetzt die Größe eines Basketballs. Sie und Emil vollführten ein ausgeklügeltes Hände-Abklatschen, und Emils Hände klatschten mit kleinen Schmatzern auf ihre Saugnäpfe. Stella schien zu gewinnen.

Marie-Claire stritt sich mit Reynard. Das Gleithörnchen war nur wenig größer geworden, Cixan hingegen sah ganz geknickt aus.

»Du bist ja fast gar nicht gewachsen«, sagte er zu seiner Eidechse. »Du bist und bleibst eben nur ein Gecko. Ich hatte heimlich auf einen Drachen gehofft.«

Die Zunge des Geckos flitzte hervor. »Für mich ist deine Enttäuschung *enttäuschend.*«

Kurz darauf kam Hans mit Professorin Macaron zurück. Die silberhaarige Frau hatte noch immer ihre riesige rote Sonnenbrille auf, trug aber wieder ihren üblichen schwarzen Talar.

»Dann lasst mal sehen, was ihr mit all eurer harten Arbeit zustande gebracht habt!«, sagte sie. Als sie Zippo sah, rieb sie sich unter den Gläsern die Augen. »Rose! Da hat Hans ja wirklich nicht übertrieben. Was für eine perfekt proportionierte Schildkröte! Gut gemacht.«

»Ich bin ein echter Hingucker, was?«, sagte Zippo grinsend.
»Danke«, sagte Rose und blickte ängstlich zu dem offenen Durchgang.
Die Lehrmeister streiften durch die Küche, zogen Maßbänder und Vergrößerungsgläser hervor und untersuchten die Ergebnisse. Sie waren mit den Projekten der Schüler offenbar zufrieden, und die Schüler waren glücklich über ihre Bewertungen, sogar – so vermutete Rose – Milo, dessen Gesicht so aufgedunsen war, dass man seine Mimik bei bestem Willen nicht deuten konnte.
»Gustavo«, sagte Professorin Macaron und trat an den Arbeitsplatz des kleineren Jungen. »Wo ist denn Gorda abgeblieben?«
Verlegen deutete der Junge nach oben.
Das Kuchenfaultier hing mit gestreckten Beinen von der Decke herunter – es war inzwischen über zwei Meter lang.
»Vielleicht habe ich ein wenig zu viel Gewürz zugegeben«, sagte Gustavo.
»Gorda, komm bitte herunter«, sagte Professorin Macaron.
Das riesige Faultier ließ sich auf den Boden fallen. Es grinste benommen und sagte: »Entschuldigung.«

»Musst dich nicht entschuldigen«, sagte Hans. »Meine Güte, bist du groß.«
Thierry verschränkte die Hände auf dem Rücken und sah sich in der Küche um. »Es fehlen uns ja inzwischen *zwei* Schüler. Ist Nevika jetzt auch mit ihrer Füchsin spazieren gegangen?«
»Ich bin hier!«, ertönte Nevikas Stimme. Sie trat durch den Durchgang und hatte Kit auf dem Arm, die jetzt eine ausgewachsene Füchsin war.
Und hinter ihr kam Lucy, noch verschwitzt und blass, aber ansonsten zu hundert Prozent normal groß. Lucy hatte ebenfalls ihren Vertrauten dabei. Rupert war zu einem ansehnlich runden Igel geworden. Rose war freudig überrascht – und sehr erleichtert. Lucy sah ganz nach der alten Lucy aus, und nun würde sich Rose darauf konzentrieren können, Nina und Julian zu helfen *und* einen Ausbildungsplatz zu gewinnen. Sie hielt Nevika den erhobenen Daumen hin und sagte stumm mit Lippenbewegung: *Gut gemacht!*
»Entschuldigung, dass wir spät dran sind«, sagte Nevika und lächelte Rose zu. »Rupert konnte nicht genug kriegen vom Spazierengehen.«
»Ich liebe es, ich liebe es!«, quiekte Rupert. Seine Matrosenmütze saß jetzt lächerlich winzig auf seinem stacheligen Kopf.

»Und mit mir war nichts Fragwürdiges los«, sagte Lucy. »Gar nichts.«

»Ein furioser Erfolg!«, sagte Professorin Macaron, während Nevika und Lucy an ihre Arbeitsplätze gingen. »Das war der erfolgreichste Tag bisher. Abgesehen von Milos bedauerlicher Allergie ist alles genau nach Plan verlaufen.«

Thierry und Hans griffen hinter sich und holten aus dem Nichts silberne Tabletts. Auf jedem Tablett lagen kleine quadratische Törtchen, einige davon mit Schokoladenglasur, andere mit leuchtend rosafarbenem Zuckerguss.

Die beiden Männer gingen durch den Raum und legten die mundgerechten Bissen vor die Vertrauten. »Bitte esst diese Appetithäppchen«, wies Thierry die Vertrauten an. »Dann bekommt ihr wieder eure normale Größe.«

»Ach, müssen wir?«, jammerte Zippo. Er drehte sich auf seine breite Seite und lehnte seinen kartoffelgroßen Kopf an eins seiner dicken Vorderbeine. »So sehe ich doch so gut aus!«

»*Ich* werde gerne wieder klein«, sagte Kit und sprang aus Nevikas Arm auf die Arbeitsfläche. »Ich kuschle mich so gern in Nevikas Haar.«

»Tja, es ist ein sehr langer Tag gewesen«, sagte Professorin Macaron, »und die Ergebnisse sind so dicht beieinander, dass es einige Zeit dauern wird, euer heutiges Abschneiden zu beurteilen. Morgen früh werden wir euch eure letzte Aufgabe stellen. Ihr habt den ganzen Tag, um es herzustellen. Ruht euch gut aus!«

Nachdem alle Vertrauten zu ihrer normalen Spielzeuggröße zurückgekehrt waren, begaben sich die Schüler nach oben. Emil und Gustavo führten Milo hinauf, dessen Augen noch zu sehr zugeschwollen waren, als dass er richtig sehen konnte.

Im ersten Stock angekommen, kippte Lucy fast um, konnte sich aber noch am Geländer halten.

»Fühlst du dich nicht ganz wohl?«, fragte Rose und legte sich einen Arm von Lucy über die Schulter.

Nevika trat an Lucys andere Seite. »Brauchst du etwas? Oder bist du nur über etwas gestolpert? Sag mir mal Folgendes nach: Ich – muss – meine – Brille – aufsetzen.«

Lucy winkte abwehrend. »Ich bin nicht gestolpert. Ich bin … ganz schrecklich müde.« Sie zuckte zusammen. »Und wahnsinnig erleichtert, dass alles vorbei ist und ich wieder die Alte bin. Ich brauche nur mein Bett.«

Lucy ging den Korridor entlang und verschwand in dem Zimmer, das sie mit Nevika teilte.

»Und was ist nun mit deinen Gespenstern?«, fragte Marie-Claire und trabte neben Rose und Nevika her, die auf Roses Zimmer zusteuerten. »Ich hatte schon erwartet, dass sie auftauchen würden, als wir die Puddinge gemacht haben, aber nichts dergleichen!«

»Ich habe sie nicht gesehen, und das beunruhigt mich«, sagte Rose, während Nevika die Tür aufstieß. »Ich befürchte, dass sie Ärger bekommen haben.«

»Ärger?«, wiederholte eine vertraute Stimme. Im Zimmer lehnte eine schick gekleidete schwarzhaarige Frau am Kaffeetisch. »Ärger ist doch quasi mein zweiter Vorname.« Sie runzelte die Stirn, als würde sie nachdenken. »Nein, halt – mein zweiter Vorname ist ja Patricia. Ach, egal.«

»Tante Lily?«, rief Rose aus. Und dann warf sie sich in die Arme ihrer Tante und drückte sie ganz fest. »Ich bin so froh, dich zu sehen!« Rose trat zurück. »Aber warum bist du *hier*?«

Kapitel 13
Golem to go

»Wer ist diese seltsame Amerikanerin, die nichtsdestoweniger *très chic* ist?«, wollte Marie-Claire wissen. »Und wie ist sie in mein Zimmer gekommen?«

Rose selbst war viel zu überwältigt und glücklich, um ihrer Mitbewohnerin zu antworten.

Was für eine Erleichterung, Hilfe bekommen zu haben, vor allem von einer Person, die sie so liebte und der sie so vertraute wie Tante Lily.

Allerdings hatte Tante Lily ja bei ihrem letzten Gespräch verlangt, dass Rose *abreisen* sollte – was bedeutete, dass sie ihre neuen Freunde verlassen müsste, Lucy und die Gespenster ihrem Schicksal überließe und den Ausbildungsplatz in den Wind schreiben könnte.

»In dein Zimmer *und* in das von Rose«, sagte Nevika zu Marie-Claire und verdrehte die Augen. »Und du hast es doch gehört: Sie ist ihre Tante Lily.«
Obwohl Tante Lily ein gewinnendes Filmstarlächeln zur Schau trug, konnte sie die Sorge in ihrem Blick nicht verbergen. »Rose, ich –«
»Ich fahre nicht zurück mit dir!«, rief Rose und löste sich aus der Umarmung ihrer Tante.
»Was ist los?«, fragte Zippo alarmiert von Roses Schulter. »Wir fahren irgendwo hin?«
»Morgen sind die Abschlussprüfungen«, maunzte Kit, die irgendwo in Nevikas Haar saß.
»Rose hat außerdem bisher sehr gut abgeschnitten!«, sagte Reynard, der behände auf Marie-Claires Schulter balancierte. Das französische Mädchen versuchte, ihn sanft abzuschütteln. »Wie du auch, *ma chère.*«
»Ich erwarte gar nicht von dir, dass du abreist, Rose«, sagte Tante Lily besorgt. »Aber ich werde auch nicht zusehen, wie du dir selbst schadest. Ich habe einen Nachtflug genommen, nachdem wir unser Telefonat beendet hatten, um hierherzukommen. Jetzt setzt euch mal und hört mir zu.« Sie deutete auf Roses Bett. Gehorsam hockten sich Nevika und Rose auf die Bettkante.
»Sie haben einen Zwölf-Stunden-Flug hinter sich«,

sagte Marie-Claire und machte große Augen, »und sehen trotzdem noch so aus? Ich will einen Ausbildungsplatz bei *Ihnen*. Das müssen wir unbedingt hinkriegen.«

»Eins nach dem anderen«, sagte Tante Lily und ließ sich in den Stuhl am Tisch sinken. »Nachdem ich jetzt hier bin, konnte ich feststellen, wie tief ihr Mädchen in der Patsche steckt. Die Schrift an der Wand enthält nicht nur Rezepte. Ihr alle seid in großer Gefahr.«

»Wirklich?«, fragte Rose.

»Sie können die Rezepte lesen?«, fragte Nevika.

»Was für Rezepte?« Marie-Claire hob tadelnd den Finger. »Du hast geschummelt! Ich wusste doch, dass du nicht allein so gut sein könntest!«

Rose deutete mit der Hand auf die Wände um sie herum. »Fast jede Oberfläche in diesem Chalet – die Wände, die Böden, die Decken – sind bedeckt mit unsichtbarer Schrift. Mit Rezepten und … anderen Sachen. Aber wir haben wirklich nicht geschummelt. Ich schwöre es.«

»Entschuldige, wie heißt du? Bist du Lucy?«, fragte Tante Lily.

Marie-Claire ging fast an die Decke. »Igitt! Nein!«

»Das ist Marie-Claire«, sagte Rose. »Meine Mitbewohnerin.«

»Ich bin entzückt«, sagte Tante Lily. An Nevika gewandt, fuhr sie fort: »Ehe ich herkam, habe ich *Dunkelheits-Durchblick-Donuts* zubereitet, damit ich alles sehen kann, was Rose sieht.«

Nevika nickte. »Ein perfektes Rezept.« Dann fragte sie misstrauisch: »Aber halt mal, werden die Rezepte nicht nur durch *schwarze Magie* sichtbar?«

»Wie die schwarze Magie, die Nina und Julian und Evangeline in Gespenster verwandelt hat«, sagte Rose.

»Und wie die Schrift«, bestätigte Tante Lily. »Das sind keine typischen Rezepte aus einem Zauberbackbuch. Es sind böse Versionen ganz normaler Rezepte. Seht euch nur das Rezept für *Kichernde Kokoskekse* an, das in der Eingangshalle steht.«

Rose kannte *Kichernde Kokoskekse* – es war eines der ersten Rezepte, das ihr Polly beigebracht hatte. Das Rezept war eine todsichere Methode, um ein Kind oder sonst jemanden, dem es gerade nicht gut ging, fröhlich zu stimmen. Ein *Kichernder Kokoskeks* baute einen sofort wieder auf.

»Was stimmt nicht daran?«, fragte Rose. »Es ist ziemlich unmöglich, ein Kokoskeksrezept zu vermasseln.«

»Vielleicht ersetzt es Zucker durch Salz?«, meinte Nevika achselzuckend.

»Wenn's nur das wäre«, sagte Tante Lily. »Erstens steht

da, man soll saure Milch nehmen. Aber schlimmer als das: Man soll die Eier von Stymphalischen Vögeln verwenden.«

»Was sind denn das für Vögel?«

»Gefährliche Biester aus der griechischen Sage mit rasierklingenscharfen Federn. Herkules hat sie als eine seiner zwölf Aufgaben besiegt, aber ein paar haben an einem geheimen Ort in Gefangenschaft überlebt. Ihre Boshaftigkeit ist in ihren Eiern versteckt, die diesen Keksen die Zauberkraft verleihen.« Tante Lily schüttelte den Kopf. »Diese Art der Kokoskekse macht die Esser zwar hochgestimmt … aber nur auf Kosten anderer, die dafür leiden. Jedes Rezept, das ich hier gelesen habe, hat solche Eigenschaften«, fuhr Tante Lily fort. »Die meisten weisen nur eine *winzige* Änderung auf – jedoch gerade genug, um absolut gefährlich zu sein.«

Rose konnte den glutheißen Blick von Evangelines achtzigjähriger Wut über die Rezepte an den Wänden fast spüren. Während der vergangenen paar Tage war es Rose *fast* gelungen, die Rezepte zu vergessen und die Schrift nur als skurriles Tapetenmuster anzusehen. Doch auf einmal hatte sie das Gefühl, dass die spukige Schrift an Wänden und Böden und Decken sie wie eine schwarze Wolke erstickte.

»Ich habe solche schlimmen Rezepte nur an zwei anderen Orten gesehen«, sagte Tante Lily düster. »Als ich bei der Internationalen Nudelholzgesellschaft war. Und …« Sie warf Nevika einen Blick zu. »Als wir es mit dem Komplott der Konditoren zu tun hatten.«

Nevika erstarrte. Das Komplott der Konditoren hatte ihr Leben fast ruiniert – die Gesellschaft hatte ihren Vater zehn Jahre lang gefangen gehalten und ihre Mutter fast in den Wahnsinn getrieben. Zusammen mit Rose war es ihr erst kürzlich gelungen, Salihah zu besiegen, den Mann, der vorgegeben hatte, der beste Freund von Nevikas Vater zu sein. In Wirklichkeit hatte er versucht, die böse Kultgemeinde von Bäckern wiederaufleben zu lassen.

»Was werden wir unternehmen?«, fragte Nevika.

»Du glaubst, dass die Schrift in irgendeiner Beziehung zu den Gespenstern steht, stimmt's, Rose?«, fragte Tante Lily.

Rose nickte. »Zwei der Gespenster – Julian und Nina – sind freundlich. Sie wollten uns helfen, einen Gegenzauber für Lucys Verwandlung zu finden –«

»Die *nicht* das Mädchen hier ist«, sagte Lily und deutete auf Marie-Claire.

»Mit Sicherheit nicht!«, grunzte Marie-Claire wütend. »Was für eine Zumutung!«

»Also gut«, sagte Nevika. »Lucy ist *meine* Mitbewohnerin, und es geht ihr schlecht. Lucy hat tatsächlich geschummelt – tut mir leid, Marie-Claire –, aber ihr Rezept ist total schiefgegangen.«

»Ganz schief«, bestätigte Rose. »Wie auch immer, Julian und Nina sind bisher nicht mehr aufgetaucht. Aber das dritte Gespenst, Evangeline, habe ich dabei ertappt, wie sie unten etwas an eine Wand geschrieben hat. Ich glaube, sie hat *all* die Rezepte geschrieben. Aber sie ist verschwunden, als sie mich gesehen hat.«

Tante Lily stand auf und klopfte sich die Hose ab. »Dann fangen wir mal an. Sie wollen, dass du ihre Geschichte erzählst, daher müssen wir den Ort finden, an dem sie herumspuken, dem für sie entscheidenden Ort. *Dort* werden wir ihre Geschichte finden.«

»Und wie sollen wir das anstellen?«, fragte Nevika.

Tante Lily grinste. »Wie wir alles machen, Süße. Wir backen!«

Schon die zweite Nacht hintereinander stand Rose nun also in der schwach erleuchteten Versuchsküche und beschäftigte sich mit einem Rezept. Es war so spät, dass alle anderen schlafen gegangen waren. Im Chalet herrschte absolute Stille. Jeder Schritt hallte durch die leeren Korridore.

Unter den Augen der Vertrauten der drei Mädchen arbeiteten sie rasch und wortlos, um die Hilfsmittel herzustellen, die sie direkt zu den Gespenstern führen würden, wie Tante Lily ihnen versicherte: Brezeln.
Das Rezept war ziemlich einfach: Mehl, Zucker und Salz wurden mit frischer Hefe und Wasser vermischt. Nachdem der Teig aufgegangen war, formte jede von ihnen eine Brezel; doch im Gegensatz zu der klassischen Brezelform mussten sie auf Anweisung von Tante Lily die Teigrollen zu einer Art Y formen: ein langes Unterende und zwei nach oben zeigende Arme, die wie kurze Griffe waren.
Als sie mit Ausrollen fertig waren, wischte sich Marie-Claire mit dem Handrücken Mehl von den Wangen. »Das sind ja primitive Brezeln! Worin liegt die Magie, das Besondere? Ich bin enttäuscht.«
»Wie schlimm für uns«, sagte Nevika. »Ich meine, für dich.«
Tante Lily machte ein amüsiertes Gesicht. »Wie wäre es, Mädels, wenn wir das etwas aufpeppen? Zippo, Kit, Reynard, könnt ihr bitte mal Platz machen?«
Die Vertrauten gehorchten und rutschten rasch an den Rand der Arbeitsfläche. Zumindest taten das Kit und Reynard – Zippo kroch so langsam, dass Rose ihn aufnehmen und aus dem Weg räumen musste.

Mit einem lauten *Plumps* stellte Tante Lily eine riesige Tasche auf die Fläche. Die Tasche war aus schwarzem Leder und mit Designerlogos bedeckt.
Dann öffnete sie die Tasche, griff hinein und kramte mit langem Arm darin herum. Es kam Rose fast so vor, als ob Lilys Arm viel tiefer hineinfuhr als bis zum Boden der Tasche und jetzt bis tief unter die Arbeitsplatte griff.
Mit der Zunge zwischen den Zähnen räumte Lily alles Mögliche beiseite – die Mädchen hörten das Quieken eines erschrockenen Tieres, das Klimpern von Schmuck und seltsamerweise den Klang eines entfernten Nebelhorns – dann kam der Arm wieder zum Vorschein.
Tante Lily hielt ein blaues Einmachglas in der Hand, das sie neben die riesige Handtasche stellte. In dem Glas befand sich die kleine rosafarbene Statue eines Mannes.
»Das«, sagte Tante Lily, während sich die Mädchen vorbeugten, »ist ein Salzgolem.«
Der Golem sah wie eine berühmte Skulptur aus. Er saß auf einem Felsen. Er hatte einen Ellbogen auf ein Knie gestützt und den Kopf auf die Faust gelegt. Obwohl die Schnitzerei grob und einfach war, konnte Rose genau erkennen, dass seine scharfen Züge tiefes Nachdenken verrieten.

»Das sieht schon besser aus«, hauchte Marie-Claire. »Er sieht wie mein Onkel Jean-Pierre aus, nur netter. Wofür ist er?«

»Ich wusste, dass wir es mit Gespenstern zu tun haben werden«, sagte Tante Lily und schraubte den Deckel von dem Glas ab, »daher war mir klar, dass wir Rocky brauchen würden. Golems sind Gestalten aus toter Materie, denen man eine jenseitige Lebenskraft eingehaucht hat. Körnchen dieses lebendigen Salzes werden von den Untoten angezogen wie Eisenspäne von einem Magneten.«

Behutsam griff Lily in das Glas und holte die rosa Salzstatue heraus. Sie setzte sie vorsichtig ab.

Und der Kopf des Golems bewegte sich.

Nevika quietschte erschrocken auf. »Entschuldigung«, flüsterte sie, »das kam so unerwartet.«

Schatten zuckten über sein zerklüftetes Kristallgesicht, als würde er blinzeln. Als er über sich Tante Lily erblickte, stieß der Golem einen langen Seufzer aus.

»Du schon wieder«, stöhnte er. Seine Stimme war tief und rumpelnd wie ferner Donner. Er gab seine Denkerpose auf und schüttelte die Faust. »Warum weckst du mich auf, Hexe?«

Die drei Kuchentiere beobachteten den Golem. Ihre Schokoladenaugen waren kreisrund vor Verwunderung. »Er ist wie wir«, sagte Zippo. »Essen, das lebendig ist.«

Der Golem ließ die Schultern hängen. »Leider ja, zu meinem großen Verdruss. Allerdings bin ich nicht einfach nur *lebendig*. Ich bin eine grundlegende Lebenskraft, gefangen in einem Körper aus Salz! Noch schlimmer, ich bin zudem noch in einem Glasgefäß gefangen, wie ganz gewöhnliches Tafelsalz.«

Tante Lily kramte erneut in ihrer großen Tasche herum, als würde sie nach etwas Bestimmtem suchen. »Wir benötigen deine Hilfe, Rocky.«

Rose war sich nicht ganz sicher – der Gesichtsausdruck des Golems bestand nämlich nur aus rosafarbenen Kristallfacetten –, aber Rocky schien einen Flunsch zu ziehen.

»Mein Name ist, wie ich dir schon so oft gesagt habe, Mineralis«, brummte er. »Und du willst immer nur meine Hilfe. Wann tust du mal etwas für *mich*?«

Tante Lilys Arm tauchte aus der Tasche auf. Sie hielt zwei Werkzeuge in der Hand – einen kleinen Hammer und einen Meißel, beides in Golemgröße. »Ich kenne deinen Namen, Süßer«, sagte sie. »Mein Spitzname für dich ist eigentlich ein Kosename. Aber du hast recht, ich bin selbstsüchtig gewesen.«

Kit trat neben Rocky und stupste ihn sanft mit der

Schnauze an. »Ich glaube, du solltest dir mal die Beine vertreten«, sagte sie sanft.
»Gute Idee, Kit«, sagte Nevika. »Vielleicht können wir ihn in der Schule herumlaufen lassen oder so?«
Rocky erhob sich zu seiner vollen Miniaturgröße. »Meint ihr wirklich … könnte ich …? Nur für eine Weile – vielleicht vierundzwanzig Stunden lang?« Er klatschte in seine kleinen Hände. Es klang, als würden zwei Kiesel aneinandergeschlagen.
»Wenn du das wirklich willst«, sagte Tante Lily. »Ginge das wohl, Rose?«
Rose zuckte mit den Schultern. »Die Lehrer scheint es nicht zu stören, wenn wir spätabends noch backen oder in unseren Zimmern Krach machen oder sonst etwas. Ich glaube, sie würden es nicht mal merken, wenn Rocky herumrennen würde.«
»Dann ist das beschlossene Sache!«, brüllte Rocky. »Gib mir meine Gerätschaften, Backhexe, ehe ich es mir anders überlege!«
»Hat dir niemals jemand beigebracht, *bitte* zu sagen?«, sagte Tante Lily und reichte ihm Hammer und Meißel. Der kleine Mann machte sich daran, Salzsplitter von seinem Schenkel abzuspalten und einen kleinen Haufen Salzkristalle auf der Arbeitsplatte anzuhäufen.

»Ein kleiner rosafarbener Mann, der in einem Glas gefangen gehalten wird«, flüsterte Marie-Claire. »*Oui*, das ist es.« Sie strahlte Lily an. »Sie sollten *hier* unterrichten.«

Tante Lily legte die Hand auf die Brust. »Ich fühle mich geschmeichelt.«

»Sollten Sie auch«, sagte Marie-Claire.

Tante Lily sah Marie-Claire nachdenklich an, dann sagte sie: »O-kay.«

»Ich bin fertig«, sagte Rocky. Er stand über dem Haufen rosafarbener Salzkristalle. Seine Schenkel waren jetzt nur noch halb so dick. »Bin ich das Glasgefängnis jetzt los?« Er deutete verärgert auf das blaue Glas neben sich.

»Vielen Dank«, sagte Tante Lily. »Und ja, du kannst laufen, wohin du willst, aber nur für einen Tag. Deine vierundzwanzig Stunden fangen … *jetzt* an.«

Rocky stieß die Faust in die Luft und sprang von der Arbeitsplatte. Rose, Nevika und Marie-Claire wichen ihm aus, als das kniehohe Wesen auf den Ausgang zu rannte. »Endlich!«, rief er und verschwand durch den Türbogen. »Jetzt kann Mineralis zeigen, was er draufhat!«

Das Echo seiner steinigen Schritte verhallte und er verschwand in den Tiefen des Chalets.

»Und was nun?«, fragte Rose eifrig. So gerne sie ihre eigenen Rezepte herstellte, war sie doch erleichtert, dass Tante Lily diesmal die Führung übernahm.
»Jetzt tauchen wir unsere Brezeln in Natronlauge, streuen Rockys Salz darüber und backen sie aus!«, sagte Tante Lily.
Zunächst erhitzten sie in einem großen Topf Wasser, in das sie Backnatron streuten. Vorsichtig tauchten sie jede Brezel in die sprudelnde Flüssigkeit, dann legten sie die glitschigen, glänzenden Teigformen, die sie großzügig mit Rockys Salz bestreuten, auf Backbleche. Schließlich schoben sie die Bleche in die Öfen.
Als das Wasser verdampfte und der Teig braun wurde, schienen die Salzkristalle zu schmelzen. Korallenroter Dampf ringelte sich empor und füllte die Öfen mit funkelndem Dunst. Und in dem Dunst bildeten sich Gestalten, Leute aller Formen und Größen, die die Arme erhoben und mit wilder Ausgelassenheit tanzten. Während die alten Abbilder einer lange vergangenen Zivilisation zu einer Musik, die niemand hören konnte, feierten, überlegte Rose, ab es sich vielleicht um die Erinnerungen von Mineralis handelte. Woher genau war der kleine Mann wohl gekommen?
»Wir sind vier«, sagte Tante Lily, während die Brezeln aufgingen, »und es gibt vier dieser Brezel-Wünschel-

ruten. Sobald sie so weit abgekühlt sind, dass wir sie anfassen können, suchen wir die Gänge damit nach deinen Gespenstern ab, Rose.«

Marie-Claire warf die Haare zurück und lehnte sich an einen der unbenutzten Arbeitsplätze. »Das ist ja alles schön und gut«, sagte sie, »aber ich kann diese angeblichen Gespenster gar nicht sehen.«

»Ich auch nicht«, sagte Nevika.

Rose biss sich auf die Lippe. »Oben im Zimmer habe ich das Auge mit dem Bösen Blick. Das Ding ist zum Gruseln, aber vielleicht könnt ihr mit ein paar abgehobelten Splittern davon die Geister ebenfalls sehen?«

Tante Lily erschauerte. »Lasst uns lieber nicht mehr mit Zutaten herumpfuschen, die mit Stacheldraht geschützt werden müssen, einverstanden?« Erneut öffnete sie ihre Designertasche und holte diesmal ein in Klarsichtfolie gewickeltes Päckchen heraus. »Zufällig habe ich noch ein paar *Dunkelheits-Durchblick-Donuts* dabei.« Sie packte eine Tüte aus und sagte: »Esst einen, Nevika und Marie-Claire! Wir brauchen eure Augen.«

»Das lasse ich mir nicht zweimal sagen!« Nevika langte in die Tüte.

»Ich auch nicht«, sagte Marie-Claire und nahm sich

ebenfalls einen. »Im Gegensatz zu Lucy werden mich diese verrückten Rezepte nicht verhexen.«
Rose erstarrte. Sie hatten Lucy zuletzt gesehen, wie sie schlafen gehen wollte, weil sie sich unwohl fühlte. Rose war über das Eintreffen von Tante Lily so erleichtert gewesen und dann so mit dem Backen der Brezel-Wünschelruten beschäftigt gewesen, dass sie eines ganz vergessen hatte: Sie hatten die Zauberzutat, die Lucy gegessen hatte, nicht wirklich rückgängig gemacht. Sie hatten sie nur mit neuen Zaubern überdeckt.
Wenn Tante Lily recht hatte und jedes Wandrezept schwarze Magie enthielt, dann bedeutete das, dass ihr erstes Gegenrezept – der *Welkende Veilchenbiskuit* – genauso schlimm war wie das *Konversionskaramell,* das Lucys Persönlichkeit auf den Kopf gestellt hatte. Das bedeutete auch, dass Nevika und sie den *Welkenden Veilchenbiskuit* nicht vermasselt hatten – er war durch Evangelines Rezeptangaben verdorben. Und der Reispudding, den sie gemacht hatte, war nur eine mickrige Übergangslösung gegen so starke Magie.
»Lucy!«, schrie Rose. »Wir müssen unbedingt sofort nach ihr sehen!«
»Sie schläft«, sagte Marie-Claire und biss in einen Donut. »Köstlich! Sind Sie sicher, dass Sie keine Großmeisterin sind?«

Tante Lily ging nicht auf Marie-Claire ein. »Wo steckt diese Lucy?«
»Oben«, sagte Nevika und griff bereits nach Kit. »Leckerer Donut, Lily.«
»Danke«, sagte Tante Lily. »Rose, zeig mir den Weg!«
Nachdem sie die Brezeln zum Kühlen aus dem Ofen gezogen hatten, rannten Rose, Tante Lily, Nevika und Marie-Claire mit ihren Vertrauten aus der Versuchsküche nach oben.
Vor der Tür zu dem Zimmer von Nevika und Lucy purzelten sie alle übereinander. Rose hatte nämlich versucht, die Tür zu öffnen, aber sie klemmte.
»Hallo?«, rief Rose und hämmerte dagegen.
Von drinnen konnten sie Lucy hören – ein tiefes, rumpelndes Röcheln.
»Ist alles in Ordnung mit dir?«, rief Nevika und warf sich gegen die Tür. »Lucy, lass uns rein!«
»Ich kann nicht!«, kam Lucys Stimme – eine ziemlich tiefe Stimme. »Mein Fuß ist im Weg. Vielleicht kann ich …« Sie hörten ein angestrengtes Grunzen von drinnen und die Tür ging gerade so viel auf, dass die Mädchen und Tante Lily hineinspähen konnten.
Und was sie entdeckten, war eine Lucy, die dreimal so groß war wie normal.
Sie war zu einer Riesin geworden und hatte die dicken

Knie an die Brust gezogen und den Kopf nach vorne geneigt, denn sie passte anders nicht unter die Zimmerdecke. Ihr Bett war unter ihrem riesigen Hintern zusammengebrochen.

»So bin ich aufgewacht«, jammerte Lucy. »Helft mir!«

Kapitel 14
Ich in XXL

»Sie ist monströs!«, rief Marie-Claire aus. »Das ist der Wahnsinn!«

Lucy schluchzte in die vorgehaltenen Hände. Das Beben ihres riesigen Körpers lief wie ein Rumpeln durch die Bodendielen.

Nevika warf sich an die Tür. »Lucy, versuche, ein bisschen abzurücken. Wir können nicht reinkommen.«

Immer noch tränenerstickt schnaufend, versuchte Lucy, ihre baumstammgroßen Beine von der Tür wegzubewegen. Der geborstene Bettrahmen unter ihr knarrte protestierend auf. Ein paar Federn, die aus dem Kopfkissen gequollen waren, schwebten durch den Türspalt in den Korridor.

»Gut so, Lucy, noch ein bisschen mehr!«, sagte Rose und half Nevika, gegen die Tür zu drücken.
Sie bekamen den Spalt so weit auf, dass sie sich in das übervolle Zimmer quetschen konnten. Gleichzeitig gelang es einer goldbraunen Gestalt, die so groß war wie ein Bernhardiner, aus dem Zimmer zu springen.
»Duckt euch!« Nevika zog Rose und Marie-Claire aus dem Weg.
Aber Tante Lily, die hinter den drei Mädchen stand, konnte nicht sehen, was da kam. Der Kuchenigel sprang sie direkt an und warf sie um.
»Rupert!«, rief Kit aus ihrem Nest in Nevikas Haar. »Mann, bist du gewachsen!«
Kit hatte recht – Lucys kleines Kuchentier war auf zehnfache Größe aufgepumpt. Seine Schokoladenaugen glänzten vor Zuckergusstränen.
»Helft uns, helft uns«, wimmerte der Igel mit einer Stimme, die fast so tief war wie die von Roses Großvater Balthasar.
Tante Lily tätschelte die spitzen Stacheln auf dem Kopf des Igels und schubste ihn von sich. »Wir tun unser Bestes, Rupert. So heißt du doch, nicht?«
Der riesige Igel nickte schniefend.
»Was geht hier vor?«, rief Lucy. »Wo bleibt ihr denn? Muss ich noch weiter zurück? Ich bin so riiiesig!«

Das Mädchen begann wieder zu weinen. Salzwassertränen flossen wie aus großen, mit Meerwasser gefüllten Krügen und ergossen sich über den Boden.

»Was machen wir jetzt?«, fragte Nevika. »Wir können uns nicht auf unsere Rezepte verlassen, aber auch nicht auf die an den Wänden!«

»Warum müssen wir überhaupt was tun?« Marie-Claire spähte durch den Türspalt. »Ich finde sie so viel besser. Ihre ganzen Unzulänglichkeiten sind übergroß! Lucy, wusstest du, dass dir ein dickes Haar aus dem linken Nasenloch wächst?«

Lucy stieß wieder einen bekümmerten Schrei aus.

»Halt die Klappe«, sagte Nevika zu Marie-Claire.

Rose spürte, wie Zippo an ihrem Haar zupfte. »Ruperts Übergröße erinnert mich daran, wie ich groß und blitzschnell wurde.«

»Du meinst, vor ein paar Stunden?«, fragte Rose.

»Ja, in den guten alten Zeiten – äh, kürzlich«, sagte Zippo sehnsüchtig. »Hör mal, könnte man nicht annehmen, dass diese Appetithappen auch Lucy wieder in Normalgröße zurückverwandeln würden? Schließlich hat sie dein leckerer Reispudding so anschwellen lassen.«

»Das stimmt«, sagte Rose und biss sich auf die Lippe. »Aber nur die Lehrer wissen, was in denen drin ist. Ich möchte nicht riskieren, Lucy noch mehr zu schaden.«

»Ganz meine Meinung!«, schluchzte Lucy. »Bitte tut Lucy Banerjee nicht noch mehr an!«
»Wir brauchen eindeutig Hilfe«, sagte Lily und zog ihr Handy heraus. »Und ich weiß auch, wen ich anrufen muss.«
Kurz darauf erschien ein vertrautes, herzförmiges Gesicht auf dem Display: Polly.
Rose war mit den Nerven am Ende, als sie ihre Mutter sah. Wenn sie gekonnt hätte, wäre sie durch das Display geschlüpft, um ihr in die Arme zu fallen.
»Du bist angekommen!« Pollys Stimme klang verzerrt durch den kleinen Lautsprecher des Handys. »Wie war der Flug? Geht es den Mädchen gut?«
»So gut, wie es eben geht.« Tante Lily richtete das Handy kurz auf Rose und Nevika, die Polly zuwinkten. »Aber wir haben uns in einer Art gordischem Knoten verheddert.«
Während Lily berichtete, was inzwischen passiert war – dass die vielen Schichten schwarzer Magie ganz neues Ungemach heraufbeschworen hatten – hielt sie das Handy in das Zimmer, damit Polly einen Blick auf Lucy werfen konnte.
»Hallo«, schniefte Lucy. Sie versuchte zu winken, aber ihr Arm war zwischen den beiden Nachttischen eingeklemmt. »Ich sehe bestimmt schrecklich aus.«

»Mach dir mal keine Sorgen!«, sagte Polly durchs Handy. »Lily?«

Tante Lily zog das Handy zurück in den Korridor. Rose, Nevika und Marie-Claire scharten sich um sie.

»Was hältst du davon?«, sagte Tante Lily. »Es wird weiterhelfen, wenn wir die Gespenster aufspüren, aber wir können dieses arme Mädchen doch nicht in diesem Zustand zurücklassen.«

Das Bild auf dem Display wackelte, während Polly zielbewusst durch die Bäckerei lief. »Eines ist gewiss: Keine Versuche mehr, diese Rezepte rückgängig zu machen. Wir wissen ja nicht, auf welche Weise der Zauber verdreht worden ist.«

»Tut mir leid, Mama«, sagte Rose bekümmert.

»Musst dich nicht entschuldigen, Schätzchen«, sagte Polly. »Wenn man bedenkt, gegen welche Kräfte ihr angekämpft habt, dann habt ihr euch ganz gut geschlagen. Aber jetzt benötigen wir etwas, das ein bisschen … drastischer ist.«

Ein tränenreiches Schluchzen drang in den Korridor, das alle erschreckte.

»Lucy!«, sagte Rose. »Du hast gelauscht!«

Ein riesiges Auge spähte durch den Türspalt. »Ich konnte einfach nicht anders. Schließlich redet ihr doch über mich!«

»Stimmt«, sagte Rose. »Entschuldige.«
»Schon gut. Aber der Klang von *dr-drastisch* gefällt mir gar nicht.«
Tante Lily drehte das Handy so, dass Lucy Polly sehen konnte. »Ich meine das nicht in der Bedeutung von *schlimm*«, sagte Polly. »Wir müsse dich von den ganzen … Zaubereien reinwaschen.«
»Aber was ist, wenn mir das die Fähigkeiten nimmt, Zauberrezepte zu machen? Ich weiß, dass ich nicht so gut bin wie Rose oder Nevika –«
»Oder *moi*«, warf Marie-Claire ein.
»– aber ich bin so, wie ich bin! Ich brauche vielleicht mehr die Hilfe aus einem Zauberbackbuch, aber das hat doch nichts zu bedeuten! Ich habe schließlich bei Backfürstin Davies-Hughes gelernt! Familie Banerjee hat ein Vermächtnis zu verwalten, und es ist meine Aufgabe, es zu – zu –«
Der Boden bebte so, dass Roses Zähne klapperten, und ihr dämmerte, dass Lucy wieder vor Angst zitterte.
»Ich glaube, du musst es riskieren, Lucy«, sagte Nevika. »So kannst du doch nicht bleiben.«
Durch die Tür drang nur ein verängstigtes Schnauben.
Polly machte ein entschlossenes Gesicht. »Lily, wir müssen schnell handeln. Du hast dort doch schon eine Bestandsaufnahme gemacht, oder?«

»Mehr oder weniger«, bestätigte Tante Lily, »aber die Mädchen kennen sich in den Speisekammern besser aus.«

Polly blätterte im Backbuch der Familie Glyck. »Gibt es möglicherweise Stachelbeeren oder Preiselbeeren?«

»Zweimal *nein*«, sagte Tante Lily. »Die wachsen zurzeit nicht.«

»Aroniabeeren vielleicht, auch Apfelbeere genannt?«

»Halt mal, sind das nicht so schwarze mit kleinen weißen Blüten?«, fragte Nevika.

»Genau«, sagte Polly.

»Die hab ich im Gewächshaus gesehen!«

»Also, dann hört gut zu«, sagte Polly. »Wir brauchen ein Fass und mindestens drei Pfund von diesen Beeren.«

Rose wusste, dass sie sich auf diesen neuen Plan konzentrieren sollte, aber es war ihr unmöglich, das angeschwollene, verängstigte Mädchen hinter der Tür einfach zu ignorieren. Sie machte einen Schritt zurück, dann noch einen.

»Wo gehen wir hin?«, fragte Zippo. »Müssen wir nicht zuhören?«

Rose bat ihn zu schweigen und schlüpfte durch den Türspalt.

Lucy türmte sich über ihr auf. Sie hatte die Ellbogen auf den Boden gestützt, den Kopf in die Hände gelegt und saß im Schneidersitz da. Sie sah aus wie eine aufblasbare Karikatur ihrer selbst.

Rose ergriff einen von Lucys Fingern. »Ich habe so etwas schon mal durchgemacht«, sagte sie, »und habe es unbeschadet überstanden.«

»Du hast Kuchen gebacken, die dich in ein riesiges Ungeheuer verwandelt haben?«, fragte Lucy düster.

»Nein, aber ich habe mich schon mal an Rezepte gewagt, die ich nicht ganz verstanden hatte und in meiner gesamten Heimatstadt ein ungeheures Durcheinander angerichtet«, sagte Rose. »So habe ich angefangen!«

Lucy lachte. Ihr Atem ließ die Gardinen flattern. »Denk nur, also hast du auch mal so viel angestellt wie ich! Das ist immerhin ein kleiner Trost.«

Rose drückte Lucys Fingerspitze. »Uns allen geht mal was daneben. Aber wir können es wieder beheben.«

»Ja, aber was ist, wenn es wirklich meine Fähigkeit zu zaubern löscht?«, sagte Lucy. »Das klingt nicht nach beheben, das klingt nach kaputtmachen.«

»Nein –«

Lucy entzog Rose ihren Finger. Sie versuchte, sich aufzurichten, stieß jedoch mit dem Kopf an die Deckenbalken. »Zu Hause setzt man so große Erwartungen in mich. Wenn ich zurückkomme und nicht mehr zaubern kann …«

»Wir passen schon auf, dass so etwas nicht passiert«, sagte Rose und versuchte, etwas von dem Optimismus ihrer Mutter auf Lucy zu übertragen.
Lucy schniefte. »Das versprichst du?«
»Ich verspreche es«, sagte Rose ohne Zögern.
Und auch wenn sie nicht sicher war, dass sie das Versprechen halten konnte, glaubte sie, es sei richtig, das zu sagen. Sie lächelte und Lucy lächelte zurück.
Die Tür bewegte sich.
»Rose, bist du da drin?«, fragte Nevika und schaute herein. »Wir haben einen Plan!«
»Jep!« Rose schlüpfte hinaus in den Korridor.
Marie-Claire klopfte ungeduldig mit dem Fuß auf den Boden und hatte die Hände in die Hüften gestemmt. »So viele Beeren pflücken! Nein, danke! Ich sehe den albernen Streichen lieber nur zu.«
»Danke, Polly«, sagte Tante Lily und schaltete das Handy aus. Sie sah Marie-Claire mit hochgezogenen Augenbrauen an. »Zusehen?«
»*Oui*«, bestätigte Marie-Claire. »Ich habe mit dem Schlamassel nichts zu tun.«
»Hast du leider doch«, sagte Lily. »Es gibt zu viel zu tun, und wir sind zu wenige. Du wirst also eingeteilt. Du hilfst Nevika dabei, den reinigenden Saft für Lucy herzustellen.«

»Beeren zerquetschen? Igitt!«, sagte Marie-Claire.

Reynard tippte sich an die Schnauze. »Ah, aber das gehört doch zu deinem nationalen Erbe. Weintrauben zerstampfen, um guten Wein zu machen! Sehr romantisch!«

»Romantisch oder nicht, es muss getan werden«, sagte Nevika. »Und was macht ihr anderen?«

»Rose und ich müssen die verschwundenen Gespenster finden.« Tante Lily sah sich in dem dunklen Korridor um. Ihr Blick folgte der dunklen Schrift, die sich bis zur Decke kringelte.

»Das Suchgebiet ist riesig. Wir benötigen Verstärkung.«

»Aber das riecht nach Ärger«, sagte Rose. »Schließlich schlafen alle längst.«

Tante Lily zog ihr Handy wieder heraus und durchsuchte bereits ihre Kontakte. »Nicht eure Mitschüler. Ich dachte an die blinden Passagiere meines Fluges.«

»Du bist nicht allein gekommen?«, fragte Rose.

»Das habe ich zwar versucht«, sagte Tante Lily. »Aber es ist mir nicht gelungen!«

Eine halbe Stunde später, kurz nach Mitternacht, traf die Verstärkung ein.

Die große Eingangstür ging auf, und ein Schwall kalter

Februarluft drang ins Gebäude. Und mit dem Windstoß wurden zwei vertraute Gestalten hereingeweht.
»Sehe sich einer mal diese Bude an! Hier wird mein nächster Roman über Harry den Schneemann spielen. Oh, ein Treppengeländer!«
Roses zehnjähriger Bruder Basil stürzte herein. Rose und Tante Lily würdigte er fast keines Blickes. Er steckte in einem dicken Wintermantel, und sein dichter roter Haarschopf leuchtete selbst in dem schwachen Licht der Eingangshalle. Ihm folgte Roses zweiter Bruder: der sechzehnjährige Tymo. Er trug ein Sweatshirt der Calamity Falls Highschool und weite Basketball-Shorts.
»Ja, was für ein cooles Chalet«, stimmte er zu und schloss die Tür hinter sich.
Sein Blick fiel auf seine Schwester und er hob grüßend die Hand. »Hi, Rose. Super.«
Rose konnte nicht anders, sie umarmte jeden ihrer Brüder.
»Wow, echt!«, sagte Tymo. »Ich freu mich auch, dich zu sehen.«
»Nicht so fest!« Basil schlug ihr auf den Rücken. »Ich krieg ja kaum Luft.«
Widerstrebend ließ Rose ihre Brüder los. Obwohl ja nur ein paar Tage vergangen waren, hatte sie riesengroßes Heimweh.

»Danke, dass ihr gekommen seid, Jungs«, sagte Tante Lily.

Tymo zuckte mit den Schultern. »Im Hotel haben wir sowieso nur ferngesehen.«

»*Ausländisches* Fernsehen«, setzte Basil hinzu. »Nicht so aufregend, wie man meinen könnte. Eher sogar langweilig. Wir konnten es kaum erwarten, da abzuhauen.«

Zippo, der auf Roses Schulter saß, räusperte sich. »Willst du mich nicht vorstellen, Schätzchen?«

Basil starrte staunend auf die Kuchenschildkröte mit dem goldbraunen Panzer. »Rose, das ist ja der Wahnsinn! Ich habe mir die ganze Zeit überlegt, wen ich Harry in meiner nächsten Schneemann-Krimikomödie zur Seite stellen kann. Eine sprechende Kuchenschildkröte ist perfekt!«

Rose lachte. »Dann müsst ihr euch kennenlernen, du und Zippo.«

»Dafür ist später noch Zeit«, sagte Tante Lily. »Jetzt gehen wir auf Gespensterjagd.«

Tante Lily und Rose führten die beiden Jungen in die Küche, wo die Laugenwünschelruten inzwischen ausreichend abgekühlt waren. Tante Lily erklärte, wie man die Magie der Ruten benutzte, um die Verstecke der Geister ausfindig zu machen. Dort wollten sie dann hinter die dunklen Geheimnisse kommen, die auf der Schule lasteten – und ein Rezept finden, das Lucy erlöste.

Jeweils zu zweit gingen sie los. Mit ihren Wünschelruten machten sich Tante Lily und Basil in den zweiten Stock auf, während Rose und Tymo im Erdgeschoss anfingen.

Sie starteten in der Eingangshalle. Der Gebrauch der Wünschelruten war ziemlich einfach. Man umfasste die Laugenbrezeln an den Y-förmigen Griffen und hielt das lange Ende ausgestreckt nach vorne. Obwohl die Ruten so lange ausgekühlt waren, fühlten sie sich immer noch warm an. Die glatte braune Haut bewegte sich, als ob die Dinger atmen würden.

Rose überging das komische Gefühl, dass die Brezeln lebendig zu sein schienen, und übernahm die Führung. Sie hatte gehofft, die Brezeln würden wie frisch gebackene Bluthunde reagieren und die Gespenster sofort ausfindig machen.

Stattdessen zuckten die Ruten nur ganz leicht und schienen sie in keine spezielle Richtung zu locken.

Das Ausspähen des Speisesaals und der Büros brachte nichts zutage. Tatsächlich wurden die Wünschelruten umso ruhiger, je weiter sie in den Ostteil des Chalets vordrangen. Schon bald kehrten Rose und Tymo in die

Eingangshalle zurück, wo sie zumindest *etwas* zu spüren glaubten.

»Und, hat dich Nevika über mich ausgequetscht?«, fragte Tymo, als sie am Fuß der Treppe vorbeikamen.

Die Wünschelrute in Roses Hand zuckte in Richtung des linken Korridors. »Nö.«

»Was meinst du mit *nö*?«, fragte Tymo.

»Ich meine«, erwiderte Rose, »kein einziges Mal.«

»Äh, gut!«, sagte Tymo. »Ich hab sie nämlich so satt. Konnte mich kaum an ihren Namen erinnern, um ehrlich zu sein. So was wie, Neh-vie ... Navi, dachte ich. Nee, ich wusste, das war falsch. Dann dachte ich ...«

Während Tymo weiterbrabbelte, ruckelte die Wünschelrute zurück in Richtung Küche. Rose folgte ihr.

»Dann ist mir eingefallen, dass er so ähnlich klang wie Kopeke, was mich auf das russischstämmige Mädchen gebracht hat, erinnerst du dich an sie? Laurel. Sie hatte Haare wie Zuckerwatte – ich meine, so rosa. Hat sich auch ein bisschen so angefühlt –«

Sie betraten die Küche, und Rose blieb in der Nähe ihres Arbeitsplatzes stehen. »Ich frage mich allmählich, warum du mir so gefehlt hast.«

Tymo lachte. »Man muss mich einfach liebhaben, *hermana*. Ist so 'ne Art Motto von mir. Um genau zu sein – wow!«

Die Rute in Tymos Hand fing zu vibrieren an. Tymo kämpfte mit den teigigen Griffen, doch sie entglitt ihm und schoss wie ein Nerf-Dartspfeil durch den Raum. An einer der Speisekammertüren prallte sie ab.

»Jetzt geht's los!«, schrie Zippo.

Roses Wünschelrute spielte auch verrückt und wippte wie ein sich windendes Wiesel auf und ab. Sie öffnete die Tür zu der Speisekammer und knipste das Licht an.

Die Wünschelrute wurde still.

Keuchend blickte Tymo Rose über die Schulter. »Siehst du was?«

Auf den Regalbrettern stapelten sich Tüten mit unterschiedlichen Mehlsorten und Gefäße mit Nüssen. Kein Gespenst weit und breit.

Tymo hob seine Rute auf, während Rose die Tür schloss.

»Nichts«, sagte Rose. »Ich – he!«

Kaum war die Tür wieder zu, da flog Roses Wünschelrute durch die Küche. Sie prallte an die Tür einer anderen Speisekammer.

Rose und Tymo rissen die Tür auf, aber das gleiche Szenario bot sich ihnen: nichts darin außer Brettern mit Mehl und Nüssen. Die Ruten wurden still.

»Das kommt mir irgendwie bekannt vor«, sagte Tymo, kratzte sich den Kopf und blickte zu der anderen Speisekammer zurück.

»Eigentlich sollten in den Speisekammern lauter unterschiedliche Sachen sein«, sagte Rose verwirrt. »In dieser waren kürzlich Körbe voller Obst.«

»Wenn das nicht mal genau derselbe Raum ist wie der letzte, Schätzchen!«, sagte Zippo. »Es sei denn, einer von den Lehrmeistern nimmt es ganz genau damit, alles an denselben Platz zu stellen.«

Rose biss sich auf die Lippe. »Hier, Tymo, halt diese Tür mal auf.« Sie nahm ihre Wünschelrute und ging zu der ersten Speisekammer zurück, in der Erwartung, wieder die verschiedenen Mehlsorten und Nüsse zu sehen.

Aber diesmal sah der Raum ganz anders aus: Er war voller Obst. Glänzende Äpfel in Weidenkörben standen auf dem Boden. Bretter mit Erdbeeren und Brombeeren bedeckten die Wände.

»Die Kammern sind verzaubert«, sagte Rose. »Kein Wunder, dass wir beim Backen immer das finden, was wir gerade benötigen.«

»So etwas brauchen wir unbedingt auch zu Hause!«, sagte Tymo.

Rose schloss die Tür zu der Obstkammer. Sobald die Klinke eingerastet war, riss sie die Tür wieder auf.

Jetzt war der Raum mit Eiern voll: weiße und braune Hühnereier und kleine gefleckte Wachteleier und eine

Ansammlung riesiger Straußeneier in Nestern aus Heu.
Ihre Rute hatte wieder zu vibrieren begonnen. Rose ließ die Tür geöffnet und folgte dem zuckenden Ding.
Es gab insgesamt acht Speisekammern, die in regelmäßigen Abständen zwischen den schwarzen Backöfen an den Küchenwänden lagen. Die zwei, die sie bisher geöffnet hatten, waren in der Mitte. Die dritte Tür, die Rose öffnete, lag ganz rechts.
Und darin befanden sich wieder die Äpfel und Beeren. Die Wünschelrute wurde still, sobald der Duft der Früchte durch die Türöffnung drang.
»Da spukt eindeutig etwas in einer dieser Speisekammern«, sagte Rose. »Wir müssen verhindern, dass die Gespenster herumflitzen.«
»Die Kammern verändern sich nicht, wenn die Türen offen stehen«, sagte Tymo.
»Also!«, sagte Rose. »Wir müssen alle Türen aufmachen!«
Rose öffnete eine Tür nach der anderen und knipste die Lampen an, die die Speisekammern voller Zucker, Sirup, Käse und Butter erleuchteten.
Kaum hatte sie die letzte Speisekammer geöffnet, fiel die allererste Tür mit lautem Knall zu. Die Wünschelruten summten fast, so vibrierten sie, und die rosafar-

benen Salzkristalle leuchteten hell auf der dunklen Brezelkruste auf.
Rose und Tymo folgten ihren Ruten. Der Teig pulsierte immer schneller in ihren Händen, als sie näher kamen, und pochten im Takt mit Roses Herzschlag.
Mit einem tiefen Atemzug öffnete Rose schließlich die letzte Tür.
Drinnen war es dunkel. Kein Lichtschalter, nur eine einzelne Birne, die von der Decke baumelte. Rose zog an der Kette, und ein trübes gelbes Licht erfüllte den engen Raum.
Links und rechts von Eingang befanden sich Regale an den Wänden. Sie waren leer und mit einer Staubschicht bedeckt. In den Ecken spannten sich Spinnweben.
Die hintere Wand war offen, verdeckt von einem Perlenvorhang.
Und dahinter konnten sie eine Stimme murmeln hören.
»Das ist es. Das wird ihnen ALLEN eine Lehre sein, DIESES EINE!«
Rose erkannte die Stimme sofort. Evangeline.
Die Wünschelrute vibrierte so heftig, dass Roses Handgelenke schmerzten. Sie schob sie auf eines der staubigen Bretter, legte einen Finger auf die Lippen, um Tymo zu bedeuten, still zu sein, und schlich leise durch den

trüben, staubigen Raum. Vorsichtig teilte sie den Vorhang. Die durchsichtigen Glasperlen klimperten.
Dahinter lag ein spiegelbildliches Abbild der Speisekammer, und hier entdeckte sie Evangeline. Die geisterhafte Frau war tief in Gedanken, durchsichtig und verschwommen kauerte sie am Boden und kratzte etwas in die Dielen. Ihr helles Haar hing ihr wirr übers Gesicht.
Rose wagte es nicht, etwas zu sagen. Sie kniete sich hinter Evangeline hin und versuchte, die dunkle Schrift durch die durchsichtige Gestalt zu entziffern.
Evangelines ätherisches Glühen war gerade hell genug, um ein Wort im Titel des Rezepts preiszugeben.
S'mores oder Happige Abrechnungshappen.
Rose konnte nicht verhindern, prustend loszulachen. S'mores? So eine typisch amerikanische Süßigkeit? Bei dem finsteren Racheplan der Geisterfrau ging es also um diese gewöhnlichen Happen aus zwei Keksen, zwischen die geschmolzene Marshmallows und Schokolade gepappt wurden? Diese Lagerfeuersnacks?
Sofort drehte sich Evangeline nach Rose um. Ihre tiefliegenden Augen waren vor Schreck weit aufgerissen. Sie fuhr mit ihren klauenartigen Fingern durch die Luft und kreischte auf.
Rose stolperte rückwärts durch den Vorhang. »Hoppla, Mädchen!«, rief Zippo.

Mit pochendem Herzen packte Rose Tymos Arm. »Ich hab sie gefunden«, keuchte sie. »Diese Evangeline.«
Doch als sie in den geheimen Teil der Speisekammer zurückgingen, war Evangeline verschwunden.
»Ich hab niemanden gesehen.« Tymo schauderte. »War es eine Gespensterfrau? Schade, dass sie abgehauen ist. Ist sie hübsch?«
»Wir müssen sofort Tante Lily suchen«, sagte Rose, ohne ihrem Bruder zu antworten und klemmte einen Löffel unter die Tür, damit sie offen blieb. »Der Raum war nicht ohne Grund durch einen Zauber versteckt. Ich bin mir ziemlich sicher, dass wir da drinnen endgültig herausfinden werden, was hier los ist.«

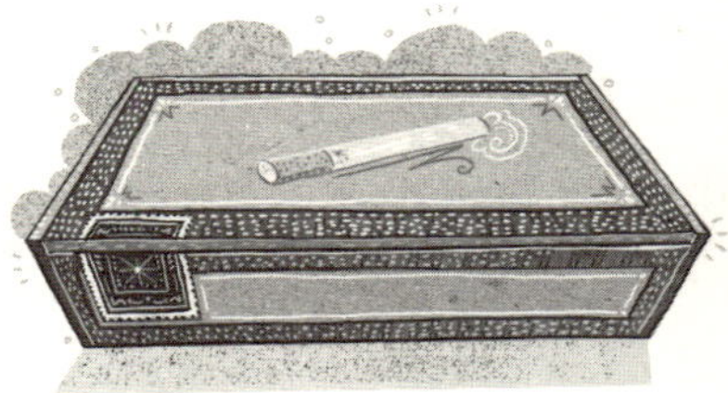

Kapitel 15
Vergeistert!

»Ich hab sie nicht gesehen, aber ich glaube, sie ist echt heiß!«, sagte Tymo. »Und sie hat eindeutig übernatürliche Kräfte. Sonst hätte sie *mir* bestimmt nicht widerstehen und abhauen können … allerdings habe ich, weil ich sie ja nicht sehen konnte, auch nicht so besonders auf die Charmedrüse gedrückt.«
Tymo telefonierte aus der Küche mit Tante Lily, nachdem er herausgefunden hatte, dass sein Telefon in der geheimen Speisekammer null Empfang hatte.
Rose, die noch hinter dem Perlenvorhang war, ging in die Hocke, wo sie die geisterhafte Gestalt von Evangeline kritzeln gesehen hatte, und wischte die Wand ab.

S'mores oder Happige Abrechnungshappen war mit einem spitzen Gegenstand in das Holz geritzt. Darunter stand das ganze Rezept, doch Rose wagte nicht, es zu lesen. Und auf dem Boden neben der Wand stand eine kleine Schachtel mit einer dicken, jahrzehntealten Staubschicht. Rose wischte den Staub mit dem Ärmel ab und entdeckte das Logo einer uralten Zigarrenmarke. Neugierig nahm sie den Deckel ab.
Darin lagen kleine Andenken: angelaufene alte Münzen, getrocknete Blumen, ein Armband aus geflochtener Schnur. Und ein altes Schwarzweißfoto mit Kniffen, als ob es immer wieder zusammen- und auseinandergefaltet worden war.
Rose musterte das Bild in dem trüben Licht. Die Personen waren zwar viel jünger, aber es handelte sich eindeutig um Evangeline, Nina und Julian. Sie standen mit strahlenden Gesichtern vor einer Tür, die Rose wiedererkannte: das blendend weiß gestrichene Eingangsportal des Chalets mit dem Emblem der Akademie. Sie sahen wie sehr gute Freunde aus.
Rose steckte das Foto in die Tasche, als Tymo in die Speisekammer trat. »Aber klar, dieser Raum ist echt spukig, man kann ihr keinen Vorwurf machen, dass sie nicht zum Flirten geblieben ist.«
Rose dachte zuerst, er würde immer noch am Telefon

sprechen, doch dann sah sie Tante Lilly hinter ihm hereinkommen.

Tante Lilly hockte sich neben ihre Nichte. »Du hast gesehen, wie das Gespenst dieses Rezept hier geschrieben hat?«

»Ja«, bestätigte Rose.

Tante Lily schaltete die Taschenlampenfunktion ihres Handys ein und richtete sie auf die eingeritzten Worte mit dem Rezept.

»Pass auf, wenn du es liest«, sagte Rose schnell. »Man kann davon in Trance verfallen, wenn –«

Die Warnung kam zu spät. »*Eine verratene Blutsbrüderschaft verlangt nach Rache*«, las Tante Lily laut vor, und in ihrer Stimme klang etwas von Evangelines schwelender Wut nach. »*Und daher habe ich meine sogenannten Freunde mit einem Versprechen in die geheime Dachkammer gelockt: eine Überraschung, die uns helfen würde, unsere Schulzeit mit links hinter uns zu bringen.*«

»Äh, Rose, hier passiert was«, rief jetzt Basil aus der Küche.

»Bleib du hier bei Tante Lily«, wies Rose ihren großen Bruder an, dann stand sie auf und schob sich durch den Perlenvorhang. Als sie aus der dunklen Speisekammer trat, lag die Küche in Nebel gehüllt da. Unheimliche

Wolken ballten sich in den Gängen zwischen den Arbeitsplätzen zusammen, und von einer nicht auszumachenden Quelle her flackerte ein ätherisches Licht.

Und mitten in dem Nebel standen drei verschwommene Gestalten: Nina, Julian und Evangeline, die an einem der Backöfen hantierten.

»Das sind Gespenster, stimmt's«, flüsterte Basil. »Davon hab ich schon gelesen. Das ist immer was Böses. *Die Untoten. Trugbilder. Schlimme Erscheinungen. Wandernde Seelen. Geisterhafte Echos aus lang vergangenen* –«

»Sei still!« Rose hielt ihm mit der Hand den Mund zu. »Sie tun uns nichts. Sie sind wie eine alte Fernsehsendung – eine Aufnahme aus ganz frühen Zeiten.«

»Was labert ihr zwei da rum?«, fragte Zippo.

»Sei du auch still!« Rose hielt jetzt ihm die Schnauze zu. Hinter ihnen verlas Tante Lily immer noch die Geschichte. Ihre Stimme hallte unheimlich aus der dunklen Speisekammer.

»Was meine sogenannten Freunde nicht wussten, war, dass ich eine spezielle Zutat in die Happigen Abrechnungshappen mischte, womit sie angemessen bestraft würden: Geisterstaub aus einer Grabkammer, den ein ruheloser Geist im Vorübergehen aufgewirbelt hatte. Zusammen mit der Asche eines Fotos von uns und ver-

mischt mit der Marshmallow-Füllung in den Happen würde jeder, der davon aß und unseren Pakt verraten hatte, auf immer verschwinden.«

Die Schatten bewegten sich marionettenhaft in Richtung von Tante Lilys Stimme. Sie lachten und nahmen dunkle Gebäckstücke entgegen – die *Happigen Happen.*

Die nächsten Worte kamen von den Schattengestalten.

»*Auf was sollen wir anstoßen?*«, fragte Nina.

»*Auf unseren Schwur natürlich*«, erwiderte der Schatten von Evangeline. »*Wie wir mit unserem Blut versprochen haben, soll keiner von uns einem anderen aus unserem Pakt jemals Schaden zufügen. Wie wollen immer ganz ehrlich sein, aufrichtig und offen. Das einzig Entscheidende sind* wir drei *gemeinsam. Abgemacht?*«

Die Schatten von Nina und Julian sahen sich an. »*Selbstverständlich, Evangeline*«, sagte Julian, dann lachte er. »*Ganz schön schwere Worte für so etwas wie einen Marshmallow-Keks.*«

»*Dann lasst uns essen*«, sagte Evangeline, »*und auf die Versprechen anstoßen, die wir uns gegeben haben und die niemals gebrochen werden sollen.*«

Dann taten die drei, als ob sie sich zuprosteten, und aßen ihre Kekse, wobei Evangelines Augen plötzlich hell aufglühten.

Die nächsten Worte, die gesprochen wurden, kamen von hinten – Tante Lily las weiter. »*Aber dann ging etwas schief.*«

Kaum hatte Evangeline in ihren *Happigen Happen* gebissen, verblasste sie. Zunächst schimmerte sie noch schwach durchsichtig auf, dann wurde sie ganz transparent wie buntes Glas. Danach verwischten die Umrisse ihres Gesichtes, es blieben nur verschwommene Farben, und schließlich verschwand sie ganz in dem wirbelnden Nebel.

»*Ich konnte alles sehen und hören*«, fuhr Tante Lily fort. »*Aber keiner konnte mich sehen oder hören. Obwohl es Nina und Julian waren, die* mich *betrogen hatten,* mich *angelogen hatten,* mir *Schaden zugefügt hatten, war* ich *diejenige, die unsichtbar wurde.*

Die beiden bösen Wesen gaben vor, nach mir zu suchen, aber das war vorgetäuscht wie alles, was sie taten und sagten. Schon bald vergaßen sie mich … und gingen fort.«

Mit gebeugten Köpfen schwebten die Gestalten von Nina und Julian durch die Küchentür davon. Der Nebel ballte sich zusammen und bildete eine zarte Form, die ihnen zu folgen versuchte, doch dann plötzlich aufgab.

»*In der realen Welt war ich verschwunden. Ich konnte*

sie oder ihre Dinge nicht berühren. Aber es gab mich noch – in einer kalten Zwischenwelt. Im Regen wurde ich nicht nass, Schnee kühlte mich nicht, brennende Flammen wärmten mich nicht. In jahrelanger Gefangenschaft saß ich fest, und keiner und nichts spendete mir Trost. Ich lauschte also und lernte, und schließlich fand ich einen Weg, um meine Rezepte und Geschichten aufzuschreiben, indem ich sie auf jede Fläche schrieb, die ich fand.

Eines Tages wird meine Geschichte ans Licht kommen, eines Tages werden Nina und Julian zur Rechenschaft gezogen für das, was sie mir angetan haben.«

Die dunstige Gestalt wurde geschüttelt, als würde sie schluchzen. Sie erhob sich wie mit Geisterhand und ritzte einen Satz in die nächstbeste Arbeitsfläche.

»Ich werde nicht erlöst, ehe sie nicht bestraft werden.«

Hinter Rose und Basil hustete Tante Lily und saugte hörbar die Luft ein. Mit einem Mal wurde die Küche dunkel, und als die Lichter wieder angingen, war der Nebel, der den Raum gefüllt hatte, verschwunden.

Der Perlenvorhang klimperte, und Tante Lily taumelte heraus und kramte in ihrer großen Handtasche. »Das war äußerst verstörend.«

Basil umarmte sie. »Einen Augenblick lang habe ich schon befürchtet, dass du verhext wärst.«

»Ich auch«, sagte Tante Lily.
»Dann steckt Evangeline also hier fest, weil es noch diese unerledigte Sache gibt«, überlegte Rose. »Aus dem Grund geistern Nina und Julian wahrscheinlich auch hier herum. Sie hatten keine Ahnung, was mit ihrer Freundin geschehen war und hatten keine Chance, ihr zu helfen.«
»Mann, das war ja die ultimative Geistershow von dieser Evangeline«, sagte Tymo. »So was Ähnliches hat meine Freundin Ermine letzten Monat auch mit mir gemacht. Hat meine Nummer gelöscht und die Kurse gewechselt. Sie verkleidet sich sogar in der Schule. Ein Schnurrbart und eine Hornbrille machen ein Mädchen wirklich total unkenntlich.«
Rose versuchte, ihren Bruder auszublenden. »Wir müssen den Gespenstern helfen, sich zu versöhnen. Wenn sie ihre Sache klären, hört die schwarze Magie von Evangeline vielleicht einfach auf.«
Tante Lily nickte. »Das würde auf jeden Fall helfen. Aber es löst nicht Lucys Problem. Soweit wir wissen, wächst sie da oben immer weiter.«
Plötzlich fing die Kuchenschildkröte neben Roses Ohr zu grummeln an. »Merk dir, wo du stehen geblieben bist, Schätzchen«, sagte Zippo.
Seine Schokoladenaugen wurden groß, und sein Mund

verwandelte sich in ein rundes O. Wie durch ein Megaphon dröhnte die Stimme von Hans durch die Küche.
»GUTEN MORGEN, MEISTERBÄCKER UND MEISTERBÄCKERINNEN! DER LETZTE TAG HAT BEGONNEN, UND EURE LETZTE AUFGABE NAHT! BITTE MELDET EUCH IN DER KÜCHE UND BEREITET EUCH AUF EUREN GROSSEN AUFTRITT VOR. IT'S SHOWTIME!!
Rose wurde von einem Gähnen überwältigt. »Es kann doch nicht schon Morgen sein!«
Tante Lily warf einen Blick auf ihr Handy. »Sieht so aus, als ob unsere Gespensterjagd die ganze Nacht in Anspruch genommen hat.« Sie zog Rose an sich. »Tymo, Basil und ich kümmern uns jetzt um Lucy. Ihr müsst euch ein bisschen frisch machen, du und Nevika. Ich möchte euch gewinnen sehen!«

Rose konnte sich gerade mal das Gesicht waschen, dann musste sie wieder hinunterlaufen. Sie warf einen kurzen Blick auf Lucy, die eingeschlafen war, obwohl sie nur so unbequem eingepfercht liegen konnte. Anscheinend war sie nicht weitergewachsen – noch nicht.
Unten drang ein ganz schwacher Wintermorgen durch die Fenster. Rose kam als eine der Letzten in der Küche

an. Gustavo und Emil redeten vergnügt auf Milo ein, der wieder so schlank und gutaussehend war wie zu Anfang.

Cixan tuschelte allein an seinem Arbeitsplatz mit seinem Gecko. »Warum kannst du kein Feuer spucken?«

»Wenn ich es dir doch sage, ich bin kein Drache!«, kreischte die kleine Eidechse. »Ich bin ein Gecko!«

Nevika und Marie-Claire warteten schon auf Rose. Beide hatten dieselben Sachen an wie am Abend. Sie hatten Ringe unter den Augen und rote Flecken auf den Wangen.

»Du siehst ja ganz frisch aus«, sagte Marie-Claire naserümpfend. »Hast du gut geschlafen, während wir wie die Bauern Beeren getreten haben?«

»Hör schon auf«, sagte Nevika zu ihr und zu Rose gewandt: »Hast du die Gespenster gefunden?«

Rose setzte Zippo auf ihrem Arbeitsplatz ab, dann flüsterte sie: »Wir haben eines davon gefunden – Evangeline. Ich bin nicht sicher, ob das Lucy weiterhilft, aber es ist schon mal ein Anfang.«

Vorne in der Küche räusperte sich jemand. Rose blickte auf und sah die drei Lehrmeister dort stehen. Die beiden Männer hatten die Professorin in ihre Mitte genommen, die einen ausgefallenen Talar aus schwarzer Spitze trug. Die Gläser ihrer Sonnenbrille waren undurchsichtig und schimmerten golden wie Münzen. »Willkommen zur Abschlussprüfung!«

Hans und Thierry klatschten dezent.

»Endlich«, sagte Cixan. »Ich bin bereit für den Sieg.«

»Nicht so schnell, *amigo*!«, sagte Gustavo und eilte an seinen Arbeitsplatz. »Mit mir musst du immer noch rechnen!«

»Welch feuriger Kampfgeist!«, sagte Hans und lachte herzhaft.

»Was müssen wir diesmal machen?«, fragte Marie-Claire und trat an ihren Arbeitsplatz, wo Reynard ihr andächtig entgegensah. »Einen Frosch in eine Orange verwandeln? Einem Wichtel Singen beibringen?«

»Vielleicht nehmen wir uns das für nächstes Jahr vor«, sagte Professorin Macaron. »Nein, eure letzte Prüfung ist ganz einfach«, fuhr sie fort. »Bringt uns zum Staunen.«

»Sie zum *Staunen* bringen?«, fragte Emil nervös.

Professorin Macaron strahlte. »Ja, überwältigt uns! Begeistert uns! Erfüllt unsere Herzen und Sinne mit Wundern!«

»Das ist … etwas schwammig«, sagte Nevika und unterdrückte ein Gähnen.

Thierry, der die Hände hinter dem Rücken verschränkt hatte, sagte: »Ein wahrer Großmeister zeichnet sich dadurch aus, dass er uns Dinge zeigt, die wir nicht nur noch nie gesehen haben, sondern auch *niemals für möglich gehalten hätten.*«

Milo kicherte nervös.

Hans grinste zurück. »Wir machen keine Witze.«

Professorin Macaron starrte die versammelten Schüler durch ihre rätselhafte Brille an. »Ihr habt den ganzen Tag, um eure beeindruckenden Kreationen zu vollenden. Am Abend kommen wir zur Präsentation im Speisesaal zusammen. Dort werden auch die Stipendien für die Ausbildungsplätze verkündet.« Sie hielt den jungen Meisterbäckern die hochgestreckten Daumen hin. »Viel Glück!«

Damit verschwanden die drei Lehrmeister in Gestöber von goldenen und silbernen Tropfen.

»Warum können sie einen Raum nicht wie normale Menschen verlassen?«, murrte Nevika.

Cixan griff sich seinen Vertrauten und rannte in die nächstgelegene Speisekammer, um Zutaten zu suchen. Die drei verbliebenen Jungen traten zusammen, um sich zu besprechen.

»Wie sieht dein großartiger Plan aus, Schätzchen?«, fragte Zippo, während sich Rose die kleine Schildkröte auf die Schulter setzte.

»Das überlege ich mir später«, sagte Rose und schlich

sich zu Nevika und Marie-Claire. »Wir sollten mal nach oben gehen«, sagte sie leise.

»Aber was ist mit unserer Aufgabe?«, beschwerte sich Marie-Claire. »Wie sollen wir sie« – sie machte mit den Fingern Anführungszeichen in die Luft – »zum Staunen bringen, wenn wir Lucy helfen?«

»Unsere oberste Priorität ist es, zu verhindern, dass Lucy etwas Bleibendes zustößt«, sagte Rose.

Marie-Claire ließ sich das durch den Kopf gehen. »Nein.«

»Nein?«, wiederholte Rose.

»Das steht auf meiner Prioritätenliste sehr weit unten«, sagte Marie-Claire, »nach dem *Gewinnen des Wettbewerbs.* Und nach Zahnseide.«

»Das glaube ich dir nicht«, sagte Rose. »Ich glaube, ganz tief im Inneren sorgst du dich auch um Lucy.«

»Was könnte ich wohl gesagt haben, das dir diesen Eindruck vermittelt? Sage es mir auf der Stelle, damit ich damit aufhöre.«

»Wie wär's damit zum Beispiel«, sagte Nevika. »Du hast von unseren … nennen wir es mal *geheimen Nebenprojekten* gewusst, und du hast uns trotzdem geholfen.«

»Die Benachteiligten tun mir eben leid«, sagte Marie-Claire mit einem Schulterzucken. »Na und?«

»Wenn wir rausgeschmissen werden, weil wir Lucy in

Gefahr gebracht haben, dann werde ich den Lehrern unmissverständlich sagen, wie sehr wir uns dabei auf dich verlassen haben und –«

»So eine Lüge!«, zischte Marie-Claire und kniff wütend die Augen zusammen.

»– und wie wir uns außerdem auf dich verlassen konnten, unsere Geheimnisse nicht zu verraten.«

»Das ist Erpressung!«, sagte Marie-Claire. Dann lächelte sie plötzlich. »Das weiß ich zu schätzen. Ich helfe euch.«

»Du *weißt zu schätzen,* dass wir dich erpressen?«, fragte Rose.

»Total. Es verrät, dass ihr Rückgrat habt und dass ihr alles tut, um der armen Riesenfrau Lucy zu helfen.«

»Danke, genauso ist es«, sagte Rose. »Komm mit.«

In Roses und Marie-Claires Zimmer stießen sie auf Tante Lily, die Roses gelben Koffer mit den Zutaten durchstöberte.

Auf dem Kaffeetisch in der Mitte des Zimmers stand ein großes offenes Fass. Aus einem Zapfhahn, der in der Seitenwand steckte, tröpfelte eine blubbernde violette Flüssigkeit in einen fast vollen sauberen Eimer. Und in dem Fass standen Basil und Tymo, die mit säuberlich in Plastik gewickelten Stiefeln Beeren traten. Beide hatten solche gelben Regenjacken an, wie sie die Lehrmeister bei der Wichtelprüfung getragen hatten.

»Willkommen zurück!«, sagte Basil und winkte. Sein viel zu großer Südwester rutschte ihm über die Augen, und er quiekte erschrocken auf.

Tymo hatte nur halbherzig Beeren getreten, doch als er Nevika sah, gab er ordentlich Gas. »Ach, hallo, Nevika«, sagte er und dehnte lässig seine Arme und ließ seine Schultern kreisen, während er rhythmisch in die Beerenmasse trat.

»Hey«, sagte Nevika und betrachtete unbeteiligt ihre Nägel.

Marie-Claire sah Tymo hingegen mit einem Aufflackern ihres Blicks an. »Hallo«, sagte sie und drehte den Kopf so, dass die Morgensonne auf ihr Gesicht fiel. »Ich heiße Marie-Claire.«

Tymo zuckte anzüglich mit den Augenbrauen. »Hallöchen! Kannst Tymo zu mir sagen.«

Reynard, der auf Marie-Claires Schulter saß, mimte eine Ohnmacht. »Die Funken! Sie stieben!«

»Okay, gut, es reicht«, sagte Rose und stellte sich zwischen ihren Bruder und ihre blondierte Mitbewohnerin. »Ist der Saft fertig?«

»Noch nicht ganz«, sagte Tante Lily. »Ich musste erst wissen, welche Beeren wir genau finden würden, bevor ich mich für die magische Zutat entscheiden konnte. Aber jetzt weiß ich, was wir brauchen.« Sie blickte entnervt von Roses Koffer auf. »Deine Ordnung hier drin verstehe ich einfach nicht. Hast du da drin irgendwo Amethyst-Distel versteckt?«

Rose trat zu ihrer Tante und durchwühlte die Fläschchen und Reagenzgläser. Einen Augenblick später zog sie ein blaues Glasröhrchen heraus. Darin befand sich der blühende Stiel einer Distel. Die Blüte war ganz aus tiefblauem Kristall.

Rose reichte ihrer Tante das Röhrchen. »Es steht unter K wie Kristalle, Unterabteilung F für Flora.«

»Danke.« Tante Lily trug es zu dem Eimer und drehte den Zapfhahn ab. »Okay, Jungs, ihr könnt jetzt aufhören. Wir haben genug Saft.«

Basil und Tymo kletterten aus dem Fass und legten die Regenjacken ab – die sie nicht sonderlich geschützt hatten. Ihre Kleider darunter waren voller lila Flecken.

Rose, Nevika und Marie-Claire versammelten sich um Tante Lily, um sie zu beobachten.

Lily zog die Kristallblüte vorsichtig aus der Glasröhre, hielt sie am Stiel fest, tauchte sie in den Saft und rührte um. Bei jedem Rühren löste sich ein silbriges Flimmern, das in der Mischung verschwand. Der Saft wurde dicker und fing zu blubbern an. Er schimmerte silbrig. Kleine, ebenfalls silbrige Bläschen stiegen auf und zerplatzten mit einem Duft nach Frühlingsblumen in der Luft. Ein paar Spritzer drangen Rose in die Nase, und sie musste niesen – aber statt eines *Hat-schi* stieß sie ein Vogelzwitschern aus.

»Gesundheit!«, sagte Nevika.

»Das war viel niedlicher als dein normales Niesen«, sagte Basil. »Großvater Balthasar sollte das Zeug schnupfen. Er brüllt jedes Mal wie ein heulender Werwolf, wenn er niest.«

Keiner beachtete Basil. Der Saft hatte zu glitzern angefangen wie ein Eimer voller Diamanten. Als Tante Lily die Amethyst-Distel schließlich herauszog, war die Blüte ganz verschwunden und der Saft war zu einer appetitlichen, blumig duftenden Sauce eingedickt.

»Was bewirkt das Zeug?«, fragte Nevika.

Tante Lily hob den Eimer hoch. »Wenn es gut läuft, sollten die Kristallkörner die Restmagie aus Lucys Körper aufnehmen.«

»Wenn es gut läuft?«, fragte Marie-Claire skeptisch. »Das wissen Sie nicht mit Sicherheit?«

»Ich habe es noch nie gemacht«, sagte Tante Lily. »Aber Polly, Roses Mutter, hat mich eingewiesen, und sie irrt sich nie.«

»Komm«, sagte Rose und hielt die Tür auf. »Lucy wartet!«

An der Tür zum Zimmer von Nevika und Lucy spürten sie das Rumpeln einer schnarchenden Riesin, ehe sie es richtig hörten.
»Vielleicht sollten wir sie schlafen lassen?«, schlug Marie-Claire vor, doch als sie die Blicke der anderen auffing, sagte sie: »Nur so eine Idee! Na gut. Dann wecken wir die Riesin mal.«
Rose warf sich fest gegen die Tür und erwartete Widerstand, doch diesmal flog sie auf und stieß direkt an Lucys übergroßen Fuß.
»Aua!«, schrie Lucy.
»Entschuldigung!«, sagte Rose und schob sich seitwärts hinein. »Wir haben etwas, von dem wir meinen, dass es dich heilt!«
Lucy grunzte und rollte sich fester zusammen, damit Rose und Tante Lily bequemer hereinkommen konnten. Sonst passte keiner mehr hinein – das Zimmer war zu voll.
Lucys Augen, die so groß waren wie Basketbälle, sahen den Eimer in Tante Lilys Händen. »Es ist in einem Eimer? Weil ich zu groß für eine Tasse bin? Macht ihr euch wieder mal über mich lustig?«

Rose schüttelte den Kopf. »Keiner macht sich lustig, Lucy. Wir versuchen, dir zu helfen.«

»Aber wenn mir was Witziges über dich einfällt«, sagte Marie-Claire von draußen, »dann erzähle ich es mit Sicherheit.«

Rupert, der so groß war wie ein Hund, lag zusammengerollt neben Lucy und wimmerte. »Ihr dürft ihre Magie nicht löschen. Auf keinen Fall!«

»Ganz ruhig«, sagte Lucy. »Alles wird gut.«

»Möglicherweise hat es überhaupt keinen Einfluss auf deine Fähigkeit zum Zauberbacken«, sagte Lily. »Wir wissen es einfach nicht.«

Rose hob den Eimer an, und Lucy nahm ihn zwischen Daumen und Zeigefinger.

»Danke, Rose.« Ungeschickt erhob sie den Eimer wie zu einem Trinkspruch. »Prost!« Dann trank sie die dickliche, schimmernde Flüssigkeit aus wie einen Becher mit Medizin. Sie schüttelte sich und verzog das Gesicht, als sie schluckte. »Also, das hat geschmeckt wie –«

Ein intensives violettes Licht entbrannte unter ihrer Haut. Lichtblitze ließen ihr Nervengeflecht vom Kopf bis in die Zehenspitzen aufleuchten. Lucy keuchte, und mit einem Mal wurde alles an ihr, Haut, Augen, Zähne, ihr Haar und sogar ihre Kleider hart wie glitzerndes Glas.

Rupert jaulte auf und versuchte, auf die Füße zu kommen, aber auch er war erstarrt. Seine spitzen Igelstacheln verwandelten sich in schimmernde Kristalle.

Die amethystfarbenen Lichtblitze, die durch Lucys Körper zuckten, pulsierten immer heller, bis sie so gleißend leuchteten, dass sich Rose die Augen zuhalten musste.

Und wünschte, sie hätte sich gleichzeitig die Ohren zuhalten können.

Mit einem ohrenbetäubenden Geräusch, das wie das Zersplittern von Glas und das Klirren von Kieseln klang, erlosch das Licht.

Jemand atmete heftig.

Rose nahm die Hände von den Augen und blinzelte, um klar zu sehen.

Lucy saß vor ihnen, verdutzt und nach Luft schnappend. Sie hatte eine Hand auf die Brust gelegt.

Und sie hatte wieder ihre Normalgröße – etwas größer als ein Mädchen ihres Alters, etwas hochaufgeschossen, also genau, wie die große und schlaksige Lucy ausgesehen hatte.

»Es hat gewirkt!«, sagte Nevika und schob die Tür auf. Alle drängten sich um Tante Lily und Rose.

»Es hat gewirkt?«, fragte Lucy und betrachtete ihre wohlproportionierten Gliedmaßen. »Es hat gewirkt!«

Ein leises Hüsteln drang aus den Resten des zerbrochenen Bettes unter Lucy hervor. Schnell wühlte sie in den Trümmern, um Rupert zu befreien. Auch er war wieder klein und kugelig wie ein normaler Igel. Seine hellblaue Matrosenmütze saß genau zwischen seinen knubbeligen Ohren.

Tymo streckte Lucy die Hand entgegen, um ihr aufzuhelfen. »Schön, dich kennenzulernen. Ich bin Roses verdammt gutaussehender Bruder. Das sagen wenigstens alle.«

»Sehr erfreut!«, sagte Lucy.

»Zurück!«, krächzte Marie-Claire, dann zeigte sie kurz so etwas wie Begeisterung. »Das war wundervoll!«

»Ich weiß nicht, wie wir das kaputte Bett erklären sollen«, sagte Nevika.

»Lasst das meine Sorge sein, genau wie unsere Freunde, die Gespenster«, sagte Tante Lily. »Ihr Mädchen solltet euch an die Arbeit machen. Die Abschlussprüfung will noch gemeistert werden.«

»Stimmt!«, sagte Lucy. »Ich habe immer noch vor, diesen Ausbildungsplatz zu erringen.«

Marie-Claire verschränkte die Arme. »Du siehst ganz blass aus.«

Lucy runzelte die Stirn. »Ich bin aus *England.* Wo es immer bewölkt und kalt ist. *Blass* ist unser Nationalerbe, selbst wenn wir dunklere Haut haben.«

»Nein, du dumme Britin. Seht doch mal!«
Marie-Claire deutete auf Lucy. Lucy hielt sich die Hand vors Gesicht – und mit einem erschrockenen Schrei bemerkte Rose, dass sie Lucys Augen durch die rasch verblassende Hand sehen konnte.
Lucy fing an, sich aufzulösen!

Kapitel 16
Happige Happen im Reich der Toten

»Nein!«, heulte Lucy auf. »Warum passiert das immer nur mir? Ein paar Sekunden lang war ich ganz die Alte, ich war schön!«

Marie-Claire hüstelte. »*Na ja …*«

»Es ging mir gut!« Lucy zitterte. »Aber jetzt …« Verzweifelt schüttelte sie die Hand, und ganz kurz wurde ihre Haut wieder milchkaffeebraun.

Aber die Wirkung hielt nicht lange an. Die Farbe wich wieder aus ihren Fingerspitzen.

Basil schlug sich mit der Hand an die Stirn. »Lucy war die ganze Zeit *ein Gespenst?* Ist das vielleicht die erstaunliche Wendung, die Harry der Schneemann und sein Sidekick Zipper in Ratlosigkeit stürzt?«

Lucy heulte los. »Ich bin kein Gespenst!«
»Und ich heiße Zippo!«, brummte die Schildkröte auf Roses Schulter.
Marie-Claire ging auf Tante Lily los. »Was haben Sie da falsch gemacht? Habe ich die Beeren die ganze Nacht *umsonst* zertrampelt?«
»Ruhe!«, rief Nevika und drängte sich vor. Sie nahm Lucy bei den Schultern. »Lucy, mit all dem muss jetzt Schluss sein.« Nevika schluckte nervös. »Wir müssen es den Lehrern sagen.«
»Nein!«, schrie Lucy und riss sich von Nevika los.
»Nevika hat recht«, sagte Rose. »Das ganze abartige Zauberzeug, das du gegessen hast, hat so ein Unheil angerichtet, das der reinigende Saft nicht gemerkt hat, wo er aufhören muss.«
Tante Lily machte ein nachdenkliches Gesicht, nickte jedoch. »Das scheint der Fall zu sein.«
»Wir stellen dauernd Vermutungen an, wie wir dich wieder hinkriegen, Lucy«, sagte Rose und nahm die fast unsichtbare Hand des Mädchens, »aber wir wissen nicht, womit wir es zu tun haben. Es ist an der Zeit, Professorin Macaron, Hans und Thierry um Hilfe zu bitten.«
Tränen quollen Lucy aus den Augen. Sie wischte sie wütend weg, dann schluchzte sie auf, als sie merkte, dass

ihre Hände durchsichtig geworden waren. »Das können wir nicht«, sagte sie weinend. »Ich brauche das Stipendium für diesen Ausbildungsplatz!«

»Ich glaube«, sagte Nevika zwischen zusammengebissenen Zähnen, »du solltest dir endlich eingestehen, dass du das Stipendium nicht schaffst. Wir machen alles nur immer schlimmer.«

Lucy lachte verbittert, und Rose trat zurück, aus Angst, was Lucy jetzt tun würde. »Jetzt hört mir mal zu!«, sagte Lucy und sah die anderen plötzlich mit wildem Blick an. »Es kommt nicht in Frage, dass ich als Versagerin nach England zurückkehre.« Sie sah erst Rose und dann Nevika finster an. »Ihr seid schuld. Ihr habt mir das eingebrockt. Ihr müsst mich da auch wieder rausholen.«

»Wie kommst du darauf, dass es *unsere* Schuld ist?«, fragte Nevika mit hochgezogenen Augenbrauen.

»Dieser *Vanille-Ex-Reakt* war für eine von euch bestimmt!«, sagte Lucy. »Ich deute auf euch, aber das könnt ihr ja nicht sehen – schon gut. Und *ihr* habt mich gezwungen, das verpatzte Soufflé zu essen!« Sie richtete den Blick auf Marie-Claire. »Es gibt nur einen Grund, warum sich die Vanille überhaupt in *meinem* Korb befand: *Du* hast unsere Zimmer vertauscht!«

Das französische Mädchen gähnte. »*Oui*, das stimmt.«
Obwohl Rose nicht der Ansicht war, dass sie irgendwelche Schuld trug, hatte sie Lucy nun mal versprochen, dafür zu sorgen, dass sie wieder normal wurde. Und dass sich Lucy jetzt in Nichts auflöste, hatte nichts mit Normalität zu tun. »Wenn wir nichts unternehmen«, sagte Rose schließlich und sah Nevika an, »dann endet sie so wie Evangeline.«
»Wenn wir es den Lehrern sagen, unternehmen wir doch etwas«, sagte Nevika störrisch.
»Ich habe doch gesagt, das kommt *nicht* in Frage!«, sagte Lucy ebenso störrisch.
»Bitte nicht«, wimmerte Rupert und verkroch sich in Lucys Kragen.
»Lucy hat recht, aber vor allem deswegen, weil wir keine Zeit haben, den Lehrern die ganze Geschichte zu erzählen, ehe sich sie völlig auflöst. Ich habe eine Idee, wie wir sie retten können«, sagte Rose. »Aber ich glaube, dann bleibt uns keine Zeit für unsere letzte Prüfungsaufgabe.«
»Also auch kein Stipendium«, sagte Nevika und schloss die Augen. »Keinen Ausbildungsplatz.«
»Ach, Nevika«, sagte Kit von ihrem Kopf und verdrückte ein paar Schokoladentränen.
Nevika seufzte. »Manchmal ist es nachteilig, mit je-

mandem befreundet zu sein, der immer das *Richtige* tut.«

Rose dachte daran, wie begeistert sie gewesen war, diese Schule besuchen zu dürfen. Auch sie hatte unbedingt einen Ausbildungsplatz erringen wollen. Vielleicht wenigstens einen, den sie sich mit Nevika teilen konnte.

Sie hatte nicht erwartet, auf so viele Schwierigkeiten zu stoßen – oder gar, erst selbst noch Schwierigkeiten zu verursachen. Vielleicht erwies sich jetzt, dass sie doch noch nicht so weit war, Großmeisterin zu werden.

»Wir können es nur versuchen«, sagte sie schließlich.

Tymo kam an und legte der rasch verblassenden Lucy den Arm um die Schultern. »Natürlich helfen die Mädchen dir! Das ist genau das, was wir Glycks und auch diese Baridis tun.« Er zwinkerte Marie-Claire zu. »Und dieses umwerfende französische Mädchen wahrscheinlich auch.«

Marie-Claire konnte nicht anders, sie musste lächeln. »Ich liebe es, anderen zu helfen. Ich *liebe* es total.«

»Also, was steht an, Rose?«, fragte Basil.

Nachdem ihr Nevika zugenickt hatte, drehte sich Rose zu den anderen um. »Gehen wir hinunter in den Speisesaal. Es wartet Arbeit auf uns!«

»Müssen wir nicht in die Küche?«, fragte Tante Lily.
»Nein, wir brauchen ein großes Feuer, und im Speisesaal gibt es glücklicherweise einen großen Kamin«, sagte Rose. »Wir müssen *Happige Happen* machen.«

Unten konnten sie das aufgeregte Plappern und Singen der Jungen hören, die in der Küche zugange waren. Aber Rose führte die Gruppe in die entgegengesetzte Richtung, in den Speisesaal, wo sie immer ihre Mahlzeiten einnahmen und wo die Preise verliehen wurden.
»Es ist, wie du gesagt hast, Tante Lily«, erklärte Rose. »Alle Rezepte von Evangeline sind verdrehte Versionen von richtigen Rezepten, die den Menschen helfen. Sie hat ein Happenrezept benutzt, um sich unsichtbar zu machen, daher –«
»Daher müssen wir das Rezept umkehren, damit es wieder sichtbar macht«, beendete Tante Lily ihren Satz. »Klug von dir.«
»Haben wir so was nicht schon mal probiert?«, fragte Lucy schniefend. Es sah aus, als seien ihre Arme zu Glas geworden. Ihre Fingerspitzen konnte man gerade noch im Licht sehen.
»Mit dem *Welkenden Veilchenbiskuit*?« Nevika hielt den anderen die Tür zum Speisesaal auf. »Irgendwie schon. Wir hatten die richtige Idee, aber wir wussten ja

nicht, dass Evangelines Version des Rezepts so schlimm sein würde. Das Rezept für die *Happigen Happen* ist jedoch nicht verdorben von dem, was sie gemacht hat. Es wurde geschrieben, *bevor* alles schlimm für sie wurde.«

»Wenn ich dieser Evangeline begegne!«, sagte Lucy drohend.

Der hohe Speisesaal war lang und schmal. In der Mitte stand ein großer Tisch. Von der Decke hingen gläserne Kronleuchter, und Rose bemerkte zum ersten Mal, dass Evangeline sogar etwas in die Facetten der baumelnden Kristallanhänger geritzt hatte.

Am Kopf des Tisches stand der große Stuhl, auf dem Professorin Macaron allabendlich thronte. Dahinter war über die ganze Breite des Raumes der große, offene Kamin.

»Und diese *Happigen Happen*«, sagte Lucy, nachdem sich die Gruppe am Ende des Tisches versammelt hatte, »die stellen mich also wieder her?«

»Sie haben Evangeline unsichtbar gemacht, wenn wir das Rezept also umdrehen, können sie eine unsichtbare Person vielleicht wieder *sichtbar* machen«, erläuterte Rose.

Marie-Claire verschränkte die Arme. »Sehr überzeugend.«

Rose hatte nicht nur die Hoffnung, Lucy zu helfen – sie wollte mit den *Happigen Happen* auch den Gespenstern helfen. Es war möglicherweise zu viel erwartet, aber die *Happen* würden vielleicht nicht nur eine lebende Person wie Lucy sichtbar machen – vielleicht wirkten sie auch in der Weise, dass Nina und Julian in der Lage sein würden, ihre Freundin Evangeline wiederzusehen.
Sie hatte den Eindruck, dass das Zerwürfnis zwischen den Gespenstern daher stammte, dass sie nicht miteinander reden und reinen Tisch machen konnten. Bedenken musste man allerdings, dass Evangeline womöglich nicht in der Verfassung war, sich mit ihren ehemaligen Freunden auszusöhnen. Aber vielleicht konnte Rose sie zumindest in einem Raum zusammenbringen.
»Wir brauchen ein Bild von den Gespenstern aus der Zeit, als sie noch lebendige Menschen waren«, sagte Tante Lily.
Rose klopfte sich auf die Tasche. »Ich habe eines, das haut also hin.«
»Sag uns, was wir tun sollen, Schwesterherz. Ich bin bereit, den Tag noch zu retten.« Tymo zwinkerte Marie-Claire zu. »Ist ganz mein Ding.«
»Bitte«, sagte Nevika, »lasst uns das hinter uns bringen.«
Rose stützte sich mit den Händen auf den Tisch. »Zu-

erst brauchen wir mal ein Feuer. Tymo und Basil? Das größte Feuer, das ihr machen könnt. Nevika, willst du die Vollkornkekse backen? Ich mache die Schokolade, das heißt also …« Sie sah Marie-Claire an. »Du hast Marshmallow-Dienst.«

Marie-Claire verzog das Gesicht. »Warum kriege ich ständig die ekligen, klebrigen Sachen? Aber wenn ich unbedingt muss, dann werden es die besten Marshmallows, die die Welt je gesehen hat.«

»Super. Die letzte Zutat, die wir brauchen, ist das Gegenteil von diesem Geisterstaub, den Evangeline benutzt hat. Eine abschließende Zutat, die vor Lebenskraft nur so strotzt.«

Ein Grinsen leuchtete in Tante Lilys Gesicht auf. »Tymo, Basil, sobald das Feuer brennt, kommt ihr mit mir. Wir müssen einen Salzgolem finden.«

Die Gruppe teilte sich auf.

Nevika und Marie-Claire machten sich in die Versuchsküche auf, doch Rose ging in die Küche neben dem Speisesaal, in dem das Küchenpersonal die Mahlzeiten für die Schüler zubereitete. Sie war kleiner und vollgestellter und hatte nur eine Speisekammer, doch Rose wollte lieber für sich sein.

Außerdem wollte sie vermeiden, ihre Mitschüler mit

ins Chaos zu ziehen, denn sie würden garantiert superneugierig sein auf das, was sie vorhatte... Cixan mochte sie nicht besonders, aber Milo, Emil und Gustavo waren sehr nett und hatten sich für die Chance, eine Lehrstelle zu erringen, aufrichtig bemüht.

Rose entschloss sich zu einer kräftigen Ganache, einer dicken Schokoladencreme, die fest genug war, um nicht von Nevikas Vollkornkeksen zu tropfen. Zunächst kochte sie in einem Topf Sahne auf, dann rührte sie Raspel von Bitterschokolade ein.

Zippo saß auf der Arbeitsplatte in ihrer Nähe und sah mit großem Interesse zu. »He, das Zeug sieht aus wie die Münder von den anderen Kuchentieren!« Sein eigener Mund wurde zu einem verblüfften O. »Sag mal, hab ich auch so einen Schokoladenmund? Hab noch gar nicht in einen Spiegel geschaut.«

»Na klar«, versicherte ihm Rose, ohne die Augen von ihrer Creme zu lassen.

»Wow, ich schmecke bestimmt gut!«

Sobald die eingedickte Ganache blubberte, zog Rose die entscheidende Zutat heraus: das Foto. Die Knicke liefen zwar durch die Körper der drei Personen, aber ihre Gesichter waren ganz klar zu erkennen.

Sie sahen so glücklich aus. Rose hoffte sehr, dass sie wieder glücklich werden würden.

»Dann mal los«, murmelte sie und versenkte das Foto in der Mischung.
Hinter ihr wirbelte ein Windstoß auf, und ein dreifaches Aufseufzen ertönte.
Rose fuhr herum. Dort standen drei dunstige Gestalten und starrten sie erschrocken an.
»Was machst du da?«, rief Nina.
Im selben Moment zog Evangeline sie an den Haaren und schrie: »Das ist meines! MEINES!«
Aber anscheinend konnten Nina und Evangeline sich nicht hören.
Rose reckte die Schultern. »Ich bringe etwas in Ordnung. Ich kenne eure Geschichte jetzt, und sie *muss* erzählt werden. Ihr müsst sie euch einander erzählen.«
»Was meinst du?«, fragte Julian und drückte seinen Hut an seine durchsichtige Brust. »Nina und ich kennen unsere Geschichte.«
»Du redest Unsinn!«, kreischte Evangeline mit wildem Blick. »Es ist keiner da, dem ich sie erzählen kann! Ich bin allein! *Allein!*«
»Ihr könnt euch also wirklich nicht sehen, oder?«, fragte Rose.
Nina begriff als Erste, was Rose meinte. »Sie ist hier? Evangeline ist *hier*?« Sie klammerte sich an Julians Arm. »Ach Liebling, wir haben ihren Wahnsinn an al-

len Wänden ablesen können. Sie hat uns mit ihrem Leid in diese Schule zurückgeholt.«

»Wo sind sie?« Evangeline breitete die Arme aus und sah sich verzweifelt um. »Meine falschen Freunde. Meine Verräter«, sagte sie. »Führe mich zu ihnen, Mädchen. Ich werde sie ein für alle Mal vernichten!«

Rose schluckte. Sie konnte nur hoffen, dass Evangeline etwas weniger verrückt wurde, sobald der Fluch aufgehoben war. Sie wandte sich Nina und Julian zu.

»Das Rezept, das wir machen, soll meine Freundin Lucy und auch euch retten«, sagte sie. »Und hoffentlich löst es die düstere Magie von Evangelines Rezepten auf.«

»Aber wie sollen wir essen?«, fragte Julian. »Wir sind Geister, nichts als eingebildete Hirngespinste. Wir können keine Speise aufnehmen.«

Rose hatte eine Idee, die allerdings gefährlich war. So zuversichtlich wie möglich sagte sie: »Keine Sorge. Ich habe einen Plan. Ich warte auf die entscheidende Zutat.«

Und als hätten ihre Worte sie herbeibeschworen, hörte Rose plötzlich das Trampeln steiniger Schritte auf den Fliesen. Die Gespenster, Zippo und Rose drehten sich zur Tür um. Eine winzige rosafarbene Gestalt kam durch die Tür und lachte wie ein Wahnsinniger.

Rocky, der Salzgolem, flitzte an dem Arbeitstisch vorbei. Er hatte den zerfurchten Kopf zurückgelegt und rief: »Du fängst mich nicht, Lily Le Fay! Meine Kondition ist unerschütterlich! Das hast du mir nicht zugetraut, nicht wahr? Ha-HA!«
Ehe er davonlaufen konnte, riss Rose eine leere Rührschüssel vom Tisch und stülpte sie über die kleine, gackernde Gestalt. Die Schüssel schlug mit einem Scheppern auf den Boden.
»Verdammt!«, klang Rockys Stimme hohl aus dem Inneren.
Nina und Julian schwebten mit entgeistertem Blick hinter Rose heran. Evangeline blieb zurück. Die plötzliche Unruhe hatte sie verstummen lassen.
»Was ist das?«, fragte Julian.
»Er ist das, was euch retten wird«, sagte Rose und setzte sich auf die Schüssel, um sie nach unten zu drücken. Kleine Fäuste hämmerten von innen dagegen.
»Lasst mich raus!«, forderte Rocky. »Ich werde keinesfalls in das blaue Glasgefäß zurückkehren! Ach, wenn an meinem Körper über die langen Jahrhunderte nicht herumgemeißelt worden wäre, wäre ich noch ein Koloss und euch würde es leidtun, mich einzusperren!«
»Ich kenne das Gefühl«, sagte Zippo. »Ein Riese zu sein war super.«

»Rocky, ich möchte dir ein Angebot machen«, sagte Rose.
»Nenn mich gefälligst *Mineralis*!«
»Entschuldige«, sagte Rose. »Natürlich. Mineralis. Du hast kürzlich gesagt, dass du in dieser Gestalt gefangen bist, nicht? Aber möchtest du nicht, dass deine Seele frei wird?«
Das Hämmern hörte auf. »Es ist das Einzige, das ich mir wünsche. Aber ach, ich kann nicht befreit werden, bis das ganze Salz von diesem Körper entfernt ist.«
»Wie wäre es, wenn du mit einem Glorienschein aus der Geschichte rauskämest?«, fragte Rose. »Wenn du vielen Menschen damit helfen und endlich deiner Wege gehen könntest, beides zusammen?«
Es wurde still in der Küche. Rose, die Gespenster und Zippo warteten alle auf die Antwort des Golems.
Schließlich hallte die Stimme von Rocky aus dem Inneren der Schüssel. »Ich höre …«

Nachdem die Schokoladencreme vollendet war und Rocky zugestimmt hatte, bei Roses Plan mitzumachen, kehrte sie in den Speisesaal zurück. Die Gespenster folgten ihr, selbst die verrückte Evangeline. Sie schien nicht zu verstehen, was vor sich ging, aber *irgendwas* an dem Geschehen schien sie zu interessieren. Rose konnte nur hoffen, dass sie so lange bleiben würde, bis der Fluch von ihr genommen war.

Nevika und Marie-Claire warteten bereits. Zwei Teller standen vor dem Platz von Professorin Macaron, auf jedem lag ein Stapel frisch gebackener Vollkornkekse. Marie-Claire legte perfekt quadratische Marshmallows auf zwei Kekshälften. Hinter ihr schürte Nevika ein loderndes Feuer.

»Wird auch Zeit«, sagte Marie-Claire naserümpfend, als sie Rose sah.

Nevika stand auf und klopfte sich die Knie ab. »Alles vorbereitet. Wir können aber nicht auf deine Tante und deine Brüder warten. Wir müssen uns beeilen.«

»Einverstanden.« Rose strich bereits die dicke Schokoladencreme auf Marie-Claires Marshmallows. »Aber Lucy brauchen wir unbedingt.«

Ein hicksender Schluchzer war links von ihr zu hören. Erschrocken drehte sie sich um und begriff jetzt erst, dass Lucy die ganze Zeit dort gestanden hatte.

Das Mädchen war fast ganz verschwunden, zu sehen war kaum mehr als ein leicht gefärbter Schatten, der sich vor den verschlungenen Worten an der Wand hinter ihr abhob.

Lucy schniefte und wischte sich die Augen. »Was muss ich machen?«

Rose klappte zwei Kekse zu Happen zusammen und reichte sie Lucy. »Halt die mal bitte.«
»Muss ich sie nicht essen?«, fragte Lucy.
Rose schüttelte den Kopf. »Noch nicht. Die Gespenster müssen sie auch essen, aber sie können nichts aus dem Reich der Lebenden zu sich nehmen.« Lucy stöhnte. »Aber wie soll ich die *Happigen Happen* ins Reich der Toten bringen? Ich will nicht sterben!«
Nevika packte Roses Arm. »Sie hat recht. Woher kommt denn dieser ganze Teil des Planes mit dem *Reich der Toten*? Die Vorstellung gefällt mir nicht.«
Nina und Julian hielten sich bei den Händen. Sie schwebten am anderen Ende des Tisches. In ihrer Nähe krallte Evangeline mit ihren vom Kohlestift schwarz verfärbten Händen durch die Luft.
»Ich habe eine Theorie«,,erwiderte Rose, »dass Evangelines ursprünglicher Zauber sie nicht nur unsichtbar gemacht hat, er hat sie in eine ganz andere Ebene der Existenz verfrachtet. Deshalb konnte sie niemanden berühren und nichts spüren.«
»Der Zauber hat sie ins Reich der Toten gebracht!«, heulte Lucy auf.
»Lass uns diesen Ausdruck vermeiden«, sagte Rose. »Aber mit der Hilfe des Auges mit dem Bösen Blick konnte ich sie *und* Nina und Julian sehen. Und wenn

alles so klappt, wie ich es mir vorstelle, dann kann Lucy auch die Happen mit sich nehmen, wenn sie auf die andere Seite überwechselt.«

Marie-Claire zog eine Augenbraue hoch. »Das sind ziemlich viele vage Vermutungen. Wenn du dich nun irrst?«

»Tue ich nicht«, sagte Rose und kämpfte gegen die eigene Nervosität an. Wenn sie sich irrte – wenn das hier danebenging –, wusste sie nicht, was ihnen noch für Möglichkeiten blieben. »Rocky – Mineralis – bist du bereit?«

Der kleine Golem war auf die Feuerstelle zugeschlichen. Fasziniert starrte er in die lodernden Flammen. Das flackernde Licht brach sich in seinem Kristallkörper.

»Ich bin bereit«, leierte er wie in Trance. »Befreit mich aus diesem Gefängnis!«

»Okay. Zieh es durch«, sagte Rose.

Rocky stieß ein brüllendes Geheul aus – dann sprang er in das Feuer.

»Jawoll!«, rief er. »Reinigt meinen Körper in den Flammen und gebt mich frei!«

Die Flammen schlugen hoch auf und züngelten bis über den steinernen Kaminsims. Rose hob schützend die Arme vor die Augen. Die plötzliche Hitze versengte ihr fast die Haut.

Als sie die Arme wieder senkte, sah sie Rocky, der jetzt ein Schatten in den Flammen war. Er tollte über die zerfallenden schwarzen Holzscheite. Um ihn herum hatten die Flammen ihre Farbe verändert und waren von Gelb und Orange zu einem leuchtenden Grün geworden. Die Gestalten seines längst ausgestorbenen Volkes schienen im Takt mit dem Zucken der knackenden, zischenden Flammen um ihn herumzutanzen.

»Es wird Zeit, sich ans Backen zu machen!«, sagte Zippo.

Rose zögerte – in Evangelines letzter Geschichte stand, dass Feuer ihr nichts anhaben konnte, daher ging sie davon aus, dass auch Lucy keinen Schaden nehmen würde. Die Lebenskraft, die in der Feuersbrunst loderte, musste in die Happen eindringen, ehe Lucy, wie Evangeline vor ihr, ganz verblasste und in die Geisterwelt verschwand.

Aber Rose war sich ja schon so vieler der anderen Zauberrezepte sicher gewesen. Aus dem Grund waren sie alle hier gelandet.

»Rose?« Lucys Stimme war angstvoll erhoben.

»Uns läuft die Zeit davon, Rose«, sagte Nevika.

Lucy war so durchsichtig, dass Rose kaum noch ihre Umrisse erkennen konnte. Wenn Lucy nicht die beiden

Happen in den Händen gehalten hätte, hätte Rose sie vielleicht überhaupt nicht mehr gesehen.
»Steig in das Feuer«, befahlt Rose dem Mädchen.
»Wir verbrennen sie bei lebendigem Leib?«, fragte Marie-Claire. Selbst sie sah entsetzt aus bei der Vorstellung.
Nevika schlug die Hand vor den Mund. »Bist du dir auch sicher?«
In dem Kamin hörte Rocky nicht zu tanzen auf. Sein Körper hatte zu schrumpfen und zu verfallen begonnen, während die immense Hitze an ihm nagte. Aber je kleiner er wurde, desto höher schlugen die Flammen, bis sie kaum noch von dem Kamin gezähmt werden konnten. Seine Lebenskraft ließ die grünen Flammen immer heller werden, bis sie an allen Seiten aus dem Kamin schlugen wie die Rückstoßflammen einer Rakete.
»Ich bin sicher!«, sagte Rose. »Schnell, Lucy, steige in das Feuer! Geh schon, geh!«
Schluchzend befolgte Lucy die Anweisung. Mit rasendem Puls sah Rose zu, wie das Mädchen mit den Happen an ihr vorbeirannte und ins Herz der Feuersbrunst sprang.
Ein Moment unheimlicher, tödlicher Stille folgte, kein Laut erfüllte den Speisesaal. Und dann explodierte das Feuer und erschütterte den Speisesaal mit einem ge-

waltigen Knall. Rose wurde rückwärts auf Nevika geschleudert, alles leuchtete grellgrün auf.
In dem hellen Schein stieß Lucy einen erschrockenen Schrei aus – dann verstummte sie plötzlich.

Kapitel 17
Geisterhaftes Wiedersehen

Dunkelheit und Stille.
Roses Kopf pochte, und der Knall hallte ihr noch in den Ohren. »Lucy?«
Das lodernde Feuer war ganz erloschen, und nun drang Rose die außerirdische Eisigkeit der Geister unter die Haut. Es war auf einmal im Speisesaal viel kälter geworden.
Rose lag neben einigen umgestürzten Stühlen auf dem Boden. Sie zog sich am Tisch hoch und blinzelte, bis sie wieder klar sehen konnte. Servietten und Silberleuchter lagen durcheinandergewirbelt im Raum.
»Lucy?«, wiederholte Rose. »O nein! Was habe ich gemacht?«

»Leben noch alle?«, fragte Nevika neben ihr. Man sah ihr an, dass sie mit ihren Nerven am Ende war. Ihr Haar hing ihr zottig herunter, und Kit klammerte sich verzweifelt an eine Strähne. Rose konnte das federleichte Gewicht von Zippo auf ihrer Schulter spüren. Sie sah, dass Marie-Claire sich an eine Wand gepresst und Reynard schützend an ihre rosa Bluse gedrückt hatte.

»Schätzchen, ich sag's ja nicht gerne, aber … ich kann Lucy nicht *sehen*«, sagte Zippo.

Rose schluckte und trat auf den Kamin zu. Rote Glut bedeckte den Boden, und mittendrin war eine verkohlte, bröckelnde Gestalt das Einzige, was von Rocky übrig geblieben war.

Doch von Lucy keine Spur.

»Lucy, bitte, ich hoffe, du bist okay«, flüsterte Rose und sah sich nach einem Zeichen von ihrer Freundin um.

»Brandopfer«, zeterte Evangeline mitten im Saal. Sie schien aufgebrachter denn je zuvor. »Verrat. Das Erbe dieser Schule setzt sich fort.«

»Wohin kann Lucy verschwunden sein?«, fragte Nevika. Sie trat an den Kamin und nahm einen Schürhaken, um in der Asche zu stochern.

»Soll das ein Scherz sein?«, fragte Marie-Claire und

wischte sich Ruß von der Stirn. »Wir haben doch alle gesehen, was mit dem Mädchen geschehen ist! Sie ist verbrannt wie Jeanne d'Arc, die heilige Johanna!«

»Ich bin wohl *kaum* der Typ heilige Johanna«, ertönte Lucys Stimme hinter ihnen. »Diese Jeanne war doch eher knabenhaft, oder nicht? Mit ganz kurzen Haaren und Klamotten aus Metall. Ich bin viel weicher und damenhafter.«

»Lucy!«, rief Rose aus, als sie ihre Mitschülerin auf der anderen Seite des Tisches entdeckte.

Lucy schwebte als graue Schattengestalt ein paar Zentimeter über dem Boden. Sie glühte etwas, und Rose konnte die beschriftete Wand durch sie hindurch sehen. Auf ihrer Schulter kauerte der bebende Rupert, und in den Händen hielt sie die magischen Happen.

Lucy, Rupert und die *Happigen Happen* waren jetzt ebenfalls zu Geisterwesen geworden. »Es hat geklappt«, sagte Rose erleichtert. »Es hat geklappt!«

Marie-Claire rümpfte die Nase. »Wenn du vorgesehen hattest, sie umzubringen und in ein Gespenst zu verwandeln, das auf immer in diesem Chalet festsitzt, dann wohl schon. Gut gemacht.«

Lucy wurde bleich. »Äh, Rose, ich fühle mich so seltsam.«

»Ich mich auuuch«, sagte Rupert.

Nina und Julian kamen mitten durch den Tisch angeschwebt. Vor Lucy hielten sie an.
»Ich denke mal, die sind für uns«, sagte Nina und deutete auf die *Happigen Happen*.
»Wir haben nicht mehr gegessen seit …«, sagte Julian mit gebrochener Stimme.
Lucy schluckte und warf Rose und Nevika einen nervösen Blick zu. »Das glaube ich euch gerne. Und sie wohl auch nicht.« Sie nickte in Richtung Evangeline.
Nina und Julian machten verwirrte Gesichter. »Wer?«, fragte Julian.
Sie konnten Evangeline noch immer nicht sehen.
»Schon gut«, sagte Rose. »Es ist nicht wichtig.« Rose betrachtete Evangeline aufmerksam. Täuschte sie sich, oder schien deren Blick weicher geworden zu sein?
Evangeline schwebte herbei und sah Lucy von Kopf bis Fuß an. »Du … bist wie ich.«
Lucy zuckte mit den Schultern. »Aber nicht mehr lange. Das ist doch richtig, Rose?«
»Ist das richtig?«, wiederholte Nevika und stieß Rose mit dem Ellbogen an.
»Das ist richtig«, sagte Rose. »Total richtig.«
Evangeline stellte sich direkt vor Lucy und sah sie nachdenklich an. »Ich hatte schon befürchtet, deine Freunde hätten dich hintergangen, so wie mich meine.« Zum

ersten Mal lächelte Evangeline. »Wie nett, neue Leute kennenzulernen. Ich bin so lange allein gewesen.«

Lucy zitterte, und ihre Umrisse verschwammen. »Tut mir … leid, das zu hören.«

Evangeline deutete auf die *Happigen Happen*. »Ist einer davon für mich? Ich *liebe* diese Happen.«

»Äh«, machte Lucy, »Na klar. Bitte sehr.«

Sie reichte Evangeline einen der Marshmallow-Kekse. Die Frau mit den wirren Haaren hatte plötzlich geisterhafte Schokoladespuren an den Händen.

»Was wohl bedeutet, dass der andere für euch zwei ist«, sagte Lucy und reichte Nina und Julian den anderen Marshmallow-Keks.

Das Gespenster-Paar schien verwirrt, doch Julian nahm den Keks von Lucy entgegen. Er brach ihn in zwei Hälften und gab Nina das größere Stück. »Danke«, sagte sie.

Evangeline hielt ihren Keks, als sei er so zart, dass er zerbrechen könnte. Schimmernde, perlmuttartige Tränen stiegen ihr in die Augen. »Meine Finger sind *warm*.« Sie sah Lucy an und brach ihren Keks ebenfalls in zwei Hälften. »Warm, meine neue Freundin! Fühl mal!«

Lucy nahm den halben Keks. »Ich kann es auch spüren.«

»Verzaubert«, sagte Evangeline. »Eindeutig verzaubert.«
»Stimmt«, sagte Lucy. »Und wir alle sollten die Kekse essen, solange sie warm sind. Es gibt doch nichts Schöneres als diese klebrigen Marshmallow-Happen!«
Evangeline biss in ihren Keks. Im selben Moment stießen Nina und Julian mit ihren Keksen an und steckten sie in den Mund.
»Oh!«, stöhnte Evangeline auf, während sie kaute. »So süß! So knusprig! So weich!« Sie schob den Rest in den Mund. »Der Geschmack! Es ist ja schon so lange her!«
Nina griff sich ans Herz, während sie kaute. »Wir können essen«, flüsterte sie. »Und es schmeckt göttlich.«
Glitzernde Tränen wallten in Julians Augen auf, als er schluckte. »Meine Liebe«, sagte er zu Nina.
»Lucy«, sagte Rose und winkte ihr zu. »Du musst auch essen.«
»Ach ja! Wie dumm von mir!« Lucy verschlang ihren Keks mit einem Bissen. »Mmmm!«
Und während die vier geisterhaften Gestalten die magischen Kekse schluckten, bildeten sich in ihrem Inneren geisterhafte grüne Flecken. Erst wie schimmernde Kugeln, so groß wie Murmeln, doch dann verbanden sich die kleinen magischen Kreise, dehnten sich immer

weiter aus, bis die glühende smaragdgrüne Lebenskraft des Golems durch ihre gesamten Körper wallte.

»Oh, es funktioniert!«, schrie Lucy. »Rose, Nevika, es funktioniert!«

Rose hielt den Atem an – der Zauber wirkte nicht nur, er war auch wundervoll anzusehen.

Wo ihre Herzen sein mussten, pulsierte ein leuchtend weißes Licht. Und mit jedem Herzschlag floss Farbe durch ihre Körper. Alle Regenbogenfarben wechselten sich ab und ließen sie aufleuchten. Sie schwebten ein wenig höher. So gab ihnen die neue Wärme Auftrieb.

Lucy und Rupert verloren ihre Durchsichtigkeit. Lucys Arme und Beine tauchten wieder auf und verfestigten sich, bis das Mädchen erschöpft zu Boden plumpste.

»Obacht jetzt!«, sagte Marie-Claire und fing Lucy gerade noch rechtzeitig auf. »Willkommen zurück.«

Lucy zog geräuschvoll die Luft ein. »Du hast es geschafft, Rose! Ich bin wieder ich!«

Dann wandte sie sich um und umarmte Marie-Claire so stürmisch, dass das französische Mädchen lachen musste.

»Jetzt reicht's aber wirklich«, sagte sie und machte sich los. »Ich bin froh, dass du wieder da bist, aber wir sollten es doch nicht übertreiben.«

»Wir alle haben es *gemeinsam* hingekriegt«, erwiderte Rose, doch ihr Blick ging zu Nina, Julian und Evangeline.
Und zum ersten Mal seit Jahrzehnten konnten die drei sich sehen.
Wie bei Lucy füllten sich ihre Umrisse, ihre Kleider und Gesichter mit Farbe. Aber im Gegensatz zu Lucy waren sie nicht ins Land der Lebenden zurückgekehrt. Sie schwebten eine Handbreit über dem Boden und verströmten immer noch ein sanftes Scheinen. Immerhin sahen sie jetzt wie verblasste Farbfotos aus und nicht mehr so sehr wie die grauen Spukgestalten, die sie vorher gewesen waren.
»Oh, wow, Schätzchen«, sagte Zippo. »Du hast uns nicht veralbert. Richtige Gespenster!«
»Pscht«, machte Rose und hielt ihm das Mäulchen zu.
Nina sprach als Erste. »Evangeline? Bist du es wirklich?«
Achtzig Jahre verdrängter Emotionen huschten über Evangelines Züge – aufgebrachte Wut und hoffnungslose Verwirrung und zitternde Traurigkeit und schließlich staunende Hoffnung.
»Nina«, sagte Evangeline leise. »Du bist so erwachsen geworden.«

»Du auch«, sagte Julian. »Warum bist du verschwunden –«

»Wie konntet ihr –«, fing Evangeline gleichzeitig an.

Nina glitt zwischen sie. »Wir sollten nicht alle gleichzeitig reden. Evangeline, warum hast du dir das angetan? Wozu diese ganzen geheimen Schreibereien? Warum …?« Sie zögerte, dann flüsterte sie: »Warum hast du *uns* das angetan?«

»Wir haben einen Eid geschworen, uns nie weh zu tun«, sagte Evangeline mit beleidigtem Ton. »Ihr habt ihn gebrochen.« Sie nickte in Julians Richtung. »*Er* hat ihn gebrochen. Er hat zugegeben, gemogelt zu haben.«

Julian runzelte verwirrt die Stirn. »Um *das* geht es hier also? Weil ich bei einer Prüfung gemogelt habe?«

»Nein, nicht bei einer Prüfung«, sagte Evangeline und drängte ihre Verwirrung zurück. »Du hast *mich* betrogen. Ihr zwei hattet euch gegen mich verbündet. Ich habe euch in Gestalt von Nina zur Rede gestellt, und du hast zugegeben, Geheimnisse vor mir zu verbergen. Du wolltest meine Einfälle stehlen und mich dann verlassen. Stimmt das nicht?« Ihre Stimme zitterte bei der letzten Frage.

»Niemals«, flüsterte Nina. »So etwas hätten wir dir nie angetan.«

»Du hast also diese ganzen vielen Jahre geglaubt … dass wir dich hintergangen haben«, sagte Julian betrübt. »Das haben wir nicht. So etwas würden wir nie tun. Wir lieben dich so sehr, wie wir uns lieben.«

»Dann habe ich wohl was Falsches angenommen«, sagte Evangeline traurig. »Ihr habt nicht versucht, mir weh zu tun – ihr wolltet die Schuld nicht auf *mich* schieben, wenn man Julian erwischt hätte, bei der Prüfung zu mogeln. Als ich also versucht habe, euch dafür zu bestrafen, habe ich *euch* in Wirklichkeit weh getan. *Ich* war die Verräterin.« Sie unterdrückte ein Schluchzen. »All diese Jahrzehnte, allein und unsichtbar, für nichts und wieder nichts …«

»Ach, Evie«, sagte Nina. »Es tut mir so leid. Wenn du doch nur mit uns *geredet* hättest.«

Tränen sprudelten Evangeline aus den Augen, und plötzlich bemerkte Rose, dass etwas Seltsames geschah. Die Gespenster hatten nicht nur warme Farbtöne angenommen. Fältchen um ihre Augen glätteten sich, runzelige Hände wurden weich und geschmeidig. Julians Haare wurden dichter und dunkler.

Sie kehrten in den jugendlichen Zustand zurück wie zu der Zeit, als Evangeline ihnen die *Happigen Abrechnungshappen* gegeben hatte.

»Das war also geschehen«, sagte Evangeline. »Ich dachte,

mein Zauber habe nicht gewirkt, aber er hat bestens gewirkt.«

»Ach, Evie!«, schluchzte Nina, und die beiden Geisterfrauen umarmten sich.

»Du bist der einzige Grund, warum wir hier sind«, sagte Julian. »Du bist der tiefe Schmerz, der uns als Geister in dieser Welt festgehalten hat – in dieser Schule – all die Jahre lang.«

»Es tut mir leid!«, schluchzte Evangeline. »Ihr habt euch tatsächlich um mich gesorgt, ihr seid meinetwegen zurückgekommen!«

Evangeline ließ den Blick über die Wände und die Decke gleiten. »Und *das* – damit habe ich mein Leben zugebracht – ich habe ein ganzes Buch voller verhexter Rezepte geschrieben, mit denen ich mich ganz unnötigerweise zu rächen hoffte. An euch beiden.« Sie senkte den Blick und schluchzte.

»Aber wir verzeihen dir!«, sagte Nina.

»Wir sind so froh, dass wir dich endlich gefunden haben«, sagte Julian. »Als Einziges haben wir immer nur deine Rezepte gefunden.«

»Wenn es nur um euch beide ginge, würde ich mich nicht so schuldig fühlen«, sagte Evangeline. »Aber die Sache mit diesen erbärmlichen Schülern, die das Komplott der Konditoren wiederbelebt haben – die bedaure ich.«

Nevika packte Roses Arm. »Was hast du da gesagt, Evangeline?«
»Hat sie *uns* gerade als *erbärmliche Schüler* bezeichnet?«, fragte Lucy verwirrt.
»Nicht uns«, sagtet Marie-Claire. »Hast du etwa noch nie von dem Komplott gehört?«
Lucy schüttelte den Kopf.
»Ich bin so froh zu sehen, dass ihr wieder vereint seid«, sagte Rose, »und ich freue mich über dieses ganze Geistertreffen, aber, ähm, könntest du wiederholen, was du über das Komplott gesagt hast?«
Evangeline blinzelte Rose an, als sei sie verdutzt, sie hier zu sehen. »Vor vielen Jahren sind ein paar wirklich schlimme Schüler über meine ... äh, Varianten beliebter Rezepte gestolpert. So wie ihr«, sagte Evangeline, »konnten sie die Schrift auf den Wänden lesen. Aber«, fuhr sie fort, »dieser Magnus Profumo und seine Spießgesellen schrieben sie ab und planten hinterhältige, schlimme Dinge.« Evangeline schwebte auf Rose zu. »Ich hätte sie gerne daran gehindert, aber ich ... na ja, du hast meinen Zustand ja gesehen. Verzweiflung hatte mich zerstört. Und Wut. Diese Kombination kann einen über die vielen Jahre wirklich fertigmachen.«
Irgendwas stimmte nicht mit der Geschichte. Doch Rose

hatte Schwierigkeiten zu bestimmen, was genau es war, dass sich ihr beim Hören der Geschichte die Nackenhaare sträubten.

Und sie hatte auch nicht die Zeit, es sich zu überlegen, denn exakt in diesem Moment ging die Tür zum Speisesaal auf, und ihre vier Mitschüler marschierten herein – die vier Jungen –, und jeder trug eine Platte voller exquisiter Süßspeisen vor sich her.

Cixan machte den Anfang. Er trug einen Kuchen, der die Größe eines Wasserballs hatte und der wie ein silbriger Ballon über dem Teller schwebte. Er war so gekonnt mit weißem Zuckerguss überzogen, dass er wie der Mond aussah – mitsamt allen Gipfeln und Kratern und den Schatten, die ihm ein Gesicht gaben. Drumherum lagen Uhren und Zeitmesser aus Gebäck – Sanduhren und Taschenuhren –, die goldbestäubt waren.

Die Süßspeisen der anderen waren nicht weniger eindrucksvoll. Emil hatte eine Seelandschaft gestaltet, mit einem Kuchen, der wie ein sinkendes Schiff aussah, und mit Keksen in Form von Schatzkisten, aus denen juwelenartige Bonbons quollen. Stella, das kleine Oktopusbaby, saß gurrend mittendrin und hatte eine rosa Perücke aus Fondant auf dem Kopf. Milo hatte einfache, wenn auch übergroße Cannoli gemacht, italienische Waffelhörnchen, deren Cremefüllung vor Magie schillerte. Und Gustavo hatte einen Schokoladenkuchen gebacken, der wie ein riesiger Vulkan aussah, aus dessen Krater eine cremige Lava floss.

Keiner der Jungen schien das Durcheinander auf der anderen Seite des Tisches zu sehen – zumindest noch nicht. Doch Rose, die anderen Mädchen und die Gespenster konnten die phantastischen, umwerfenden Kreationen der Jungen bestaunen.

»Unsere Abschlussaufgabe«, sagte Lucy mit aufgerissenem Mund. »Es kann doch noch nicht so spät sein, oder? Wir haben doch immer noch Zeit für unsere Desserts?«

Rose schüttelte den Kopf. »Vergiss es. Wie willst du in so kurzer Zeit etwas machen, was dies hier übertreffen könnte?«

Nevika seufzte. »Das ist dann ja wohl der Sargnagel für unsere Träume von einem Ausbildungsplatz.«

»Nicht unbedingt.«

Das hatte Evangeline gesagt.

»Was meinst du?«, fragte Rose.

Evangeline grinste geheimnisvoll. Sie nickte Nina und Julian zu, und die drei Gespenster schwebten rückwärts durch die Wand des Speisesaals und verschwanden.

Marie-Claire richtete einen der Stühle auf und ließ sich

daraufsinken. »Wie geheimnisvoll und kein bisschen hilfreich.«

Die Jungen waren inzwischen am Tisch und stellten ihre Desserts auf das von dem explodierten Kaminfeuer beschmutzte Tischtuch. Nur Emil schien zu merken, dass etwas nicht stimmte.

»Alles in Ordnung?«, fragte er Rose und sah sich besorgt um. »Braucht ihr Hilfe beim Hereintragen eurer Abschlussarbeiten?«

»Äh, wir –«, stotterte Rose.

Zweimaliges lautes Klatschen ertönte vom Kamin her. Alle wandten die Blicke zum Kopfende des Tisches – wo die drei Lehrmeister auf magische Weise aufgetaucht waren.

»Willkommen, alle miteinander!«, sagte Professorin Macaron, die immer noch ihre stilvolle goldene Sonnenbrille aufhatte. »Die Düfte in diesem Raum sind *göttlich.*«

Thierry schnupperte. »Und es riecht nach Rauch. Wir müssen mit den Hausmeistern reden, dass er sich um den Kamin kümmert. Mit dem Abzug stimmt was nicht.«

Hans lachte. »Hausarbeiten sind so langweilig! Sollen wir nicht lieber mit der Beurteilung beginnen?«

»Ja«, sagte Professorin Macaron. »Beginnen wir mit –«

»*Moi.*« Marie-Claire drängte sich an Rose und Nevika vorbei. In der Hand hielt sie eine Platte mit ein paar übrig gebliebenen Marshmallows, die schimmerten, als seien sie in Glitzerstaub gewälzt worden.

»Wo hast du die denn her?«, fragte Nevika.

Marie-Claire warf die Haare zurück. »Marshmallows sind einfach. Ich habe nebenher meine eigene spezielle Art hergestellt, als wir die Zutaten für die *Happigen Happen* gemacht haben. Ich bin geübt in Multitasking.«

»Geht in Ordnung.« Nevika drehte sich nach Rose um und sagte stumm mit Lippenbewegung: *Hätte ich ja auch dran denken können*! Rose konnte nur zustimmen und mit den Schultern zucken. Marie-Claire überraschte einen doch immer wieder.

Thierry nahm einen Marshmallow und roch daran. »Ich entdecke einen feinen Anflug von Ozon.«

»*Oui*«, bestätigte Marie-Claire. »Ich habe eine am ersten Frühlingstag entstandene Kumuluswolke untergehoben, damit sie elastischer und luftiger werden. Die Marshmallows lassen einen an Umfang zulegen.«

Hans grinste. »Tun das nicht alle Marshmallows sowieso?«

Marie-Claire stieß einen Finger in seinen Bauch. »Nicht

fett. Rundum größer, wie ein aufblasbarer Ballonmann. Wenn man einen davon isst, kann man die Arme nicht mehr flach am Körper halten. Stattdessen wird man größer und runder, und die Kleider platzen einem weg. So bleibt man dann einen Monat.«

Professorin Macaron zog eine Augenbraue hoch. »Vielleicht kosten wir lieber nicht davon«, sagte sie und wandte sich Nevika und Rose zu. »Und womit habt ihr beiden euren Tag verbracht?«

»Äh«, sagte Rose.

»Tja«, sagt Nevika gleichzeitig.

Lucy trat mit geöffnetem Mund vor, als wolle sie etwas sagen. Alle warteten gespannt, aber zunächst sagte Lucy gar nichts.

Sie sah sich mit unbehaglichem Ausdruck nach Rose und Nevika um. »Nochmals vielen Dank.« Dann sagte sie zu den Lehrern: »Sie haben den Tag damit verbracht, sich um mich zu kümmern. Sie waren unglaublich – sie haben *Happige Happen* mit einigen von Marie-Claires Marshmallows gebacken, und die Happen haben mich *sichtbar* gemacht, obwohl ich dabei war zu verblassen! Sie haben außerdem die Gespenster und auch Rupert gerettet, der sich anscheinend immer parallel mit mir verwandelt.« Sie machte ein betrübtes Gesicht. »Der Salzgolem hat es aber wohl nicht geschafft. Allerdings schien es ihm nicht viel auszumachen, um ehrlich zu sein.«

Thierry verschränkte die Hände hinter dem Rücken. »Vergib mir, meine Liebe, aber ich bin ziemlich verwirrt.«

»Es sind auch ein paar sehr verwirrende Tage gewesen«, sagte Lucy. »Eine Weile war ich sehr klein, dann ganz groß, wovon mir meine Haut übrigens immer noch weh tut. Außerdem habe ich auf dem Bauch einen schlimmen Ausschlag. Wenn Sie wollen, kann ich ihn zeigen.«

»Lieber Gott, bitte nicht«, rief Marie-Claire aus. »Das will kein Mensch sehen!«

»Schon gut.« Lucy machte eilig weiter. »Ich habe nichts davon gesagt, weil ich das Stipendium für den Ausbildungsplatz gewinnen wollte, ich stamme von einer sehr langen Linie von Meisterbäckern ab, aber ich habe inzwischen erkannt, dass ich keine Chance habe zu gewinnen, und so bin ich nur glücklich, dass ich noch lebe und – na ja – nicht zu einem Gespenst geworden bin. Was ich Rose und Nevika verdanke, die mir geholfen haben, obwohl ich die Regeln gebrochen hatte.«

Professorin Macaron blinzelte verwirrt und versuchte, Schritt zu halten.

»Bitte disqualifizieren Sie die beiden nicht. Ich bin sicher, wenn wir noch etwas Zeit bekämen«, fuhr Lucy fort, »vielleicht einen Tag oder so – !«
Professorin Macaron hob eine Hand, und Lucy verstummte. Dann wandte sich die Professorin an Rose. »Du hast den Gespenstern geholfen?«
»Ich – ja«, bestätigte Rose. »Es war in erster Linie, um Lucy zu helfen, aber wir konnten die Dinge hier nicht einfach so laufenlassen –«
Die silberhaarige Frau unterbrach sie. »Genug. Ich habe dich gewarnt, Rosmarin Glyck. Geistern darf man nicht trauen. Ich bin sehr enttäuscht von dir.«
»Und ihr könnt anscheinend auch keine Backwerke vorweisen«, sagte Thierry. »Wie sollen wir euch also beurteilen?«
»Es wäre nicht gerecht«, sagte Cixan, der mit den anderen Jungen stumm zugesehen hatte.
Der sonst so fröhliche Hans wurde streng. »Nein, es wäre nicht gerecht. Sich so himmelschreiend unseren Anordnungen zu widersetzen *und* zu versäumen, die letzte Prüfung abzuschließen? Es bleibt uns keine Wahl.« Er sah Thierry und Professorin Macaron an, die beide heftig nickten – und, wie Rose den Eindruck hatte – auch traurig.
»Ihr drei Mädchen habt nicht nur keine Lehrstelle er-

rungen, sondern aufgrund eures Ungehorsams unseren Regeln gegenüber können wir euch nun nicht länger hier verweilen lassen. Ihr seid von der Akademie für Gehobene Backkunst und Konditorei suspendiert – für immer.«

Kapitel 18
Abschieds-Gugelhupf

»Aber …«, sprudelte Lucy hervor und wich zurück. »Ich habe die Wahrheit gesagt! Das ist nicht – Wie soll ich – *Nein!*«

Schluchzend drehte sie sich um und rannte zur Tür. Sie stolperte über einen der umgekippten Stühle und fiel fast mit dem Gesicht auf die Fliesen, aber Milo fing sie auf und stellte sie wieder auf die Füße. Sie riss sich los und schrie: »Lass mich *in Ruhe*!«, und verschwand in der Eingangshalle. Rose sah nur noch, wie Rupert, Augen und Mund kreisrund aufgesperrt, von Lucys Schulter völlig verstört zurückblickte.

»Sie hat ihre Brille vergessen … wieder mal«, sagte Nevika gedankenverloren.

Rose fand, dass jemand Lucy nachlaufen müsse, aber sie selbst war noch zu benommen, um sich zu rühren. Nicht, dass sie erwartet hatte, einen Ausbildungsplatz zu erringen. Fair blieb fair, und sie hatte ihre letzte Prüfungsaufgabe nicht geschafft, ja, nicht mal damit angefangen. Aber sie hätte nie erwartet, für den Rest ihres Lebens von dem Lehrgang ausgeschlossen zu werden.

»Die Bestrafung ist zu krass«, sagte Milo. »Rose und Nevika und Marie-Claire haben versucht, Lucy zu helfen.«

Marie-Claire hob abwehrend die Hände. »Ich habe mit all dem nichts zu tun! Ich habe nur unter Zwang geholfen. *Und* mein Projekt fertiggestellt.« Marie-Claire hielt ihre Marshmallows hoch. »Sogar mit echtem Glitter!«

»Aber ist es nicht genau das, was Zauberbäcker tun sollen? Den Leuten helfen?«, fragte Emil.

Thierry räusperte sich. »Tja, ähm, dieser Tag hat eine unerwartete Wendung genommen. Unsere Hausregeln sagen ganz eindeutig, dass Mogeln oder in bewusster Absicht zu täuschen zu einem dauerhaften Ausschluss führen.«

Hans seufzte laut – etwas zu laut, um aufrichtig zu klingen, wie Rose fand –, dann sagte er zu Professorin Macaron: »Ich gehe Lucy holen. Wenn Sie mich bitte entschuldigen wollen.« Er schlurfte an den Schülern vorbei zur Tür hinaus.

Professorin Macaron sah ihm stumm nach, mit beunruhigtem Blick. Oder vielleicht auch nicht – es war schwierig, ihren Ausdruck zu deuten wegen der großen Sonnenbrille. »Thierry hat recht«, sagte sie leise. »Einmal schon haben wir uns nicht an unsere Statuten gehalten, mit schrecklichen Auswirkungen.«

»Nevika, es ist alles meine Schuld. Es tut mir leid«, sagte Rose. Sie konnte sehen, dass Nevikas Unterlippe bebte.

Nicht, weil sie weinen musste, sondern weil sie wütend war. »Nichts da, Rose. Wir haben richtig gehandelt, und *dafür* werde ich mich keinesfalls entschuldigen. Der Rauswurf ist ungerecht.«

»Das ist die richtige Einstellung!«, sagte Zippo. »Zeig's ihnen!«

Cixan verschränkte die Arme. Sein Gecko, der auf dem Tisch saß, schob einen der goldbestäubten Zeitmesser zurecht, damit er auch wirklich optimal platziert war.

»Nachdem das ganze Drama jetzt vorbei ist, können wir vielleicht zur Beurteilung zurückkehren?«, sagte Cixan. »Ich bin bereit, den ersten Preis entgegenzunehmen.«

»He!«, sagte Gustavo. »Chill mal, Alter!«
Cixan überging seine Bemerkung.
»Gleich«, sagte Professorin Macaron. »Rose, bitte erzähle mir, was heute geschehen ist. Lucys Bericht war etwas wirr.«
Rose schluckte und fand ihre Stimme wieder. »Begonnen hat es am ersten Tag, als uns unsere Rezepte ermöglicht hatten, die vielen Rezepte zu sehen, die an die Wände in diesem Chalet geschrieben sind –«
»Was?«, sagte Emil und sah sich wild um. »Wo?«
»Das ist Unsinn«, sagte Cixan. »Sie lügt, um ihre Mogelei zu vertuschen.«
»Ach, halt schon den Mund«, sagte Gustavo.
»Das ist unmöglich«, sagte Professorin Macaron. »Es würde bedeuten, dass ihr eine verbotene Zutat benutzt habt – eine, die sich nicht in unseren Speisekammern befindet.«
»Sie war auch nicht in den Speisekammern«, sagte Rose verwirrt. »Sie war in dem Begrüßungskorb, den Lucy bekommen hat. *Vanille-Ex-Reakt*. Sie hat etwas davon in ihr *Alles-Finder-Soufflé* gegeben.«
»Das kann gar nicht sein«, hielt ihr Professorin Macaron entgegen. Sie sah ernsthaft beunruhigt aus. »Keiner von uns würde ihr eine so eine gefährliche Zutat geben.«

»Aber sie war da«, sagte Nevika, »und Lucy hat sie benutzt, und dann haben wir alle von ihrem eigentlich missglückten Soufflé gegessen und konnten plötzlich die Rezepte sehen. Wir dachten uns schon, dass das wohl nicht der Sinn von diesem Wettbewerb ist und haben uns sehr bemüht, sie nicht zu beachten. Aber Lucy … hat sich dann doch eines vorgenommen, als ihr schon wieder ein eigenes Rezept danebenging.«

»Und ab da sind die Dinge irgendwie außer Kontrolle geraten«, sagte Rose. »Alle möglichen schlimmen Zauberauswirkungen haben sie befallen.«

»Lucy wollte nicht rausgeschmissen werden«, sagte Nevika, »daher haben wir versucht, ihr zu helfen, aber was wir auch versuchten, es wurde nur noch schlimmer. Bis Rose schließlich darauf kam, wie man die Gespenster und Lucy gleichzeitig heilen könnte.«

»*Gespenster?*«, fragte Gustavo. »Hier?«

Vom Tisch her neben Marie-Claire rief Reynard: »Vergiss nicht, *chérie,* dass Marie-Claire auch geholfen hat!«

Marie-Claire hob einen Finger. »Nur unter Zwang.«

Plötzlich kreischte Gustavo auf und versteckte sich hinter einem Stuhl. »Hier! *Hier* sind die Gespenster!« Er deutete auf die kleine Küche, in der Rose die Schokoladencreme zubereitet hatte.

Eingehakt schwebten Evangeline, Nina und Julian in den Saal. Gemeinsam trugen sie einen Teller mit etwas, das wie ein Gugelhupf aussah.

»Guten Abend!«, sagte Evangeline fröhlich.

Zitternd fuhren Professorin Macarons Hände an ihre Brust. »Ihr seid – ihr seid sichtbar!«

Evangeline und Nina sahen sich an und nickten. Julian, der zwischen ihnen stand, grinste und verbeugte sich. »So ist es, *Madame Professeur.*«

»Es hat viele Jahre gedauert, aber endlich sind wir versöhnt«, sagte Nina.

»Dank dieser drei Meisterbäckerinnen«, sagte Julian.

»Er meint uns drei«, erklärte Marie-Claire und trat zu Rose und Nevika.

Evangeline stellte den Teller mit dem Kuchen auf den Tisch und schwebte auf Professorin Macaron zu.

»Du siehst genauso aus, wie ich dich in Erinnerung habe«, sagte Professorin Macaron leise, und Tränen schimmerten auf ihren Wangen. »Das süße, ehrgeizige Mädchen, auf das ich so stolz war.«

Evangeline hob ihre leuchtende Geisterhand und strich der alten Frau übers Gesicht. »Es tut mir leid, Madame. Mein Spuken in diesen Hallen. Die Rezepte, die ich erfunden habe. Und das auch.« Sanft berührten ihre Finger die goldene Sonnenbrille.

»Du konntest ja nicht wissen, was die Schüler mit deinen Rezepten anstellen würden«, sagte Professorin Macaron. »Ich verzeihe dir.«

»Mir müssen Sie nicht verzeihen«, sagte Evangeline. »Ich benötige keine Vergebung mehr. Aber diese Mädchen schon.« Evangeline nickte zu Nevika und Rose. »Sie wussten, dass es sie die Ausbildungsplätze, nach denen sie so ehrgeizig strebten, kosten könnte, aber sie haben mir trotzdem geholfen.«

»Sie sind Heldinnen«, sagte Julian.

»Wahrlich«, stimmte ihm Nina zu.

»Für uns ist es an der Zeit, unserer Wege zu gehen«, sagte Evangeline und trat zu ihren Gefährten. »Darum haben wir diesen *Abschieds-Gugelhupf* gebacken.« Sie deutete auf den Kuchen auf dem Tisch. »Aber wir konnten nicht gehen, ohne uns für diese Schülerinnen einzusetzen. Nur ihnen haben wir es zu verdanken, dass wir jetzt frei sind.«

»Eure Worte sind nicht auf taube Ohren gestoßen«, sagte Professorin Macaron. »Wohin euch eure Reise auch führt, ich hoffe, ihr findet Frieden.«

Evangeline nahm eine Gabel und teilte ein Stück vom Kuchen ab. »Das werde ich bestimmt.« Sie sah Julian und Nina an. »Sollen wir?«

»Ja«, sagte Nina und nahm ihre Gabel.

Nachdem auch Julian ein Stück Kuchen auf der Gabel hatte, prosteten sie sich damit zu, ehe sie einen Bissen nahmen.
Ein verzückter Ausdruck überlief ihre Gesichter, als sie kauten und schluckten. Die Farben, mit denen sie wieder sichtbar geworden waren, begannen zu zerlaufen wie ein Farbanstrich im Regen. Die drei Freunde umarmten sich ein letztes Mal.
Bald waren sie kaum noch zu erkennen, nur noch blasse Farbwölkchen in der Luft.
Und dann waren sie ganz verschwunden.
Rose blinzelte und stieß Nevika an.
»Ich sehe es«, sagte Nevika. »Ich meine, ich sehe, dass ich nichts sehe.«
Und mit den drei Gespenstern waren auch Evangelines Rezepte verschwunden.
Die Wände waren so weiß und sauber wie nach dem ersten Anstrich. Die Rezepte und ihr böser Zauber waren fort.
Thierry räusperte sich. »In der Tat. Das gibt uns zu denken.«
»Ja«, sagte Professorin Macaron und wischte sich mit dem Daumen über die Wangen. »Rosmarin, Nevika, bitte wartet in der Eingangshalle auf uns. Thierry und ich müssen unsere Beurteilung abschließen.«

Und während sich Rose und Nevika nach draußen aufmachten, setzte Professorin Macaron noch hinzu: »Und dann werden wir das Ergebnis verkünden.«

Rose und Nevika saßen auf der untersten Stufe einer der großen Treppen. Sie hatten die Ellbogen auf die Knie gestützt und das Kinn in die Hand gelegt. Keiner sagte etwas.

Zippo kroch langsam auf Roses Schoß hinunter. Als er schließlich angekommen war, fragte er: »Warum so ein langes Gesicht, Schätzchen?«

»Ich weiß nicht«, sagte Rose. »Ich bin zufrieden mit dem, was wir für Lucy und die Gespenster getan haben, aber …«

»Hier hast du meine unbedeutende Meinung«, sagte Zippo. »Wenn sie nicht einsehen können, dass ihr die beiden tollsten Schülerinnen dieser Woche wart, dann sind sie die größten Dummköpfe der Welt!«

»Ganz meine Meinung!«, wimmerte Kit aus Nevikas Haar. Nevika lachte.

»Steht ihr denn nicht in den Diensten dieser Schule?«, fragte Rose.

»Nein.« Zippo zuckte mit seinem goldbraunen Panzer. »Die haben dir nur meine Zutaten geschickt. Du warst es, die mir Leben eingehaucht hat.«

»Und darüber bin ich sehr froh«, sagte Rose und tätschelte ihm vorsichtig den Panzer. »Nevika, ist wirklich alles in Ordnung mit dir? Ich habe das Gefühl, dass ich dir alles vermasselt habe.«
Nevika schüttelte heftig den Kopf. »Auf keinen Fall!«
Kit stieß ein erschrockenes »*Huch!*« aus, und Nevika zog die kleine Füchsin vorsichtig aus ihrem Haar.
»Ich war immer total darauf versessen, die Beste zu sein«, sagte Nevika. »Aber ich habe verstanden. Magisches Backen hat überhaupt keinen Sinn, wenn wir unsere magischen Kräfte nicht dafür einsetzen, Gutes zu tun.«
»Aber jetzt bekommen wir keine Lehrstelle.«
»He, wer braucht diese Schule hier?« Nevika stieß Rose an. »Wenn wir nach Hause kommen, dann suchen wir uns einfach selbst Ausbildungsplätze.«
Rose lehnte sich auf den Stufen zurück und breitete die Arme aus. »Ja, das ist eine gute Idee. Keiner hat je behauptet, dass wir nicht aus eigener Kraft Großmeisterinnen werden können.«
Plötzlich erklangen Schritte von oben, und die Mädchen sahen drei vertraute Gestalten die Treppe herunterkommen.
»Ich bin sicher, dass er *hier* entlanggegangen ist!«, rief Basil und sprang die Stufen hinunter.

Rose und Nevika rutschten zur Seite, als Tante Lily, Tymo und Basil bei ihnen ankamen.

»Habt ihr Rocky gesehen?«, fragte Tante Lily. »Wir suchen ihn seit Stunden, und ich fürchte, eure Freundin Lucy –«

»Das ist schon erledigt, meine Dame!«, sagte Zippo. »Eure Mädchen hier haben die Lage gerettet.«

»Oh, da bin ich aber froh.« Tante Lily seufzte erleichtert auf. »Was sitzt ihr denn hier so rum und seht aus, als ob die Welt untergeht? Seid ihr mit eurem letzten Backwerk schon fertig?«

»In gewisser Hinsicht …«, sagte Rose.

Die beiden Mädchen berichteten schnell, was geschehen war. Während sie erzählten, nahm Tante Lilys Gesicht ein immer tieferes Rot an.

»Das klingt aber nicht gerade fair«, sagte Tymo finster.

»Ja, was für Idioten!«, pflichtete ihm Basil bei.

»Habe ich auch gesagt!« Zippo deutete mit einem Vorderbein auf Basil. »Der Junge hat's kapiert!«

Tante Lily ging auf und ab. »Das ist ja ein Skandal«, rief sie. »Ich werde dieser Professorin mal ordentlich die Meinung geigen!«

Rose legte die Hand auf ihre Stirn. »Tante Lily, nein! Bitte mach es nicht noch schlimmer für mich.«

In dem Moment flog die Tür zum Speisesaal auf. Die vier Jungen und Marie-Claire kamen heraus, gefolgt von Professorin Macaron und Thierry.

Alle Schüler waren eindeutig nervös.

»Rosmarin«, sagte Professorin Macaron und winkte. »Nevika. Kommt zu uns.«

Rose und Nevika folgten den anderen Schülern und versammelten sich mit ihnen in der Mitte der Eingangshalle. Rose bemerkte Thierrys sonderbaren Blick, als er an ihr und ihrer Familie vorbeikam.

Basil winkte ihm zu und sagte: »Hallo!«

Thierry übersah ihn und stellte sich neben Professorin Macaron auf ein kleines Podest zwischen den beiden Treppenaufgängen. Die Schüler standen erwartungsvoll da, während Professorin Macaron sie nacheinander ansah und lächelte.

»Es war in der Tat eine ereignisreiche Woche«, sagte sie. »Zum Glück scheinen wir es alle gut überstanden zu haben.«

Nervöses Kichern kam aus der Schülergruppe.

»Und nun kommen wir zu unserer abschließenden Bewertung. Ich muss sagen, wir hätten euch allen liebend gern einen Ausbildungsplatz angeboten, das war aber nicht möglich. Die Sache ist die: Da ihr alle ja noch so jung und vielversprechend seid, sind wir sicher, in den kommenden Jahren mehr von euren Heldentaten zu hören. Und ihr seid alle herzlich eingeladen, euch in Zukunft wieder für einen Kurs bei uns zu bewerben.«

»Einige von uns zumindest«, murmelte Marie-Claire.

Marie-Claire hatte nicht ihren üblichen verkniffenen Ausdruck, aber Rose wusste nicht so recht, was das Mädchen meinte.

Thierry hüstelte. »Nach sorgfältigen Überlegungen haben wir entschieden, dass der vielversprechendste Schüler dieser Woche einer ist, der sich mit fast übermenschlicher Mühe auf seine Arbeit konzentriert hat.«

Seine Arbeit. Rose wurde das Herz schwer, obgleich sie ja bereits gewusst hatte, dass sie nicht mehr im Rennen war.

»Sein Abschluss-Projekt, der *Zeit-streckende-Mondkuchen,* der uns erlaubte, zwei Stunden über unsere Entscheidung nachzudenken, obwohl in Wirklichkeit nur zwei Minuten vergangen waren, war ein erstaunliches Zauberbackwerk. Meisterbäckerinnen und Meisterbäcker, wir freuen uns zu verkünden, dass die diesjährige Lehrstelle an Cixan Liu vergeben wird!«

Der dunkelhaarige Junge mit dem stahlharten Blick holte tief Luft, und ein Lächeln breitete sich auf seinem

Gesicht aus. Vielleicht das erste Lächeln überhaupt, dachte Rose.

»Ich … habe gewonnen?«, fragte er und klang zum ersten Mal unsicher.

»Jawohl!«, sagte Thierry und klatschte in die Hände. Die restlichen Anwesenden fielen höflich ein, aber die Luft in der Eingangshalle war immer noch stickig vor Unbehagen. Rose hatte das Gefühl, als ob alle sie direkt ansahen.

»Danke!«, rief Cixan aus. »Ich werde Sie nicht enttäuschen!«

Von seiner Schulter zischte sein Gecko: »Sie werden stolz auf ihn sein!«

»Das wissen wir«, sagte Professorin Macaron. »Aber unsere Bekanntgabe ist noch nicht beendet.«

Der Applaus erstarb. Rose war nicht ganz sicher, warum, aber ihr Herz begann zu pochen.

»Die Magie von Cixans Mondkuchen verschaffte Thierry und mir reichlich Zeit für eine *weitere* Unterhaltung«, sagte die Professorin. »Und nach reiflicher Überlegung haben wir entschieden, noch zwei Schüler auszuzeichnen, die ihre einzige Chance auf diesen großen Preis fahren ließen, um anderen zu helfen – ihrer Mitschülerin Lucy, und außerdem drei lange verstorbenen Schülern, die seit achtzig Jahren in dieser Schule spukten.«

Zippo rüttelte Roses Schulter. »Du! Sie meint dich!«
Rose bat ihn zu schweigen. Sie konnte kaum glauben, was sie da hörte.
Die Professorin sah Rose und Nevika jetzt direkt an. »Obwohl wir eure Methoden in Zweifel ziehen – und noch weiteres darüber zu hören wünschen –, zweifeln wir nicht an euren guten Absichten. Ihr habt die Art von Weitblick bewiesen, die ein Großmeister der Backkunst benötigt, die Art von Vision, von der viel zu wenig in der Welt vorhanden ist. Daher vergeben wir dieses Jahr nicht nur einen Ausbildungsplatz, sondern *drei*.«
Professorin Macaron breitete die Arme weit aus und rief: »Zu Cixan gesellen sich daher Rosmarin Glyck und Nevika Baridi!«

Rose und Nevika wurden umringt und überschüttet mit Glückwünschen und Schulterklopfen und herzlichen Umarmungen von ihren Mitschülern sowie von Roses unglaublich stolzer Tante und ihren Brüdern. Gleichzeitig erfüllten die Jubelrufe von Zippo und Kit ihre Ohren.
Als sich der Trubel legte, sah Rose, wie Milo, Gustavo und Emil Cixan herzlich die Hand schüttelten.
»Das hast du verdient, mein Freund«, sagte Milo.

»Danke«, sagte Cixan ganz ungewöhnlich bescheiden. Rose fand, dass er so fassungslos aussah, wie er sich wohl fühlte.
Emil ließ den Kopf hängen. »Ich habe gemerkt, dass ich noch mehr Zeit in der Backstube verbringen muss. Ich will eines Tages auch so gut werden wir ihr, aber ich bin noch nicht so weit.«
Gustavo legte ihm einen Arm um die Schulter. »Das gilt für uns beide, amigo!«
Rose hatte erwartet, dass Marie-Claire zumindest verärgert sein würde, doch die junge Französin überraschte sie, indem sie ihr und Nevika als Erste gratulierte. Jetzt saß sie auf den Stufen und plauderte – natürlich mit Tymo.
»Wir haben es also doch geschafft«, sagte Nevika, die nicht zu strahlen aufhören konnte.
»Ja, das haben wir«, sagte Rose und grinste ebenfalls.
»Das habt ihr wirklich.«
Sie drehten sich um. Hinter ihnen standen Professorin Macaron, Thierry und Tante Lily.
Es war die Professorin, die gesprochen hatte. »Ich bewundere euer Urteilsvermögen und eure Entschlusskraft. Wenn ihr nicht gehandelt hättet, wer weiß, was Lucy widerfahren wäre.«
»Auch wenn wir es vorgezogen hätten«, sagte Thierry

und zog die buschigen Augenbrauen hoch, »dass ihr in dieser Angelegenheit zu uns gekommen wärt.«
»Wir waren ehrlich überrascht, dass Sie das ganze Geschrei und die Explosionen nicht gehört haben«, sagte Nevika.
Professorin Macaron spitzte die Lippen. »Das ist schließlich eine Akademie für Backzauber. Solcher Tumult ist hier fast *normal.*«
Nevika biss sich auf die Lippe. »Etwas hat mich allerdings gewurmt«, sagte sie.
Rose nickte. »Mich auch. Wir sind nämlich doch auf Sie zugekommen, und es kommt mir seltsam vor, dass Hans Ihnen nicht davon berichtet hat.«
»Hans?«, sagte Thierry und wechselte einen Blick mit Professorin Macaron.
»Wir haben ihm von den Rezepten an den Wänden erzählt«, sagte Nevika. »Und er sagte, sie seien Teil des Backbuchs der Schule und wir sollten keinem sagen, dass wir es lesen können.«
Professorin Macaron machte einen Schritt zurück. »Das ist totaler Unsinn, wie Hans natürlich weiß.«
»Wo ist dieser Hans überhaupt?«, fragte Tante Lily. »Er kann das wahrscheinlich alles aufklären.«
»Er ist Lucy nachgegangen«, sagte Rose.
»Die ebenfalls fehlt«, sagte Nevika.

Professorin Macaron richtete ihre goldenen Brillengläser auf die anderen Schüler. Basil war zu den vier Jungen getreten, und alle – sogar Cixan – bogen sich vor Lachen.
Beruhigt, dass alle beschäftigt waren, machte Professorin Macaron Rose, Nevika, Tante Lily und Thierry ein Zeichen und ging voraus die Treppe hinauf. »Kommt mit.«
Doch als sie das Arbeitszimmer von Hans betraten, war der Raum leergefegt.
Als Rose zuletzt dort gewesen war, war er noch vollgestopft gewesen mit allem möglichen uralten Krempel und ungewöhnlichen Geräten. Jetzt waren die Regale leer und dort, wo an den Wänden Bilder gehangen hatten, waren dunkle Flecken. Selbst der riesige, ausgestopfte Bär war weg.
Übrig waren nur ein paar vereinzelte Papiere auf dem Schreibtisch und ein Aktenschrank. Und aus dem Schrank drang ein stetes, dumpfes Klopfen, das *lebendig* klang.
Professorin Macaron hob den Saum ihres Spitzentalars an und marschierte energisch durch den Raum. Sie riss den Schrank auf.
Darin saß eine kleine, verängstigte Kuchengestalt: Rupert.

Der kleine Igel blickte jämmerlich zu der Professorin auf. »Danke, danke!«, quiekte er. »Ich hatte schon befürchtet, auf *immer und ewig* hier drin festzusitzen.«
»Wo ist Lucy?«, fragte die Professorin und hob Rupert fürsorglich heraus.
»Hans hat sie mitgenommen!«, rief Rupert. »Er sagte, es gäbe noch ein anderes Programm, das perfekt zu ihr passe, und sie hat eingewilligt, denn sie wollte ohne die Aussicht auf einen Ausbildungsplatz nicht nach Hause zurückkehren.«
»Hans«, sagte Thierry und ballte die Fäuste. »Was führt der Kerl im Schilde?«
Während die anderen Rupert zugehört hatten, war Tante Lily an den Schreibtisch getreten und durchsuchte die Schubfächer. Erschrocken fuhr ihre Hand zum Mund.
»Seht euch das an«, sagte sie und wies auf ein einzelnes Blatt Papier.
Es handelte sich um eine Liste mit den Namen aller Schüler, die in dieser Woche anwesend gewesen waren; die Namen waren immer paarweise angeordnet. Neben den Namen standen ihre jeweiligen Zimmernummern: Milo und Gustavo, Emil und Cixan, Marie-Claire und Lucy und Rose und Nevika.

Um Nevikas Namen lief ein blutroter Kreis, daneben in krakeliger Schrift der Vermerk: *Salihahs Nichte.*
»Salihah!«, knurrte Nevika.
»Er ist dein Onkel?«, fragte Thierry streng.
Nevika schüttelte den Kopf. »Nein, er war ein Freund meines Vaters, den ich nur *Onkel* nannte. Aber das war, bevor wir erfuhren, dass er zu dem Komplott der Konditoren gehörte.«
»Und wenn Hans von der Verbindung zwischen Salihah und Nevika gewusst hat«, sagte Rose, »dann bedeutete das …«
Auf einmal nahm alles Gestalt an – dass Hans bezüglich der geheimen Schrift gelogen hatte, dass er von den Mädchen verlangt hatte, mit keinem darüber zu reden, dass der heimliche Zimmertausch von Marie-Claire dazu geführt hatte, dass Lucy den *Vanille-Ex-Reakt* bekommen hatte und nicht Rose …
»Hans muss Mitglied des Komplotts sein«, sagte Rose. »Er hatte es auf mich und Nevika abgesehen.«
»Vielleicht hatte er gehofft, dass wir rausgeschmissen würden«, überlegte Nevika. »Und dann wollte er womöglich unsere Verzweiflung nutzen, um uns zu überreden, uns ihm anzuschließen.«
»Dann hat er keinen blassen Schimmer, was ihr für Mädchen seid«, sagte Tante Lily finster.

»Aber das ist jetzt alles nicht wichtig«, sagte Nevika. »Weil er stattdessen *Lucy* entführt hat.«

»Und das bedeutet«, sagte Rose und schluckte, »dass Lucy immer noch in Gefahr ist.«

Epilog
Trautes Heim, Glück allein

Nachdem sich alle zusammengefunden hatten – die Meisterbäcker zusammen mit Tante Lily und Roses Brüdern und alle Kuchentiere –, wurden sie von Professorin Macaron in einer Prozession zu einem halbverborgenen Durchgang im hinteren Teil des Chalets geführt.

Hinter der Tür lag eine Treppe, die in einem langen, warm erleuchteten Korridor endete. An den Wänden hingen Porträts und Fotos von unzähligen jungen Meisterbäckern mitsamt ihren Vertrauten. Alle lachten von einem Ohr bis zum anderen.

Das älteste Bild war eindeutig das von einer jungen Frau mit Brille, die einen langen Talar mit Stehkragen trug und auf deren Schulter eine Eule kauerte. Rose erkannte in der Frau sofort Professorin Macaron. Die Iris in ihren Augen war leuchtend blau, nicht ganz und gar weiß, wie die Augen, die sich jetzt hinter Sonnenbrillen versteckten.

Die Schüler gingen an den Porträts vorbei, deren Mode sich von dereinst bis zum heutigen Tag ständig wandelte. Ölgemälde wurden von Fotografien abgelöst, Schwarzweißfotos von bunten Farbfotos. Auf einem der späteren Fotos war der junge Thierry abgebildet. Sein dichter Schopf schwarzer Locken wurde von einem Kuchenlöwen plattgedrückt, der auf seinem Kopf saß. Gegen Ende des Ganges, der an einer Treppe nach oben endete, waren die Wände leer.

»Wenn nur Lucy hier wäre«, flüsterte Nevika.

Rose nickte.

Sie hatten eine große Suche hinter sich. Nach der Preisverleihung hatte Professorin Macaron Trupps zusammengestellt, die aus allen Schülern, Tante Lily, Rose und ihren Brüdern und sogar aus den sonst so unsichtbaren Angestellten der Akademie bestanden. Sie alle sollten das Anwesen und das Grundstück absuchen. Aber von Hans und Lucy hatte keiner auch nur eine Spur entdeckt.

»Wir werden jetzt alle Großmeister der Backkunst in-

formieren, die wir kennen«, versichert Professorin Macaron und tätschelte Rupert, dem Igel, den Kopf.
»Wir werden Lucy finden«, war Thierry sicher. »Das versprechen wir euch.«
»Wir werden auch nach ihr suchen«, sagte Rose.
»Aber hallo!«, bestätigte Nevika.
»Aber jetzt können wir erst mal nicht viel machen.« Professorin Macaron faltete die Hände über dem kleinen Igel. »Thierry, unternehmen Sie doch bitte die Anrufe«, sagte die Professorin zu ihrem Kollegen. »Dann kommen Sie später nach.« Thierry nickte grimmig und machte sich nach oben in die Büros auf. »Alle anderen, folgt mir. Wir müssen noch eine letzte Aufgabe vollenden.«

Der Korridor endete an einer Treppe, die hinauf in einen schön angelegten Garten führte, der irgendwo in dem waldigen Gelände hinter dem Chalet lag. Am Himmel zeigte sich die erste Abenddämmerung.
»Worin besteht wohl diese letzte Aufgabe?«, murmelte Marie-Claire. »Meint ihr, sie zwingen uns, unsere Vertrauten zu essen?«
»*Mon Dieu!*«, rief Reynard. »Du bist vielleicht boshaft! Das ist wirklich zu köstlich!«
Sie kamen an eine hohe Steinmauer, die von Efeu über-

wuchert war. Professorin Macaron schloss ein schmiedeeisernes Gartentor auf und öffnete es.
»Was für ein Ort ist das?«, fragte Milo, als sie durch das Tor traten.
»Unser Zufluchtsort«, sagte Professorin Macaron mit warmer Stimme. »Unsere Kuchenfreunde können sich jetzt ganz ungebunden bewegen, nachdem ihre Aufgabe, euch zu leiten, beendet ist.«
»Ein Zufluchtsort?«, flüsterte Zippo Rose zu, als sie den Garten betrat. »Was ist das?«
»Etwas, wo man sich zu Hause fühlt«, flüsterte Rose zurück.
»Das habe ich schon immer gewollt«, sagte Zippo und stieß einen Pfiff aus.
Und nun bot sich ihnen der Garten in seiner ganzen Größe, und auch Rose stieß einen Pfiff aus.
Die Mauer umgab eine große, weite Wiese mit vielen schönen Bäumen und blühenden Büschen. Von den Ästen und der Mauer baumelten Hunderte Lichterketten, die hell blinkten, und an den kleineren Zweigen hingen rosa und violette und gelbe Papierlampions.
Und auf der Wiese saßen Dutzende und Aberdutzende winziger Kuchentiere und tollten herum.
Es gab viele verschiedene Arten von Vögeln, die Rose

nur teilweise bezeichnen konnte – Falken und Adler und Raben und mehr. Ihre schuppenartigen goldenen Federn waren mit Schokolade umrandet. Herden von Huftieren, Rehe, Pferde und Gnus trabten an einem Fluss entlang, der durch die Wiese floss. Er mündete in einen Teich, an dessen Ufer sich eine kleine Seekuh mit einem ähnlich großen Seehund in der Sonne aalte. Ein Stück weiter bekämpften sich zwei Widder mit ihren Hörnern aus Zucker, wobei sie von einem Gorilla und einem Kapuzineräffchen beobachtet wurden, die sich gegenseitig lausten.

So viele Tiere waren da, dass Rose sie gar nicht alle aufzählen konnte. Und schon kamen einige weitere unglaubliche Tiere herbei – eine Giraffe und zwei Elefanten und ein Grizzlybär und sogar ein Einhorn mit einem regenbogenfarbenen Horn.

»Ich bin im Paradies angekommen!«, schrie Reynard von Marie-Claires Schulter. »Du wirst mir fehlen, *chérie.*«

Marie-Claire tätschelte dem Gleithörnchen ein letztes Mal den Kopf. »*Oui,* ich bin unvergesslich. Flieg dahin!«

Schniefend breitete das Gleithörnchen seine goldbraunen Beinchen aus und sprang. Es segelte mit einem Windstoß los und landete bei einer Gruppe von Tieren am Fuß eines großen Baumes. Mit zitternder Lippe wandte sich Marie-Claire ab. »Nein, ich will diesen kleinen, fliegenden Nager nicht vermissen.«

»Na, viel Glück dabei«, sagte Nevika.

Dann setzte sie sich mit Rose auf eine weiße, schmiedeeiserne Bank unter dem ausladenden Ast eines Weidenbaumes. Die Mädchen wickelten sich gegen die Kälte fester in ihre Mäntel und setzten sich ihre Kuchenbegleiter auf den Schoß.

»Du wirst mir ja so fehlen«, flüsterte Nevika und hielt Kit schützend in den Händen.

»Danke für deine Hilfe während der ganzen Tage hier«, sagte Rose und streichelte Zippos knubbeligen Kopf mit dem Zeigefinger.

»Es war mir ein Vergnügen«, rief Zippo aus. »Es macht euch auch wirklich nichts aus, wenn wir ohne euch in diesem Paradiesgarten bleiben?«

»Natürlich nicht«, sagte Rose. »Wir möchten nur, dass es euch gutgeht.«

Dann hörten sie ein leises Quieken. Professorin Macaron hatte Rupert freigelassen. Der Igel watschelte durch das Gras. Seine Matrosenmütze war ihm halb über die Schokoladenaugen gerutscht.

»Er sieht so traurig aus«, sagte Kit leise.

Zippo legte den Kopf schief. »Ich fürchte, der Kleine

konnte sich nicht mal von Lucy verabschieden. Ohne seine Bezugsperson ist er verloren.«

»Dann solltet ihr zwei bei ihm bleiben«, sagte Nevika. »Er *braucht* euch. Passt auf ihn auf. Bis wir Lucy gefunden haben. Und dann können sie sich noch richtig verabschieden.«

Rose hielt das für eine sehr gute Idee. So sehr sie auch wünschte, dass Zippo mit nach Calamity Falls kommen könnte, war es doch klar, dass sein Platz hier war, zusammen mit den anderen Vertrauten, hier in diesem Paradiesgarten. Trotzdem schmerzte es sie, denn Zippo war weit mehr als ein Freund gewesen. Und es war schwer, sich von etwas zu verabschieden – von jemandem –, den man in die Welt gebracht hatte.

Zippo kroch schon langsam von Roses Schoß hinunter. »Ihr verrückten Kids werdet mir fehlen!«, sagte er. Mit einem letzten Blick zurück sagte er: »Vergiss mich nicht!«

»Niemals«, sagte Rose.

Sie setzte Zippo ins Gras, und Nevika tat das Gleiche mit Kit. Sie sahen den beiden goldbraunen Wesen nach, wie sie durchs Gras davonmarschierten. »Rupert!«, rief Zippo. »He, Igel! Warte doch mal!«

»*Das* waren vier sehr ereignisreiche Tage«, sagte Nevika.

»Waren es wirklich nur vier Tage?«, fragte Rose und musste ein Gähnen unterdrücken. »Mir kommt es fast wie ein paar Monate vor.«

»Ja«, sagte Nevika und stand auf, »und es bleibt noch so viel Arbeit. Wir müssen Lucy finden, ehe das Komplott und dieser Magnus Profumo sie in ein böses Wesen verwandeln.«

»Und mit unserer Ausbildungsstelle anfangen«, sagte Rose. »Und zu Hause warten noch vier Monate Schule auf uns.«

Nevika stöhnte. »Also wirklich! Musstest du jetzt die Schule erwähnen?«

Am Tor redeten Professorin Macaron und Tante Lily mit Thierry, und überall im Park verabschiedeten sich die anderen Schüler von ihren Kuchenfreunden, setzten sie ins hohe Gras und wischten sich heimlich die Tränen ab. Obwohl ihre Tage an der Schule nervenaufreibend gewesen waren, um es milde auszudrücken, war Rose dankbar, dass sie herkommen durfte und dass sie Julian, Nina und Evangeline hatte helfen können. Es lag noch so viel Arbeit vor ihr, doch Rose fühlte sich belebt, nicht niedergeschlagen. Sie und Nevika hatten aus ihrer Zeit hier das Beste gemacht. Und etwas erreicht.

»An was denkst du?«, fragte Nevika.

»Ich denke«, sagte Rose, »dass es an der Zeit ist, nach Hause zu reisen.«
Und das taten sie auch.

Deine Wunschliste bitte hier ausschneiden.

Alle Bücher von Kathryn Littlewood

Habe ich		Wünsche ich mir
	›Die Glücksbäckerei – Das magische Rezeptbuch‹ (Band 1)	
	›Die Glücksbäckerei – Die magische Prüfung‹ (Band 2)	
	›Die Glücksbäckerei – Die magische Verschwörung‹ (Band 3)	
	›Die Glücksbäckerei – Die magische Verwandlung‹ (Band 4)	
	›Die Glücksbäckerei – Die magische Rettung‹ (Band 5)	
	›Die Glücksbäckerei – Die magische Zeit‹ (Band 6)	
	›Die Glücksbäckerei – Das magische Fest‹ (Band 7)	
	›Die Glücksbäckerei – Die magische Schule‹ (Band 8)	